시, 비평을 만나다

시, 비평을 만나다

초판 1쇄 인쇄 | 2012년 8월 28일
초판 1쇄 발행 | 2012년 9월 10일

지은이 | 이숭원
펴낸이 | 지현구
펴낸곳 | 태학사
등 록 | 제406-2006-00008호
주 소 | 경기도 파주시 광인사길 223
전 화 | (031)955-7580~2(마케팅부)·955-7585~90(편집부)
전 송 | (031)955-0910
전자우편 | thaehak4@chol.com
홈페이지 | www.thaehaksa.com

ISBN 978-89-5966-537-2 93810

이 도서의 국립중앙도서관 출판시도서목록(CIP)은 e-CIP 홈페이지
(http://www.nl.go.kr/ecip)와 국가자료공동목록시스템(http://www.nl.go.kr/ kolisnet)에서
이용하실 수 있습니다.(CIP제어번호: CIP2012003972)

이숭원의 현대시론 읽기

시,
비평을
만나다

태학사

　세상을 살면서 우연이 필연이 되는 경우를 많이 경험했다. 작년 1월 중순경 『현대시학』 주간 정진규 선생님께서 전화를 주셨다. 선생님은 나의 고등학교 은사이시다.

　"우리 현대시사에 중요한 시론들 있잖아. 시론을 소개하는 연재물을 좀 맡아 줘요. 시론 분량이 많으면 분재해도 되고, 해설은 한 10여 매 정도로 해서. 3월부터 시작하지요."

　해설 15매 정도면 어렵지 않을 거라는 생각에 바로 수락했다. 전화를 끊으며 김소월의 「시혼」부터 시작하면 되겠구나 하고 생각했다. 그러나 김소월의 「시혼」을 다시 훑어보니 원문대로 냈다가는 아무도 읽을 사람이 없을 것 같았다. 원문을 현대어에 가깝게 교정하고 각주를 달고 해설문을 붙여서 『현대시학』으로 보냈다. 경산綱山 스승께서는 '시론으로 읽는 한국현대시문학사'라는 멋진 표제를 직접 붓으로 쓰셔서 연재의 문을 열어 주셨다. 그로부터 1년 4개월 동안 한 회도 거르지 않고 시론을 소개했다.

　연재했던 원고를 다시 수정하고 편집하여 책으로 낸다. 처음엔 책으로 묶을 생각이 없었는데 연재 중에 많은 사람이 관심을 갖고 조언해 주었다. 시간 순서대로 쓴 고석규 시론 해설이 때마침 편집자의 눈에 띄어 새로 출간된 『고석규 전집』에 수록되기도 했다. 문자나 메일로 독후감을 전해 준 지인들도 많았다. 그분들의 격려에 힘입어 책을

낼 생각을 일으켰다. 도타운 정의情誼에 감사할 따름이다.

　전부 17편의 시론을 수록하고 평설했다. 연재 때 건너뛰었던 김기림의 시론도 새로 넣었다. 독자들의 편의를 위해서 원본을 현대 표기법으로 수정하고 한자도 필요한 경우에만 병기했다. 시론에 나오는 각주는 원문에 있는 것이 아니라 전부 내가 붙인 것이다. 원본의 오자를 수정하거나 난해 어구의 뜻을 풀이할 때, 보충 설명이 필요할 때 각주를 활용했다. 따라서 이 책에 소개한 시론이 원본과 다를 경우 그 책임은 전적으로 내게 있다.

　전례 없는 출판계의 불황에도 불구하고 책의 출간을 선뜻 수락해 준 태학사 지현구 사장님께 감사드린다. 지현구 사장은 오히려 편집진을 보강하여 아름다운 책이 나올 수 있도록 배려해 주었다. 젊고 유능한 편집팀과 디자인팀 여러분께 감사드리며 귀한 인연이 계속 이어지기를 바랄 따름이다.

2012년 7월 26일

이숭원

1부

근대 시론의 모색

1
—

김소월의 「시혼」

시혼 詩魂

김소월

1

적어도 평범한 가운데서는 물物의 정체를 보지 못하며, 습관적 행위에서는 진리를 보다 더 발견할 수 없는 것이 가장 어질다고 하는 우리 사람의 일입니다.

그러나 여보십시오. 무엇보다도 밤에 깨어서 하늘을 우러러보십시오. 우리는 낮에 보지 못하던 아름다움을, 그곳에서, 볼 수도 있고 느낄 수도 있습니다. 파릇한 별들은 오히려 깨어 있어서 애처롭게도 기운 있게도 몸을 떨며 영원을 속삭입니다. 어떤 때는, 새벽에 져가는 고요한[1] 달빛이, 애틋한 한 조각, 숭엄한 채운彩雲의 다정한 치맛귀를 빌려, 그의 가련한 한두 줄기 눈물을 문지르기도 합니다. 여보십시오, 여

---

1 원문에는 '오요한'으로 되어 있으나 '고요한'으로 교정하였다. '고요한'이나 '요요한'(寥寥한, 쓸쓸한)의 오자로 보이는데, 전체적으로 쉬운 한글을 많이 썼으므로 전자의 오자로 본다.

러분. 이런 것들은 작은 일이나마, 우리가 대낮에는 보지도 못하고 느끼지도 못하던 것들입니다.

다시 한 번, 도회都會의 밝음과 지껄임이 그의 문명으로써 광휘와 세력을 다투며 자랑할 때에도, 저 깊고 어두운 산과 숲의 그늘진 곳에서는 외로운 버러지 한 마리가 그 무슨 설움에 겨웠는지, 쉼 없이 울지고 있습니다, 여러분. 그 버러지 한 마리가 오히려 더 많이 우리 사람의 정조情操답지 않으며, 난들에 말라 벌바람에 여위는 갈대 하나가 오히려 아직도 더 가까운, 우리 사람의 무상과 변전을 설워하여 주는 살뜰한 노래의 동무가 아니며, 저 넓고 아득한 난바다의 뛰노는 물결들이 오히려 더 좋은, 우리 사람의 자유를 사랑한다는 계시가 아닙니까. 그렇습니다. 잃어버린 고인은 꿈에서 만나고, 높고 맑은 행적의 거룩한 첫 한 방울의 기도企圖의 이슬도 이른 아침 잠자리 위에서 듣습니다.

우리는 적막한 가운데서 더욱 사무쳐 오는 환희를 경험하는 것이며, 고독의 안에서 더욱 보드라운 동정同情을 알 수 있는 것이며, 다시 한 번, 슬픔 가운데서야 보다 더 거룩한 선행을 느낄 수도 있는 것이며, 어두움의 거울에 비치어 와서야 비로소 우리에게 보이며, 삶을 좀 더 멀리한, 죽음에 가까운 산마루에 서서야 비로소 삶의 아름다운 빨래한 옷이 생명의 봄 두던에 나부끼는 것을 볼 수도 있습니다. 그렇습니다. 곧 이것입니다. 우리는 우리의 몸이나 맘으로는 일상에 보지도 못하며 느끼지도 못하던 것을, 또는 그들로는 볼 수도 없으며 느낄 수도 없는 밝음을 지워 버린 어두움의 골방에서며, 삶에서는 좀 더 돌아앉은 죽음의 새벽빛을 받는 바라지[2] 위에서야, 비로소 보기도 하며 느끼기도 한다는 말입니다. 그렇습니다. 분명합니다. 우리에게는 우리

---

2 벽에 난 작은 창.

의 몸보다도 맘보다도 더욱 우리에게 각자의 그림자같이 가깝고 각자에게 있는 그림자같이 반듯한 각자의 영혼이 있습니다. 가장 높이 느낄 수도 있고 가장 높이 깨달을 수도 있는 힘, 또는 가장 강하게 진동이 맑게 울리어 오는, 반향과 공명을 항상 잊어버리지 않는 악기, 이는 곧, 모든 물건이 가장 가까이 비치어 들어옴을 받는 거울, 그것들이 모두 다 우리 각자의 영혼의 표상이라면 표상일 것입니다.

2

그러한 우리의 영혼이 우리의 가장 이상적 미美의 옷을 입고, 완전한 운율의 발걸음으로 미묘한 절조節操의 풍경 많은 길 위를, 정조情調의 불붙는 산마루로 향하여, 혹은 말의 아름다운 샘물에 심상心想의 작은 배를 젓기도 하며, 이끼 돋은 관습의 기구한 돌무더기 새로 추억의 수레를 몰기도 하여, 혹은 동구양류洞口楊柳에 춘광은 아리땁고 십이곡방十二曲坊에 풍류는 번화하면 풍표만점風飄萬點이 산란한 벽도화碧桃花 꽃잎만 져 흩는 우물 속에 즉흥의 두레박을 드놓기도 할 때에는, 이곳, 이르는바 시혼詩魂으로 그 순간에 우리에게 현현되는 것입니다.

그러한 우리의 시혼은 물론 경우에 따라 대소심천大小深淺을 자재 변환하는 것도 아닌 동시에 시간과 공간을 초월한 존재입니다.

어디까지 불완전한 대로 사람의 있는 말의 정精을 다하여 할진대는, 영혼은 산과 유사하다면 할 수도 있습니다. 가람과 유사하다면 할 수 있습니다. 초하루, 보름, 그믐 하늘에 떠오르는 달과도 유사하다면, 별과도 유사하다면, 더욱 유사할 것입니다. 그러나 산보다도 가람보다도, 달 또는 별보다도, 다시금 그들은 어떤 때에는 반드시 한 번은 없어도 질 것이며 지금도 역시 시시각각으로 적어도 변환되려고 하며 있지만은, 영혼은 절대로 완전한 영원의 존재며 불변의 성형成形입니다. 예술로 표현된 영혼은 그 자신의 예술에서, 사업과 행적으로 표현된 영혼은 그 자신의 사업과 행적에서 그의 첫 형체대로 끝까지 남아 있을 것입니다.

따라서 시혼도 산과도 같으며 가람과도 같으며, 달 또는 별과도 같다고 할 수는 있으나, 시혼 역시 본체는 영혼 그것이기 때문에, 그들보다도 오히려 그는 영원의 존재며 불변의 성형일 것은 물론입니다.

그러면 시 작품의 우열 또는 이동異同에 따라, 같은 한 사람의 시혼일지라도 혹은 변환한 것같이 보일는지도 모르지마는 그것은 결코 그렇지 못할 것이, 적어도 같은 한 사람의 시혼은 시혼 자신이 변하는 것은 아닙니다. 그것은 바로 산과 물과, 혹은 달과 별이 편각片刻에 그 형체가 변하지 않음과 마치 한가지입니다.

그러나 작품에는, 그 시상의 범위, 리듬의 변화, 또는 그 정조의 명암에 따라, 비록 같은 한 사람의 시작이라고는 할지라도, 물론 이동異同은 생기며, 또는 읽는 사람에게는 시작 각개의 인상을 주기도 하며, 시작 자신도 역시 어디까지든지 엄연한 각개로 존립될 것입니다. 그것은 또 마치 산색山色과 수면水面과 월광성휘月光星輝가 모두 다 어떤 한때의 음영에 따라 그 형상을, 보는 사람에게는 달리 보이도록 함과 같습니다. 물론 그 한때 한때의 광경만은 역시 혼동할 수 없는 각개의 광경으로 존립하는 것도 시작의 그것과 바로 같습니다.

그렇다고 산색 또는 수면 혹은 월광성휘가 한때의 음영에 따라, 때때로, 그것을 완상하는 사람의 눈에 달리 보인다고, 그 산수성월山水星月은 산수성월 자신의 형체가 변환된 것이라고는 결코 할 수 없는 것입니다.

시작에도 역시 시혼 자신의 변환으로 말미암아 시작에 이동이 생기며 우열이 나타나는 것이 아니라, 그 시대며 그 사회와 또는 당시 정경情境의 여하에 의하여 작자의 심령상에 무시로 나타나는 음영의 현상이 변환되는 데 지나지 못하는 것입니다.

겨울에 눈이 왔다고 산 자신이 회어졌다는 사람이야 어디 있겠으며, 초승이라고 초승달은 달 자신이 구상[3]이라는 사람이야 어디 있겠으며, 구름이 덮인다고 별 자신이 없어지고 말았다는 사람이야 어디 있겠으며, 모랫바닥 강물에 달빛이 비친다고 혹은 햇빛이 그늘진다고 그 강물이 "얕아졌다" 혹은 "깊어졌다"고 할 사람이야 어디 있겠습니까.

3

여러분. 늦은 봄 삼 월 밤, 들에는 물 기운 피어오르고, 동산의 잔디밭에 물구슬 맺힐 때, 실실이 늘어진 버드나무 옅은 잎새 속에서, 옥반에 금주金珠를 굴리는 듯, 높게 낮게, 또는 번거로이 또는 삼가는 듯이 울지는 꾀꼬리 소리를, 소반같이 둥근달이 등잔같이 밝게 비치는 가운데 망연히 서서, 귀를 기울인 적이 없으십니까. 사방을 두루 살펴도 그때에는 그늘진 곳조차 어슴푸레하게, 그러나 곳곳이 이상히도 빛나는 밝음이 살아 있는 것 같으며, 청명한 꾀꼬리 소리에, 호젓한 달빛 아닌 것이 없습니다.

그러나 여보십시오, 그곳에 음영이 없다고 하십니까. 아닙니다. 아닙니다. 호젓이 비치는 달밤의 달빛 아래에는 역시 그에뿐 고유한 음영이 있는 것입니다. 지나支那 당대唐代의 소자첨[4]의 구句에 "적수공명積水空明"이라는 말이 있습니다. 이것이 곧 이러한 밤, 이러한 광

---

3 鉤狀. 갈고리 모양.
4 소식蘇軾. 호는 동파東坡, 자字가 자첨子瞻.

경의 음영을 떠내인 것입니다. 달밤에는, 달밤에뿐 고유한 음영이 있고, 청려한 꾀꼬리의 노래에는, 역시 그에뿐 상당한 음영이 있는 것입니다. 음영 없는 물체가 어디 있겠습니까. 나는 존재에는 반드시 음영이 따른다고 합니다. 다만 같은 물체일지라도 공간과 시간의 여하에 의하여, 그 음영에 광도光度의 강약만은 있을 것입니다. 곧, 음영에 그 심천深淺은 있을지라도, 음영이 없기도 하다고는 할 수 없는 것입니다. 영국시인 아서 시먼스의,

> Night, and the silence of the night,
> In Venice, far away, a song,
> As if the lyric water made
> Itself a serenade;
> As if the water's silence were a song
> Sent up into the night.
>
> Night, a more perfect day,
> A day of shadows luminous,
> Water and sky at one, at one with us;
> As if the very peace of night,
> The older peace than heaven or light,
> Came down into the day.[5]

---

5 아서 시먼스Arthur Symons의 시 「간주곡 : 베니스의 밤(Intermezzo: Venetian Nights)」 중 「도가나에서(At the Dogana)」로 김억의 역시집 『잃어진 진주』(평문관, 1924)에 「세관에서」라는 제목으로 번역되어 있다. 송욱, 『문학평전』, 일조각, 1969, 190면 참조.
〈시 전문 해설〉: 베니스의 밤, 밤의 침묵은/멀리서 울리는 하나의 노래./출렁이는 물결이 저절로/세레나데를 부르는 것 같고/물의 고요함이 밤을 향해/노래를 보내는 것 같다.//밤은 더 완전한 낮,/어둠 속에 빛나는 그림자의 낮./물과 하늘이 하나가 되고, 우리도 하나가 된다./하늘이나 광명보다 더 오래된/밤의 진정한 평화가/낮을 향해 내려온다.

라는 시도, 역시 이러한 밤의, 이러한 광경의 음영을 보인 것입니다.

그러면 시혼은 본래가 영혼 그것인 동시에 자체의 변환은 절대로 없는 것이며, 같은 한 사람의 시혼에는 창조되어 나오는 시작에 우열이 있어도 그 우열은, 시혼 자체에 있는 것이 아니요, 그 음영의 변환에 있는 것이며, 또는 그 음영을 보는 완상자 각자의 정당한 심미적 안목에서 판별되는 것이라고 합니다. 동탁독산[6]의 음영은 낙락장송이 가지 벋어 틀어지고 청계수 맑은 물이 굽이져 흐르는 울울창창한 산의 음영보다 미적 가치에 핍乏할[7] 것이며, 또는 개이지도 않으며 비도 내리지 아니하는 흐릿하고 답답한 날의 음영은 뇌성 전광이 금시에 번갈아 이르며 대줄기 같은 빗발이 붓듯이 내려 쏟치는 취우驟雨의 여름날의 음영보다 우리에게 쾌감이 적을 것이며, 따라서 삶에 대한 미적 가치도 적은 날일 것입니다.

그러면 시작의 가치 여하는 적어도 그 시작에 나타난 음영의 가치 여하일 것입니다. 그러나 그 음영의 가치 여하를 식별하기는, 곧 시작을 비평하기는 지난의 일인 줄로 생각합니다. 나의 애모하는 사장師丈, 김억 씨가 졸작 「님의 노래」,

그리운 우리 님의 맑은 노래는
언제나 제 가슴에 젖어 있어요.

긴 날을 문밖에서 서서 들어도
그리운 우리 님의 고운 노래는
해지고 저물도록 귀에 들려요
밤들고 잠들도록 귀에 들려요.

---

6 童濯禿山. 나무가 없는 민둥산.
7 모자랄. 부족할.

고이도 흔들리는 노랫가락에
내 잠은 그만이나 깊이 들어요.
고적한 잠자리에 홀로 누워도
내 잠은 포스근히 깊이 들어요.

그러나 자다 깨면 님의 노래는
하나도 남김없이 잃어버려요.
들으면 듣는 대로 님의 노래는
하나도 남김없이 잊고 말아요.

를 벙하심에, "너부도 맑아 밑까지 들여다보이는 강물과 같은 시다. 그 시혼 자체가 너무 얕다"고 하시고, 다시 졸작,

자나 깨나 앉으나 서나
그림자 같은 벗 하나이 내게 있었습니다.

그러나 우리는 얼마나 많은 세월을
쓸데없는 괴로움으로만 보내었겠습니까!

오늘날은 또다시, 당신의 가슴속, 속 모를 곳을
울면서 나는 휘저어 버리고 떠납니다그려!

허수한 맘, 둘 데 없는 심사에 쓰라린 가슴은
그것이 사랑, 사랑이던 줄이 아니도 잊힙니다.

를 평하심에, "시혼과 시상과 리듬이 보조를 가지런히 하여 걸어 나

아가는 아름다운 시다"라고 하셨다. 여기에 대하여, 나는 첫째로 같은 한 사람의 시혼 자체가 같은 한 사람의 시작에서 금시에 얕아졌다 깊어졌다 할 수 없다는 것과, 또는 시작마다 새로이 별다른 시혼이 생기는 것이 아니라는 것을 좀 더 분명히 하기 위하여, 누구의 것보다도 자신이 제일 잘 알 수 있는 자기의 시작에 대한, 씨氏의 비평 일 절을 일 년 세월이 지난 지금에 비로소 다시 끌어내어다 쓰는 것이며, 둘째로는 두 개의 졸작이 모두 다, 그에 나타난 음영의 점에 있어서도, 역시 각개 특유의 미를 가지고 있다고 하려 함입니다.

여러분. 위에도 썼거니와, 달밤의 꾀꼬리 소리에도 물소리에도 한결같이 그에 특유한 음영은 대낮의 밝음보다도 야반의 어두움보다도 더한 밝음 또는 어두움으로 또는 어스름으로 빛나고 있습니다.

여러분. 가을의 새어 가는 새벽, 별빛도 희미하고 헐벗은 나무 찬비에 처젖은 가지조차 어슴푸레한데, 길 넘는 풀숲에서 가늘게 들려와서는 사람의 구슬픈 심사를 자아내기도 하고 외롭게 또는 하염없이 흐느껴 숨어서는 이름조차 잊어버린 눈물이 수신절부守身節婦의 열두 마디 간장을 끊어도 지게 하는, 실솔蟋蟀의 울음을 들어 보신 적은 없습니까. 물론 그곳에 나타난 음영이 봄날의 청명한 달밤의 그것보다도 물소리 또는 꾀꼬리 소리의 그것들보다도 더 짙고 완연한, 얼른 보아도 알아볼 수 있는 것인 것만은 사실입니다.

그러나 나는 봄의 달밤에 듣는 꾀꼬리의 노래 또는 물노래에서나, 가을의 서리찬 새벽 울지는 실솔의 울음에서나, 비록 완상하는 사람에 좇아 그 소호所好는 다를는지 몰라도, 모두 그의 특유한 음영의 미적 가치에 있어서는 결코 우열이 없다고 합니다.

그러면 여러분. 다시 한 번, 시혼은 직접 시작에 이식되는 것이 아니라 그 음영으로써 현현된다는 것과, 또는 현현된 음영의 가치에 대한 우열은, 적어도 그 현현된 정도 및 태도 여하와 형상 여하에 따라 창조되는 각자 특유한 미적 가치에 의하여 판정할 것임을 말하고, 인제는 이 부끄러울 만큼이나 조그만 논문은 이로써 끝을 짓기로 합니다.

(『개벽』1925. 5.)

시혼의 절대성과 평가의 상대성

김소월의 「시혼」은 1925년 5월 『개벽』지에 발표된 200자 원고지 40매 분량의 시론이다. 당시 발표되는 시론들이 대부분 외국시론의 번안이거나 월평류의 실제비평이고 분량도 짧았던 것에 비하면, 김소월의 「시혼」은 시인 자신의 관점을 상당히 논리적인 구성과 비중 있는 분량으로 서술했다는 점에서 독보적이라 할 만하다. 이 글은 김소월의 스승인 안서 김억이 1923년 12월 『개벽』에 발표한 「시단의 일 년」이란 연간 총평에서 김소월의 시를 두고 "시혼이 내부적 깊이를 지니지 못했다"고 언급한 사실에 대한 반론적 성격의 시론이다. 「시혼」 본문에도 나오지만 김소월은 스승 김억의 평에 대해 오래도록 생각하다가 일 년이 지난 시점에야 자신의 의견을 발표한 것이다.

김억은 그의 글에서 '시혼'을 시정신과 거의 같은 의미로 사용하고 있다. 그는 우리가 시라고 할 때 그것은 '서정시'를 의미하는 것이라고 전제한 후 시의 존재 유형을 세 가지로 나누고 있다. 즉 "제일의 시가는 시혼의 황홀이 시인 자신의 맘에 있어, 시인 자신만이 느낄 수 있고 표현은 할 수 없는 심금의 시가라고 할 만한 것입니다. 그리고 제이의 시가는 심금의 시가가 문자와 언어의 약속 많은 형식을 밟아 표현된 문자의 시가라고 할 만한 것입니다. 또 제삼의 시가는 문자의 시가를 일반 독자가 완상하며 각자의 의미를 붙이는 현실의 시가라고 할 만한 것입니다."라고 설명했다. 이 설명은 작가와 작품, 독자의 관계를 설명하는 수용 이론의 도식과 유사한 것 같지만, 김억은 어느 하나에 초점을 맞추지 않고 이 셋을 다 평가의 대상으로 삼고 있다. 그는 작품에 담긴 시정신과 언어적 기법과 독자에게 주는 감흥을 종합적으로 평가하고자 했다. 자신의 관점에서 볼 때 김소월의 「님의 노래」는 고운 어조의 시이지만 시혼이 얕고, 「자나 깨나 앉으나 서나」는 시혼과 시상과 리듬이 조화를 이룬 아름다운 시라고 평가한 것이다.

김소월 시에 대한 일반적인 관점에서는 「님의 노래」가 민요조의 율조와 반어적 어법을 사용하고 있고, 「자나 깨나 앉으나 서나」는 서술적 성격이 두드러져서 「님의 노래」가 더 김소월다운 작품이라고 평가할 수 있다. 그러나 김억은 이를 달리 평가한 것이고 여기에 대해 불만을 가지고 있던 김소월은 일 년의 기간 동안 자신의 생각을 정리하여 한 편의 시론으로 발표한 것이다.

김소월은 글의 도입부에서 사람의 인식에 대한 문제를 거론하였다. 인간이란 일상적인 차원에서는 사물의 본질을 파악할 수 없다. 다만 어떤 특수한 경우에 본질의 단면을 조금이나마 보고 느낄 수 있다. 그렇게 본질의 일면을 느끼게 해주는 요소가 바로 우리의 '영혼'이다. 어떤 희유한 순간에 영혼의 작용에 의해 사물의 아름다움과 가치가 우리에게 포착된다. 그러므로 영혼은 "시간과 공간을 초월한 존재"이며, "절대로 완전한 영원의 존재며 불변의 성형"이다. 시를 쓸 때 작용하는 영혼을 '시혼'이라고 할 수 있는데, 시혼 역시 영원하고 불변하는 존재다. 따라서 개별 시 작품에 작용한 시혼은 절대 불변의 상태이고, 시혼이 현현된 음영의 차이에 의해 개별 시 작품이 달리 나타날 뿐이다. 이것은 동일한 대상인 달이 시간과 상황에 따라 각기 다른 모습으로 보이는 것과 같은 이치다. 절대 불변의 달이 시혼이라면 경우에 따라 달리 나타나는 초승달, 보름달 등은 음영의 차이에 의한 변화인 것이다.

이런 전제에 의해 김소월은 자신이 말하고자 하는 주제에 접근해 간다. 개개의 시 작품을 이루는 시혼은 절대 불변의 것이고, 개별 시 작품의 음영이 달리 나타날 뿐이다. 따라서 개별 시 작품에 현현된 미적인 가치의 우열을 평가할 때에는 시혼은 문제 삼을 수가 없고 음영의 차이를 두고 평가할 수 있을 뿐이다. 그런데 김억은 자신의 작품을 두고 어떤 시는 시혼이 얕다고 평가하고, 어떤 시는 시혼과 리듬이 보조를 같이한 아름다운 시라고 평가하였으니, 이것은 시혼의 개념을 잘못 파악한 언급이라는 것이 김소월의 생각이다.

여기까지의 언급만 보면 개별 시 작품의 음영에 대해서는 가치의 우열을 평가할 수 있다는 뜻을 나타낸 것 같다. 그런데 이 부분에서 김소월은 문맥의 의미를 묘하게 바꾸고 있다. 세 번째 단락의 전반부에서는 나무 없는 민둥산의 음영은 낙락장송이 울울창창한 산의 음영보다 미적 가치가 덜할 것이고, 흐릿하고 답답한 날의 음영은 뇌성 전광이 번쩍이고 소나기가 퍼붓는 여름날의 음영보다 쾌감이 적을 것이라고 말하여, 음영의 차이에 의한 작품의 미적 가치에 대해서는 평가할 수 있다는 암시를 하였다. 김소월은 아서 시먼스의 시까지 영문으로 인용하며 존재가 지닌 음영의 차이가 시에 표현되어 있다고 설명했다. 그런데 바로 다음에 문맥을 바꾸어 "그러나 그 음영의 가치 여하를 식별하기는, 곧 시작을 비평하기는 지난의 일인 줄로 생각합니다"라고 말하면서 자연의 다양한 정경이 그 나름의 미적 가치를 다 가지고 있듯이 개별 시 작품의 음영도 각각 특유의 아름다움을 가지고 있다는 식의 언급을 한다. 꾀꼬리의 울음과 귀뚜라미의 울음 중 어느 것이 더 아름답다고 어떻게 판단할 수 있겠느냐는 것이다.

결국 김소월은 시 창작의 원동력인 '시혼'에 대해서는 아예 평가가 성립될 수 없으며, 시혼의 음영이 겉으로 표현된 개별 시 작품에 대해서도 미적 가치의 우열을 평가하기 어렵다는 주장을 하고 있는 셈이다. 이렇게 되면 시 비평은 음영의 차이에 의해 현현된 개별 시 작품이 각각 어떠한 미적 가치를 지니고 있는가를 기술하는 일에 머무르게 된다. 여기에는 시 비평을 작품의 평가가 아니라 해석에 묶어 두려는 시인의 의식이 투영되어 있다. 그런 의미에서 이 시론은 김소월 자신의 창작 방법을 암시하는 문건이기도 하면서, 근대문학 초창기에 창작과 비평의 갈등을 날카롭게 드러낸 첫 문건이라는 의미를 지닌다.

박용철의 「시적 변용에 대해서」

시적 변용에 대해서 ─서정시의 고고한 길

박용철

핏속에서 자라난 파란 꽃, 붉은 꽃, 흰 꽃, 혹시는 험하게 생긴 독
이毒茸. 이것들은 저희가 자라난 흙과 하늘과 기후를 이야기하려 하지
않는다. 어디 그럴 필요가 있으랴. 그러나 이 정숙한 따님들을 그저 벙
어리로 알아서는 안 된다. 사랑에 취해 흘려 듣는 사람의 귀에 저희는
저의 온갖 비밀을 쏟기도 한다. 저희는 다만 지껄이지 않고 까불대지
않을 뿐, 피보다 더욱 붉게, 눈보다 더욱 희게 피어나는 한 송이 꽃.

　우리의 모든 체험은 피 가운데로 용해한다. 피 가운데로, 피 가운데
로. 한낱 감각과 한 가지 구경과, 구름같이 떠올랐던 생각과, 한 근육
의 움직임과, 읽은 시 한 줄, 지나간 격정이 모두 피 가운데 알아보기
어려운 용해된 기록을 남긴다. 지극히 예민한 감성이 있다면, 옛날의
전설같이, 우리의 맥을 짚어 봄으로 우리의 호흡을 들을 뿐으로 (실상
끊임없이 속살거리는 이 조콘다―[1]) 얼마나 길고 가는 이야기를 끌어낼 수

1　'행복한 여인'이라는 뜻의 이탈리아어 'La gioconda'. 아밀카레 폰키엘리의 오페라 「La Gioconda」(1876)

있을 것이랴.

흙 속에서 어찌 풀이 나고 꽃이 자라며 버섯이 생기고, 무슨 솜씨가 핏속에서 시를, 시의 꽃을 피어나게 하느뇨? 변종을 만들어 내는 원예가, 하나님의 다음가는 창조자, 그는 실로 교묘하게 배합하느니라. 그러나 몇 곱절이나 더 참을성 있게 기다리는 것이랴!

교묘한 배합, 고안, 기술. 그러나 그 위에 다시 참을성 있게 기다려야 되는 변종 발생의 찬스.

문학에 뜻 두는 사람에게, "너는 먼저 쓴다는 것이 네 심령의 가장 깊은 곳에 뿌리를 박고 있는 일인가를 살펴보라. 그리고 밤과 밤의 가장 고요한 시간에 네 스스로 물어보라. 그 글을 쓰지 않으면 너는 죽을 수밖에 없는가? 쓰지 않고는 못 배길, 죽어도 못 배길 그런 내심의 요구가 있다면 그때 너는 네 생애를 이 필연성에 의해서 건설하라"고 이런 무시무시한 권고를 한 독일의 시인 라이너 마리아 릴케는 『브리게의 수기』[2]에서 다음과 같이 말했다.

> 사람은 전 생애를 두고 될 수 있으면 긴 생애를 두고 참을성 있게 기다리며 의미와 감미甘味를 모으지 아니하면 아니 된다. 그러면 아마 최후에 겨우 열 줄의 좋은 시를 쓸 수 있게 될 것이다. 시는 보통 생각하는 것같이 단순히 감정이 아닌 것이다. 시는 체험인 것이다. 한 가지 시를 쓰는 데도 사람은 여러 도시와 사람들과 물건들을 봐야 하고, 짐승들과 새의 날아감과 아침을 향해 피어날 때의 작은 꽃의 몸가짐을 알아야 한다. 모르는 지방의 길, 뜻하지 않았던 만남, 오래전부터 생각던 이별, 이러한 것들과 지금도 분명치 않은 어린 시절로 마음 가운데서 돌아갈 수가 있어야 한다.

의 주인공 이름이기도 하다.
2 『말테의 수기』로 알려진 작품으로, 작중 화자의 이름이 말테 라우리치 브리게다.

이런 것들을 생각할 수 있는 것만으로는 넉넉지 않다. 여러 밤의 사람의 기억(하나가 하나와 서로 다른), 진통하는 여자의 부르짖음과, 아이를 낳고 해쓱하게 잠든 여자의 기억을 가져야 한다. 죽어가는 사람의 곁에도 있어 봐야 하고, 때때로 무슨 소리가 들리는 방에서 창을 열어 놓고 죽은 시체를 지켜도 봐야 한다. 그러나 이러한 기억을 가짐으로도 넉넉지 않다. 기억이 이미 많아진 때 기억을 잊어버릴 수가 있어야 한다. 그러고 그것이 다시 돌아오기를 기다리는 말할 수 없는 참을성이 있어야 한다. 기억만으로는 시가 아닌 것이다. 다만 그것들이 우리 속에 피가 되고 눈짓과 몸가짐이 되고 우리 자신과 구별할 수 없는 이름 없는 것이 된 다음이라야― 그때에라야 우연히 가장 귀한 시간에 시의 첫말이 그 한가운데서 생겨나고 그로부터 나아갈 수 있는 것이다.

열 줄의 좋은 시를 다만 기다리고 일생을 보낸다면 한 줄의 좋은 시도 쓰지 못하리라. 다만 하나의 큰 꽃만을 바라고 일생을 바치면 아무러한 꽃도 못 가지리라. 최후의 한 송이 극히 크고 아름다운 꽃을 피우기 위해서는 그보다 작을지라도 덜 고울지라도 수다히 꽃을 피우며 일생을 지나야 한다. 마치 그것이 최후의 최대의 것인 것같이 최대의 정열을 다하여. 주먹을 펴면 꽃이 한 송이 나오고, 한참 심혈을 모아 가지고 있다가 또 한 번 펴면 또 한 송이 꽃이 나오고. 이러한 기술사[3]와 같이.

나는 서도書道를 까맣게 모른다. 그러면서도 그 서도를 예例로 이야기할 욕망을 느낀다. 서도의 대예술가가 그 일생의 절정에 섰을 때에 한 번 붓을 둘러서 한 글자를 이뤘다 하자. 괴석怪石같이 뭉치고 범같

---

3 奇術師. 마술사.

이 쭈그린 이 한 자. 최고의 지성과 웅지[4]를 품었던 한 생애의 전 체험이, 한 인격이 온통 거기 불멸화하였다. 이것이 주는 눈짓과 부르는 손짓과 소곤거리는 말을 나는 모른다. 나는 그것이 그러리라는 것을 어렴풋이 유추할 뿐이다. 이 무슨 불행일 것이냐.

어떻게 하면 한 생애가 한 정신이 붓대를 타고 가는 털을 타고 먹으로써 종이 위에 나타나 웃고 손짓하고 소곤거릴 수 있느냐? 어쩌면 한참만큼 손을 펼 때마다 한 송이 꽃이 나오는 기술奇術에 다다를 수 있느냐?

우리가 처음에는 선인들의 그 부러운 기술을 보고 서투른 자기 암시를 하고 염언念言을 외이고 땀을 흘리고 주먹을 쥐었다 폈다 하는 것이다. 그저 빈주먹을. 그러는 중에 어쩌다가 자기 암시가 성공이 되는 때가 있다. 비로소 주먹 속에 들리는 조그만 꽃 하나. 염화시중의 미소요, 이심전심의 비법이다.

이래서 손을 펼 때마다 꽃이 나오는 확실한 경지에 다다르려면 무한한 고난과 수련의 길을 밟아야 한다. 그러나 그가 한번 밤에 흙을 씻고 꾸며 논 무대 위에 흥행하는 기술사로 올라설 때에 그의 손에서는 다만 가화假花 조각이 펄펄 날릴 뿐이다. 그가 뿌리를 땅에 박고 광야에 서서 대기를 호흡하는 나무로 서 있을 때만 그의 가지에서는 생명의 꽃이 핀다.

시인은 진실로 우리 가운데서 자라난 한 포기 나무다. 청명한 하늘과 적당한 온도 아래서 무성한 나무로 자라나고 장림長霖과 담천曇天 아래서는 험상궂은 버섯으로도 자라날 수 있는 기이한 식물이다. 그는 지질학자도 아니요 기상 대원일 수도 없으나 그는 가장 강렬한 생명에의 의지를 가지고 빨아올리고 받아들이고 한다. 기쁜 태양을 향

---

4 雄志. 웅대한 뜻.

해 손을 뻗치고 험한 바람에 몸을 움츠린다. 그는 디만 기록하는 이상으로 그 기후를 생활한다. 꽃과 같이 자연스러운 시, 꾀꼬리같이 흘러나오는 노래, 이것은 도달할 길 없는 피안을 이상화한 말일 뿐이다. 비상한 고심과 노력이 아니고는 그 생활의 정精을 모아 표현의 꽃을 피게 하지 못하는 비극을 가진 식물이다.

시인의 심혈에는 외계에 감응해서 혹은 스스로 넘쳐서 때때로 밀려드는 호수가 온다. 이 영감을 기다리지 않고 재주 보이기로 자주 손을 벌리는 기술사는 드디어 빈손을 벌리게 된다.

영감이 우리에게 와서 시를 잉태시키고는 수태를 고지하고 떠난다. 우리는 처녀와 같이 이것을 경건히 받들어 길러야 한다. 조금이라도 마음을 놓기만 하면 소산消散해 버리는 이것은 귀태鬼胎이기도 하다. 완전한 성숙이 이르렀을 때 태반이 회동그라니 돌아 떨어지며 새로운 창조물, 새로운 개체는 탄생한다. 많이는 다시 영감의 도움의 손을 기다려서야 이 장구한 진통에 끝을 맺는다.

태반이 돌아 떨어진다는 말이 있고, 꼭지가 돈단 말이 있고, 갓이 돈단 말이 있다.

눅은 꿀을 드리우면 내려지다가 도로 올라붙는다.―이 스스로 응축하는 힘.

물이 잡혔던 쌀알이 굳어지는 것을 걷어잡는다고 한다.

물과 쌀과 누룩을 빚어 넣어서 세 가지가 다 원형을 잃은 다음에 술이 생긴다.

한 백 년 동안 지하실에 묵혀 두었던 미주美酒의 복욱馥郁한 향기를 시는 가져야 한다.

이런 것들이 선인이 그 체득한바 미각을 무어라 설명치 못하고 떨어트린 낱말들이다.

시를 꽃에 비유하나, 구슬에 비기나, 과실에 비기나, 의상에, 참으로 우악스럽게 구두에 견주나, 마찬가지로 비유가 그것 그 물건은 아니다. 여표지월5이란 말이 있다.

　시는 시인이 늘어놓는 이야기가 아니라, 말을 재료 삼은 꽃이나 나무로 어느 순간의 시인의 한쪽이 혹은 온통이 변용하는 것이라는 주장을 위해서 이미 수천 언言을 벌여 놓았으나 다시 돌이켜 보면 이것이 모두 표말6에 속하는 일이라 할 수도 있다. 시인으로나 그저 사람으로나 우리에게 가장 중요한 것은 심두心頭에 한 점 경경耿耿한 불을 기르는 것이다. 나마羅馬 고대에 성전 가운데 불을 정녀들이 지키던 것과 같이 은밀하게 작열할 수도 있고 연기와 화염을 뿜으며 타오를 수도 있는 이 무명화無名火. 가장 조그만 감촉에도 일어서고, 머언 향기도 맡을 수 있고, 사람으로서 우리가 아무것을 만날 때에나 어린 호랑이 모양으로 미리 겁怯함 없이 만져 보고 맛보고 풀어 볼 수 있는 기운을 주는 이 무명화. 시인에 있어서 이 불기운은 그의 시에 앞서는 것으로 한 선시적先詩的인 문제이다. 그러나 그가 시를 닦음으로 이 불기운이 길러지고 이 불기운이 길러짐으로 그가 시에서 새로 한 걸음을 내디딜 수 있게 되는 교호 작용이야말로 예술가의 누릴 수 있는 특전이요 또 그 이상적인 코스인 것이다.

(『삼천리문학』 1938. 1.)

5　如標指月. 손가락으로 달을 가리킴과 같다.
6　表末. 중요한 것이 아니라 표면적이고 말단적이라는 뜻이다.

창조의 고뇌와 무명화의 자리

한국 현대문학사에 박용철은 몇 안 되는 의인의 하나로 그 이름이 기록될 만하다. 그는 아무 사심 없이 사재를 털어 성심성의껏 문학지를 간행한 사람이며 문학적 투신의 고행 속에 순절한 사람이다.

1930년 3월 오로지 자신의 자금만으로『시문학』을 창간하면서, 창간사를 쓸 만도 한데 그는 책 뒤에 짧은 편집 후기만을 썼다. 그 편집 후기의 첫 문장은 도전적이고 감격적이다. "우리는 시를 살로 새기고 피로 쓰듯 쓰고야 만다. 우리의 시는 우리의 살과 피의 맺힘이다"라고 그는 썼다. 이 말은 그에게 시를 쓰는 것이 목숨처럼 소중한 것, 독립운동과 같은 차원의 일이라는 의미를 나타낸다. 끝부분에서 "문학의 성립은 그 민족의 언어를 완성시키는 길"이라는 말도 했다. 정성을 다 바쳐『시문학』을 냈건만 책을 사 보는 사람은 거의 없었다.『시문학』2호는 두 달 후인 1930년 5월에 간행되었고, 3호는 그로부터 1년 5개월이 지난 1931년 10월에 나오고 종간되었다.

그는 여기서 주저앉지 않고 다시 대중성을 겨냥한『문예월간』을 간행하였다. 그러나 대중적 교양을 목표로 한 문학지도 독자의 관심을 끌 수는 없었다. 이 잡지도 1931년 11월, 12월, 1932년 1월, 3월 총 4회를 간행하고 종간되고 말았다. 사재를 털어 두 차례나 문학지를 간행하였으나 중도에 유산되어 실의에 잠긴 박용철은 얼마 후 결핵으로 병석에 눕게 되는데, 그래도 문예지 발간 사업은 포기하지 않았다. 어느 정도 건강이 회복되자 1934년 1월 고급스러운 순수 문예지『문학』을 간행하였으나 이 잡지도 3호를 끝으로 종간되고 말았다.

그러나 박용철은 시가 민족의 언어를 완성시킨다는 초심을 버리지 않았다. 그는 다시 사재를 털어 한국문학사에 길이 빛날 아름다운 두 권의 시집을 출간하였으니, 그것이 바로『정지용 시집』(1935. 10.)과

『영랑 시집』(1935. 11.)이다. 이 두 권의 책은 한국 출판사에 길이 남을 예술적인 고급 장정의 시집이다. 이 시집의 발간으로 정지용은 명실공히 조선 최고의 시인으로 자리 잡고, 김영랑은 동인지『시문학』의 시인에서 본격적인 조선시단의 시인으로 부상하게 된 것이다. 그러면서도 박용철은 자신의 시집을 출판하지 않았다. 몇 차례의 문예지 간행과 시집 출간으로 여유 재산을 거의 소진한 박용철은 더 이상 재기하지 못하고 건강이 악화되어 1938년 5월에 세상을 떠났다.

박용철의「시적 변용에 대해서」는 1938년 1월에 창간된『삼천리문학』에 실렸다. 이 시론을 쓸 당시 그의 병세는 더욱 악화되어 입원과 퇴원을 반복했고, 5월 12일에 타계함으로써 이 시론은 그의 마지막 글이 되었다.

이 글에는 릴케의 시론과 하우스먼A. E. Housman 시론의 영향이 투영되어 있다. 그럼에도 불구하고 도입부의 문장은『시문학』창간호 편집 후기의 "우리는 시를 살로 새기고 피로 쓰듯 쓰고야 만다"는 구절을 떠오르게 한다. 체험과 변용에 대한 설명은 릴케와 하우스만의 시론에서 따온 것이어서 박용철의 개성이 묻어나지는 않는다. 그보다 더 주목되는 것은 이 글의 여러 곳에 나오는 '시인 영감설'에 해당하는 내용이다. "사랑에 취해 홀려 듣는 사람의 귀", "지극히 예민한 감성", "하나님의 다음가는 창조자" 등이 그것이다. 이것을 낭만주의 시론의 영향으로 설명할 수도 있지만, 시를 깊이 탐구하는 사람이라면 누구나 도달하게 되는 시 창작의 신비로운 과정에 대한 성찰로 받아들이는 것이 좋을 것이다. 이것은 시 창조의 원동력으로 '시혼'을 설정한 김소월과 유사하다. 이런 점에서 그의 시적 사유는 김소월 다음 자리에 놓인다.

박용철은 1935년과 36년에 걸쳐 기교주의 논쟁을 펼치면서, 임화는 시를 "약간의 설명적 변설辨說"로 보는데 시는 "변설 이상의 것"이고 그것을 드러내는 데에서 시의 참된 모습이 드러난다고 비판하였다. 그 "변설 이상의 것"이 무엇인가에 대한 답변이 바로 이 체험과 변용의 시론이다. 그는 릴케의 생각에 기대어 시란 감정의 표현이 아니라 체험의 산물이라고 말했다. 시인이 체험한 모든 것이 기억 속에 용해되었다가 언어를 통해 새롭게 현현되는 것이 시라는 주장이다. 여기서 박용철의 독창적인 사유가 빛나는 부분은, 진정한 시를 쓰기 위해서는 "무한한 고난과 수련의 길을 밟아야 한다"는 주장을 내세운 대목이다. 다양한 체험이 중요하고 그 체험을 용해시키는 과정도 중요하지만 그 것보다 더 중요한 것은 끊임없는 창조의 노력이다. 어쩌다 한 번 좋은 시를 쓴 후 관성에 이끌려 유사한 시를 반복하는 것은 흥행하는 마술사의 손끝에 가짜 꽃을 남발하는 것과 마찬가지라고 경고한다. 그러므로 손끝으로 익힌 얄팍한 기교에 의해 시를 쓰는 김기림이나 이미 지정된 주제를 유사한 어구로 판 박아 내는 임화류의 시는 흥행하는 마술사의 손끝에 날리는 가짜 꽃에 불과했던 것이다. 언어와 리듬을 붙들고 "비상한 고심과 노력"으로 미의 세계를 구축해 가는 김영랑의 시가 진짜 시였고, 그것이 바로 변설 이상의 시였던 것이다.

그는 종결부에서 다른 누구도 하지 않았던 매우 독특한 이야기를 하고 있다. 지금까지 자기가 한 이야기는 다 지엽 말단적인 것이고, 정말 중요한 것은 "심두에 한 점 경경한 불을 기르는 것"이라고 했다. 이 것은 시를 창조하는 인간 내면의 순수한 정신, 김소월이 말한 '시혼'에 해당하는 요소를 지칭한 것이다. 희랍이나 로마의 성전에서 정결한 여인들이 지키던, 무어라 이름 부를 수 없는 그 순수의 불길. 그것이 시인이건 누구건 사람 모두에게 가장 소중한 것이라고 했다. 이것은 시를 짓고 읽고 비평하는 모든 언어 행위에 앞서는 "선시적인 것"이다. 이것이 있었기에 그는 자신의 몸과 마음을 바쳐 문학의 길로 매진해 간 것이다.

이것이 시 이전에 갖추어야 할 것이라면, 마음에 진정한 불길이 피어날 때까지 우리는 그저 기다려야만 하는 것인가? 그것이 아니라는 점을 그는 마지막 문장에서 분명히 밝혔다. 이 문장에 나오는 "교호작용"이라는 말은 시 창작상 불멸의 진리로 받아들여야 할 개념이다. 이 한 마디 말로 그는 한국시론사에 남을 불변의 진실 하나를 드러냈다. 그는 무엇이라 말하였는가? 시를 성심으로 지으면 불기운이 길러지고, 이 불기운이 길러지면 더욱 뛰어난 시가 탄생한다고 했다. 창작과 시정신의 교호 작용이 시인이 누리는 특전이요 시인이 겪는 이상적인 창작 과정이라고 그는 간명하게 잘라 말하였다. 이러한 창작의 비밀을 드러낸 것만으로도 그의 시론은 문학사에 빛날 만하다.

3

김환태의 「정지용론」

정지용론

김환태

香그런 꽃뱀이
高原꿈에 옴치고 있소.

_「절정」

얼골이 바로 푸른 한울을 우러렀기에
발이 항시 검은 흙을 향하기 욕되지 않도다.

_「나무」

1

　한 천재의 생활의 습성에서 그의 예술을 그대로 연역하려는 노력
은, 마치 아버지를 보고 그 아들을 그리려는 것과 같은 희비극을 연출

하는 수가 없지 않으나, 예술은 언제나 생활의 아들이기 때문에 한 천재의 생활의 습성을 알 때 그의 예술을 이해하는 데 도움은 될지언정 방해는 되지 않는다는 것만은 부인할 수 없는 사실이다. 이에 나는 시인 정지용을 말하기 전에 인간 정지용을 이야기함도 부질없는 일은 아닐 줄 안다.

그는 그의 속에 어른과 어린애가 함께 살고 있는 어른 아닌 어른, 어린애 아닌 어린애다. 어른처럼 분별 있고 침중한가 하면, 어린애처럼 천진하고 재재바르다. 콧수염이 아무리 위엄을 갖추려도, 마음이 달랑거린다. 때로 어린애처럼 감정의 아들이 되나, 어른처럼 제 마음을 달랠 줄을 안다.

그는 사교의 왈패꾼이다. 사람에 섞이매 눈을 본 삽살개처럼 감정과 이지가 방분하여, 한데 설키고 얽히어 폭소, 냉소, 재담, 해학, 경구가 한목 쏟아진다. 이런 때 그는 남의 언동과 감정을 돌아볼 겨를이 없다. 이에 우리는 그에게서 감정의 무시를 당하는 일도 없지 않으나, 연발해 나오는 폭죽같이 찬란한 그의 담소 속에 황홀하게 정신을 빼앗기고야 만다.

이리하여 우리가 가로에서 만나고 찻집 대리석 테이블로 건너보고, 술상을 앞에 맞대고 보는 그는, 언제나 명랑하고 경쾌한 낙천가이다. 그러나 그의 이 일면만 볼 때 우리는 달의 또 한쪽을 보지 못한 것이다.

천재의 가장 큰 특징의 하나는 그 심한 마음의 동요에 있다. 천재는 남이 보지 못하는 데서 보고, 남이 느끼지 못하는 것을 느끼는 사람이다. 한 개인의 털끝만한 불순한 동기도, 사회의 조그마한 무질서도 그는 그대로 보아 넘기지를 못한다. 그리고 가장 미미한 부조화도, 잡음도 그는 치명적으로 느낀다. 이에 그의 마음은 늘 태풍을 만난 바다같이 동요한다.

동요는 언제나 정밀과 균형을 동경하는 것이다. 그리하여 천재의 마음의 동요는 정밀과 질서의 세계에 대한 향수를 낳는다. 이 향수가 그림자같이 천재를 따르는, 어딘지 홀로 떨어진 이름 모를 비애와 고독이다. 그러므로 천재는 언제나 비애와 고독을 숙명으로 타고난 불행한 족속이다.

우리 시인 정지용도 이 불행한 족속의 숙명인 비애와 고독을 유전받았다. 그리하여 저자에서 보는 그는 명랑하고 경쾌한 낙천가이나, 그의 마음속을 가만히 들여다 볼 때 그는 서러울 리 없는 눈물을 소녀처럼 짓는 슬픈 사람이요, "나이 어린 코끼리처럼 외로운" 사람이다. 향수에 질리운 사람이 이국 거리를 싸다니듯이 까닭 없는 막연한 향수에 끌리어 저사를 찾아 나가나 고향은 종시 찾지 못하고 가벼운 탄식만 지고 오는 것이 그의 슬픈 일지日誌요, 낮이면 퐁퐁 공처럼 튀어나갔다가 밤이면 젊은 설움을 한아름 안고 돌아오는 것이 그의 적막한 습관이다.

그의 이 슬픈 일지를 읽고 이 적막한 습관을 들여다보지 않고, 손뼉 치고 너털웃음을 웃는 그만 볼 때, 우리는 그를 반분도 이해 못한 것은 물론 그의 시의 가장 아름다운 매력과 향기를 끝내 감득하지 못하고 말게 될 것이다.

2

시인의 연령의 노소와 그 작품의 우열을 불고하고 완성하였다는 느낌을 주는 사람과 미완성이라는 느낌을 주는 사람이 있다. 그러나 정지용은 아직 우리에게 완성하였다는 느낌을 주는 시인은 아니다. 그는 아직도 앞으로 몇 번이나 변모하여 우리를 놀라게 하여 줄는지 모르는 미완성의 시인이다.

그럼에도 불구하고 그의 명성은 이미 정하여졌다. 아무도 그의 천재를 감히 의심하고 부정하는 사람이 없다. 누구나 그를 천재라고 부르고 그의 시를 아름답다고 그런다. 그런데 말이란 불완전한 것이어서 언제나 그 말을 사용하는 그 사람이 주는 의미와 분량밖에는 담지 않는 것이라는 실례를 우리는 "시인 정지용은 천재다", "그의 시는 우수한 감각의 시다" 하는, 이런 종류의 상찬하는 말 속에서 볼 수가 있다.

"시인 정지용은 천재다", "그의 시는 우수한 감각의 시다" 이렇게들 말할 때에, 각 사람이 그 말속에 내포시키는 의미를 나는 일일이 검토할 겨를도 없거니와 그리할 필요도 느끼지 않는다. 그러나 다만 하나, 가장 많은 사람이 그 말속에 내포시키는, 그리고 가장 많은 사람이 그리 신빙하기 쉬운, 따라서 시인 정지용의 본질을 엄폐하여 그를 오해케 할 염려가 있는, "그는 감각이 누구보다 예민한 시인이다", "그의 천재의 본질은 그의 이 예민한 감각에 있다", "그의 시의 미는 그것이 화려한 감각의 연락¹인 데 있다" 하는 이런 의미를 나는 검토해 보지 않을 수 없다. 그는 그리함으로써 시인 정지용을 그릇된 이해에서 구출할 수 있을까 하는 생각에서이기도 하나, 그보다도 그리함으로써 그를 진정으로 이해할 길이 열리리라고 믿기 때문이다.

그는 과연 감각이, 더욱이 시각이 누구보다도 예민한 사람이요, 따라서 그의 시는 일대 감각의 향연이다. 그러나 그의 시는 단지 찬란하고 화려할 뿐이요, 아무런 의미 없는 그런 감각의 축적은 아니다. 그의 감각은 수정알처럼 맑고 보석처럼 빛날 뿐 아니라 그 속에 감정이 산드랗게 얼어 비애와 고독이 별빛처럼 서리고 있다. 이리하여 이양하 씨가 적절하게도 설파한 바와 같이,

---

1 聯絡. 시의 아름다움이 화려한 감각과 관련되어 있다는 뜻이다.

백화 수풀 앙당한 속에
계절이 쪼그리고 있다.

이곳은 육체 없는 요적한 향연장
이마에 시며드는 香料로운 滋養!

해발 오천 피이트 권운층 우에
그싯는 성냥불!

동해는 푸른 벽화처럼 옴직 않고
누뤼알이 참벌처럼 옮겨 간다.

연정은 그림자마자 벗자
산드랗게 얼어라! 귀또라미처럼.

_「비로봉」

이런 한 완전한 감각적 서경시까지도 그에 있어서는 곧 서정시가
되는 것이다.

"비극은 반드시 울어야 하지 않고, 사연하거나 흐느껴야 하는 것이
아닙니다. 비극은 실로 묵默합니다."(「밤」) 연정, 고독, 비애, 이 모든 정
서는 한숨 쉬고 눈물 흘려야만 하는 것이 아니다. 시인 정지용은 이런
정서에 사로잡힐 때 그저 한숨 쉬거나 눈물짓지 않고, 이름 못할 외로
움을 검은 넥타이처럼 만지고, 모양할 수도 없는 슬픔을 오랑쥬 껍질
처럼 씹는다. 이리하여 그의 감각은 곧 정서가 되고 정서는 곧 감각이
된다.

3

앞에서 말한 바와 같이 그는 우리가 느끼는 것을 감각한다. 감각 속에 가두고 그 속에 결정시킨다. 그리하여 그의 천재의 특질은 그의 순수한 감정과 찬란한 감각에 있다. 그러나 그의 천재의 특질은 또 하나 그의 예리한 지성에 있다.

시는 감정의 표현이라고 한다. 그러나 그 말은 감정을 그대로 문자로 기록하여 놓을 때 그것이 곧 시가 된다는 말은 아니다.

시란 결국 조화요 질서다. 그러나 있는 그대로의 감정은 곧 질서와 조화를 의미하지 않는다. 그리고 또 문학 그것이 곧 감정에 질서와 조화를 부여하는 것은 아니다. 그러므로 천재는 반드시 깊이 느끼고 예리하게 감각하는 외에 그 느끼고 감각한 것을 조화하고 통일하는 지성을 갖추어야 한다.

정지용은 이 지성을 가장 고도로 갖추고 있는 시인이다. 그리하여 그는 결코 감정을 그대로 토로하는 일이 없이 그것이 질서와 조화를 얻을 때까지 억제하고 기다린다. 그리고 감정의 한 오라기도, 감각의 한 조각도, 총체적 통일과 효과를 생각하지 않고는 덧붙이지도 깎지도 않는 것은 물론, 가장 미미한 음향 하나도 딴 그것과의 조화를, 그리고 그 내포하는 의미와의 향응響應을 고려함이 없이는 그의 시 속에서의 호흡을 허락하지 않는다.

어느 마을에서는 紅疫이 躑躅처럼 爛熳하다

_「홍역」

이렇게 홍역을 형용함에 있어서 "척촉躑躅처럼 난만爛熳하다"는 이런 화려한 감각으로써 함도, 어린애의 얼굴에 붉게 피어오르는 홍역

을 형용하기에 적절하다는 그런 이유에서뿐 아니라, 새까만 석탄 속
에서 붉게 피어 나오는 불, 유리도 빛나지 않고 깜깜한 12월 밤, 이런
것들과의 상조相照에서 나오는 큰 효과를 계량한 까닭이다.

　그리고,

　　이마에 觸하는 쌍그란 계절의 입술.

　　　　　　　　　　　　　　　　_「귀로」

　　美한 風景을 이룰 수 없도다.

　　　　　　　　　　　　　　　　_「갈릴레아 바다」

에서 보는 바와 같이 "촉觸하는", "미美한" 이런 우리의 귀에 익지 않은
새로운 형용사를 만들어 쓴 것은 문자를 희롱하려는 부질없는 마음에
서가 아니라, "촉하는"은 이마에 쌍그렇게 닿는 냉기의 감각을 그대로
음으로 번역하여 놓으려는, 그리고 "미한"은 "아름다운 풍경"보다도
"미한 풍경" 이렇게 보드라운 어운語韻을 만들려는 의도에서이다.

　그런데 그의 가장 천재의 근본적 특질은, 그의 순수한 감정에도 그
화려한 감각에도 있지 않은 것은 물론 그의 감정의 감각적 결정에도
있지 않고, 그의 감정과 감각과 이지의 그 신비한 결합에 있다.

　　가까스로 몰아다 붙이고
　　변죽을 둘러 손질하여 물기를 시쳤다.

　　이 앨쓴 海圖에
　　손을 씻고 떼었다.

찰찰 넘치도록
돌돌 굴르도록

회동그라니 받쳐 들었다!
지구는 연잎인 양 오므라들고…… 펴고……

_「바다」

이 얼마나 아슬아슬한 지성과 감각과 감정의 미묘한 한 하모니냐?
우리는 그 속에서 벌써 지성과 감각과 감정을 따로따로 구별하지 못
한다. 지성이 감각이요, 감각이 감정이요, 감정이 지성이다.

이리하여 된 그의 시는 우리가 그의 시 속에서 단 한 편의 태작도
발견할 수가 없이 하나하나가 모두 수정알처럼 완전한 결정이다. 따
라서 그의 시에는 우리가 소위 영감파靈感派에서 보는 유로감流路感은
없다. 육감과 체온이 희박하다. 윤곽이 몽롱하지 않고 명료하다. 그렇
다고 그는 결코 시를 만드는 사람은 아니다. 그는 영감이 나무 끝에
오는 바람결같이 그의 마음속에 불어오면 그것이 스스로 자라 태반을
떨어질 때까지 기다린다. 그리고 그것이 태반을 떨어질 때까지 그에
게 자양을 공급하고 모양을 만들고 살을 붙이는 것이 곧 그의 감정이
요 지성이요 감각이다.

4

고독의 시인, 비애의 시인 정지용은 또한,

그의 모습이 눈에 보이지 않았으나

그의 안에서 나의 호흡이 절로 닳도다.

물과 聖神으로 다시 낳은 이후
나의 날은 날로 새로운 태양이로세.

뭇사람과 소란한 세대에서
그가 다맛 내게 하신 일을 전하리라!

미리 가지지 않았던 세상이어니
이제 새삼 기다리지 않으련다.

영혼은 불과 사랑으로! 육신은 한낱 괴로움
보이는 한울은 나의 무덤을 덮을 뿐.

그의 옷자락이 나의 五官에 사모치지 않았으나
그의 그늘로 나의 다른 한울을 삼으리라.

_「다른 한울」

  이런 경건한 노래를 들려주는 신앙의 시인이다. 아직 기독교적 신앙의 역사가 짧은, 그리고 한 편의 진정한 신앙의 시도 갖지 못한 이 땅에서 가톨릭 시인 정지용을 가진 것은 이 얼마나 우리에게 다행하고 기쁜 일이냐?

  그런데 우리가 신앙의 시인 정지용을 이해하려면 또한 고독의 시인, 비애의 시인 정지용을 생각하지 않으면 안 된다.

  신앙의 문은 하나이나 그 문으로 인도하는 길은 여럿이다. 혹은 절망적 허무감에서 신에 귀의하고, 혹은 깊은 죄과의 참회에서 하느님 앞에 엎드린다. 그러나 우리가 정지용의 시에서 이름할 수 없는 비애와 고독은 보나, 절망적 허무감이나 뼈아픈 참회나 고백은 볼 수 없는 것으로도 알 수 있는 바와 같이, 그는 허무감이나 참회의 길을 통해서가 아니라 비애와 고독[2]의 길을 통해서 신앙의 문에 이른 것이다.

우리가 앞에서 본 바와 같이 그는 늘 마음 안으로 표장表章을 하고 있는 사람이요 고독을 오롯이 월광처럼 쓰고 있는 사람이다. 그런데 비애는 반드시 위안을 부르는 것이요 고독은 빛을 그리는 것이다. 이에 고독과 비애의 아들 정지용은 거의 본능적으로 어린애가 어머니 품 안을 찾아들듯이 성모 마리아의 품 안을 찾아들은 것이요, 해바라기가 해를 쫓듯이 다시 없이 큰 빛, 예수 그리스도를 좇은 것이다.

예수 그리스도의 빛 속에 싸이고 성모 마리아의 품 안에 안긴 그는, 마음의 평안과 위안을 얻어, 그의 가장 안에서 살고 죽었다 가는 스스로 불탄 자리에서 나래를 펴고는 일어나는 그의 비애를 신부로 맞이하고, "회한도 또한 거룩한 은혜"로 느낄 거룩한 체념에까지 다다른 것이다. 그리하여 그의 이 거룩한 체념의 노래가 곧 그의 신앙의 노래가 된 것이다.

5

끝으로 우리는 시인 정지용은 또한 가장 완전히 동심을 파악한 동요, 동시 작가라는 것을 잊어서는 안 된다.

---

2 원문에는 '허무'라고 되어 있으나 앞뒤의 문맥으로 볼 때 '고독'을 '허무'로 잘못 적은 것 같아서 '고독'으로 교정하였다.

할아버지가

담뱃대를 물고

들에 나가시니

궂은 날도

곱게 개이고,

할아버지가

도롱이를 입고

들에 나가시니

가문 날도

비가 오시네.

_「할아버지」

　이 얼마나 순진한 동심의 파악이냐? 이것은 우리가 어른 정지용 속에서 본 어린애 지용이의 노래다.

　이상으로써 나는 나의 눈의 빛인 시인 정지용을 말하였다. 그러나 이것으로 나는 그의 시의 아름다움과 그의 시에서 받은 기쁨을 반분도 전하지 못하였다. 그의 시를 알려는 사람은 그의 시를 읽고 스스로 그의 시의 아름다움을 느끼고 그의 시가 주는 기쁨을 맛보아야 할 것이다. 우리가 그의 시에서 어떤 진리나 윤리적·정치적 목적을 찾지 않고, 고귀한 고독을, 전아한 비애를, 경건한 염원을, 그리고 순정한 동심을 보고 느끼려고 할 때, 그는 언제까지나 "향료로운 자양"에 찬 정신적 향연을 우리에게 베풀어 주기에 인색하지 않을 것이다.

（『삼천리문학』 1938. 4.）

1930년대 시인론의 한 전범

김환태는 교토의 도시샤(同志社) 대학 예과를 거쳐 후쿠오카의 규슈(九州) 제국대학 영문학과를 정식으로 졸업한 평론가다. 그 당시 문인들이 대부분 소설이나 시를 쓰면서 평론을 겸한 데 비해, 김환태는 자신의 비평적 태도를 확실히 밝히고 평론에 임한 전문 비평가이다. 당시 제국대학 영문학과의 주류는 영국 낭만주의였고, 그의 졸업논문인「문예비평가로서의 매슈 아널드와 월터 페이터」도 그러한 경향을 따른 것이다.

비평가로서 자신을 문단에 뚜렷이 내세운 평론「문예비평가의 태도에 대하여」(『조선일보』 1934. 4. 21.~22.)에서 "문예비평이란 문예 작품의 예술적 의의와 심미적 효과를 획득하기 위해 대상을 실제로 있는 그대로 보려는 인간 정신의 노력"이라고 정의를 내렸다. 여기서 '대상을 있는 그대로 본다'는 말을 주목할 필요가 있다. 사상적·정치적 배경을 가지고 문학 작품을 대하는 것을 그는 거부한 것이다. 작품을 충실히 이해하는 것이 목적이기 때문에 모든 선입견과 사상적 배경에서 떠나 '소박한 무지'의 상태에서 작품을 대하기를 원했다. 문학의 독자성과 순수성을 넘어서서 비평의 독자성과 순수성을 주장했고, 비평도 문학 작품을 통해 또 하나의 언어 구조물을 구성하는 일종의 창작 행위로 파악했다.

비평의 독자성과 예술성을 주장한 김환태는 그러한 주장을 실천하는 데 필요한 뛰어난 문장력을 갖추고 있었다. 부드러우면서도 정확한 그의 문장은 당대의 어느 누구도 따를 수 없었다. 그는 특유의 유려한 문체로 자신의 비평적 태도에 대해 다음과 같은 고백을 남겼다.

나는 상징의 화원에 노는 한 마리 나비고자 한다. 아폴로의 아이들이 가까스로 가꾸어 형형색색으로 곱게 피워 놓은 꽃송이를 찾아 그 미에 흠뻑 취하면 족하다. 그러나 그때의 꿈이 한껏 아름다웠을 때에는 사라지기 쉬운 그 꿈을 말의 실마리로 얽어 놓으려는 안타까운 욕망을 가진다. 그리하여 이 욕망을 채우기 위하여 쓰여진 것이 소위 나의 비평이다.

_「평단전망」,『조광』1940. 1.

아름다운 작품을 보면 거기서 심미적 감흥을 일으키게 되고 그 감흥과 인상을 가능한 한 충실히 기록하는 것이 비평이라고 밝힌 것이다.

그는 비평의 태도에 대해 꽤 많은 글을 썼지만 구체적인 예술 작품에 대한 본격적인 비평은 거의 하지 않았다. 그가 남긴 본격적인 작품론은 「정지용론」과 「김상용론」 두 편뿐이다. 이 중 「정지용론」은 그의 비평적 미덕이 유감없이 발휘된 예술적 비평문이다. 이것은 정지용의 시가 예술적 비평문이 감당할 만한 미학적 수준을 유지하고 있었기에 가능한 일이었다. 이 글은 정지용 시에 대한 뛰어난 감식력과 유려한 문장력이 조화를 이루고 있어서 당대 시인론의 전범으로 내세울 만하다. 지금까지 나온 많은 정지용론의 씨앗이 이미 이 글에 내장되어 있다.

「정지용론」의 첫 단락은 정지용의 인간적 특성을 이야기한 것이다. 정지용이 도시샤 대학 영문학과를 다닐 때 김환태는 예과에 재학 중이어서 둘 사이에 인간적인 교류도 있었지만, 그런 개인적 일화는 여기 전혀 언급되지 않는다. 대신 김환태는 시에서 발견한 정지용의 인간적 특성과 문단에서 파악한 정지용의 일화를 시 이해의 단서로 삼고 있다. 이 부분에서 정지용을 설명하는 어휘 대부분이 정지용의 시에 나오는 시어들임을 주목해야 한다. 이것은 김환태가 정지용의 시를 충분히 읽고 그 내용을 완벽하게 소화해 냈다는 사실을 알려 준다. "재재바르다"는「바다 2」에 나오는 시어고, "대리석 테이블"은「카페 프랑스」에 나오는 시어다. 그 외에「풍랑몽」,「선취」,「향수」,「귀로」,「해협」,「시계를 죽임」,「이른 봄 아침」,「고향」등『정지용 시집』(1935. 10.)에 나오는 상당수 시편의 시어들이 다채롭고도 자유롭게 원용되고 있다. 그뿐만 아니라 시집 이후에 발표된「유선애상」(『시와 소설』 1936. 3.)이나「명모明眸」(『중앙』 1936. 6.)에 나오는 구절까지 인용하여 서술하고 있다. 이것은 김환태가 시인론을 작성하기 위해 정지용의 거의 모든 시를 암송하고 내면화하였다는 사실을 알려 준다. 이러한 서술 방식은 현재 대부분의 비평가들이 따르고 있는 것이지만, 김환태 이전에 이런 작업을 실행한 사람이 없었다는 점이 중요하다.

두 번째 단락에서는 많은 사람들이 이미 지적한 정지용 시의 감각적 재능에 대해 이야기한다. 그러나 김환태는 거기서 더 나아가 정지용의 시가 감각 그 자체를 추구하는 것이 아니라 감각을 통해 정서를 표현하고 있음을 분명히 밝히고 있다. 말하자면 정서를 직접 표현하지 않고 "이름 못할 외로움을 검은 넥타이처럼 만지고, 모양할 수도 없는 슬픔을 오랑쥬 껍질처럼 씹는다"고 설명했다. 앞의 예는 정지용의 시「갈매기」를 거론한 것이고 뒤의 예는「압천」에서 따온 것이다. 정지용의 시구를 완전히 육화하여 정지용의 시가 감각을 전경화한 서정시임을 분명히 밝힌 것이다. 이것은 다른 비평가들이 정지용을 감각의 시인으로만 본 데서 한 단계 전진한 시각이다.

세 번째 단락은 여기서 더 나아가 감각과 정서를 통일하는 지성을 강조하였다. 지성의 통합 작용에 의해 정서와 감각이 균형을 이루고 시의 구조가 통일을 이룬다는 점을 밝힌 것인데, 이것은 현대 주지주의 이론에 관심을 가진 김기림이나 최재서도 하지 못한 이야기를 19세기 영국 낭만주의 학습자 김환태가 한 것이다. 김환태는 그만큼 시의 미학적 구조를 깊이 이해하고 있었다. 그래서 정지용의 천재성이 "그의 순수한 감정에도 그 화려한 감각에도 있지 않은 것은 물론 그의 감정의 감각적 결정에도 있지 않고, 그의 감정과 감각과 이지의 그 신비한 결합에 있다"는 점을 밝힌 것은 김환태의 비평적 천재성을 드러내는 대목이며 이 시인론에서 가장 빛나는 지점이다.

김환태는 이 핵심적 사항을 밝힌 다음에 부수적으로 정지용의 신앙시와 동시에 대해 언급했다. 특히 그의 신앙시가 절망이나 참회의 몸부림에 빠지지 않고 비애와 고독에서 출발하여 마음의 평안과 위안에 도달한 것으로 본 것도 정지용의 시를 정확히 이해한 것이다. 지성에 의해 균제를 이룬 것을 정지용 미학의 중핵으로 보았기 때문에 과도한 절망이나 감정의 파탄은 어울리지 않는다고 본 것이다.

일제 강점기 한국의 시론은 김소월의 '시혼의 시론'에서 박용철의 '무명화의 시론'을 거쳐 김환태의 '구조미 분석의 시론'에 이르렀다. 추상성의 차원이 점점 낮아져 구체적인 작품 분석이 중요한 관심사로 떠오르게 된 것이다. 그다음 자리에 창작 체험을 투영한 정지용의 시론이 놓이게 되는데, 이 과정은 문학사의 법칙성 같은 것을 떠올리게 한다.

4
—
정지용의 「시의 옹호」

시의 옹호

정지용

사물에 대한 타당한 견해라는 것이 의외에 고립하지 않았던 것을 알았을 때 우리는 비로소 안도와 희열까지 느끼는 것이다. 한 가지 사물에 대하여 해석이 일치하지 않을 때 우리는 서로 쟁론하고 좌단할 수는 있으나 정확한 견해는 논설 이전에서 이미 타당과 화협하고 있었던 것이요, 진리의 보루에 의거되었던 것이요, 편만한 양식의 동지에게 암합暗合으로 확보되었던 것이니, 결국 알 만한 것은 말하지 않기 전에 서로 알고 있었던 것이다. 타당한 것이란 천성天成의 위의를 갖추었기 때문에 요설을 삼간다. 싸우지 않고 항시 이긴다.

왜곡된 견해는 고독할 수밖에 없다. 고독한 상태에서 명목瞑目 못하는 것이 왜곡된 것의 비운이니, 견해의 왜곡된 것이란 영향이 크지 않을 정도에서일지라도 생명이 기분간¹ 비틀어진 것이 되고 만다.

---

1 幾分間. 얼마쯤.

생명은 비틀어진 채 몸짓을 아니 할 수 없으니, 이러한 몸짓은 부질 없이 소동할 뿐이다.

비틀어진 것은 비틀어진 것과 서로 도당徒黨으로 어울릴 수 있으나, 일시적 서로 돌려 가는 자위에서 화합과 일치가 있을 리 없다. 비틀어 진 것끼리는 다시 분열한다.

일편의 의리²와 기분幾分의 변론으로 실상은 다분多分의 질투와 훼상 으로써 곤곤한 장강 대류를 타매하고 돌아서서 또 사투私鬪한다.

시도 타당한 것과 협화하기 전에는 말하자면 밝은 자리가 크게 옳 은 곳이 아니고 보면 시 될 수 없다. 일간 직장도 가질 수 없는 시는 너 무도 청빈하다. 다만 의로운 길이 있어 형극의 꽃을 남하여 걸을 뿐이 다. 상인이 부담하지 않아도 무방한 것을 예전에는 시인한테 과중히 지웠던 것이다. 청절, 명분, 대의, 그러한 지금엔 고전적인 것을. 유산 한 푼도 남기지 않았거니와, 취리聚利까지 엄금한 소크라테스의 유훈 은 가혹하다. 오직 '선의 추구'만의 슬픈 가업을 소크라테스의 아들은 어떻게 주체하였던가.

시가 도리어 병인 양하여 우심憂心과 척의³로 항시 불평한 지사는 시 인이 아니어도 좋다. 시는 타당을 지나 신수神髓에 사무치지 않을 수 없으니, 시의 신수에 정신 지상의 열락이 깃들임이다. 시는 모름지기 시의 열락에까지 틈입할 것이니, 세상에 시 한다고 흥얼거리는 인사 의 심신이 번뇌와 업화에 끄스르지 않았으면 다행하다. 기쁨이 없이 이루는 우수한 사업이 있을 수 없으니, 지상至上의 정신 비애가 시의 열락이라면 그대는 당황할 터인가?

자가自家의 시가 알리어지지 않는 것이 유쾌한 일일 수는 없으나, 온慍하지4 않아도 좋다.

시는 시인이 숙명적으로 감상할 때같이 그렇게 고독한 것이 아니었다. 시가 시고 보면 진정 불우한 시라는 것이 있지 않았으니, 세대에 오른 시는 깡그리 우우5되고야 말았다. 시가 우우되고 시인이 불우하였던 것은 편만한 사실史實이다.

이제 그대의 시가 천문天文에 처음 나타나는 미지의 성신과 같이 빛날 때 그대는 희한히 반갑다. 그러나 그대는 훨씬 지상으로 떨어질 만하다. 모든 맹금류와 같이 노리고 있었던 시안詩眼을 두려워하고 신뢰함은 시적 겸양의 미덕이다. 시가 은혜로 받은 것일 바에야 시안도 신의 허여하신 바 아닐 수 없다. 시안이야말로 기계적인 것이 아니라, 차라리 선의와 동정과 예지에서 굴절하는 것이요, 마침내 상탄賞嘆에서 빛난다. 우의友誼와 이해에서 배양될 수 없는 시는 고갈할 수밖에 없으니, 보아줄 만한 이가 없이 높다는 시, 그렇게 불행한 시를 쓰지 말라. 시도 기껏해야 말과 글자로 사람 사는 동네에서 쓰여지지 않았던가. 불지하허不知何許의 일개 노구老嫗를 택하여6 백낙천은 시적 어드바이저로 삼았다든가.

시는 다만 감상에 그치지 아니한다.

시는 다시 애착과 우의를 낳게 되고, 문화에 대한 치열한 의무감에까지 앙양한다. 고귀한 발화에서 다시 긴밀한 화합에까지 효력적인 것이 시가 마치 감람 성유의 성질을 갖추고 있다.

이에 불후의 시가 있어서 그것을 말하고 외이고 즐길 수 있는 겨레

---

4 성내지.
5 優遇. 후하게 대접함.
6 아무 것도 모르는 할머니를 선택해서.

는 이방인에 대하여 항시 자랑거리니, 겨레는 자랑에서 화합한다. 그 겨레가 가진 성전聖典이 바로 시로 쓰여졌다.

문화욕에 치구馳驅하는7 겨레의 두뇌는 다분히 시적 상태에서 왕성하다. 시를 중추에서 방축한 문화라는 것은 생각조차 할 수 없다. 성급한 말이기도 하나 시가 왕성한 국민은 전쟁에도 강하다.

감밀甘蜜을 위하여 영영嚶嚶하는 봉군蜂群의 본능에 경이를 느낄 만하다면 시적 욕구는 인류에 있어서 가장 우수한 본능이 아닐 수 없다.

부지런한 밀봉은 슬퍼할 여가가 없다. 시인은 먼저 근면하라.

문자와 언어에 혈육적 애를 느끼지 않고서 시를 사랑할 수 없다. 사랑은커니와 시를 읽어서 문맥에도 통하시 못하나니 시의 문맥은 그들의 너무도 기사적記事的인 보통 상식에 연결되기는 부적한 까닭이다. 상식에서 정연한 설화, 그것은 산문에서 찾으라. 예지에서 참신한 영해嬰孩의 눌어訥語, 그것이 차라리 시에 가깝다. 어린아이는 새말밖에 배우지 않는다. 어린아이의 말은 즐겁고 참신하다. 으레 쓰는 말일지라도 그것이 시에 오르면 번번이 새로 탄생한 혈색에 붉고 따뜻한 체중을 얻는다.

시인은 구극에서 언어 문자가 그다지 대수롭지 않다. 시는 언어의 구성이기보다 더 정신적인 것의 열렬한 정황 혹은 왕일한 상태 혹은 황홀한 사기士氣이므로 시인은 항상 정신적인 것에서 정신적인 것을 조준한다. 언어와 종장8은 정신적인 것까지의 일보 뒤에서 세심할 뿐이다. 표현의 기술적인 것은 차라리 시인의 타고난 재간 혹은 평생 숙

---

7 바삐 달려가는.
8 宗匠. 으뜸가는 기술자라는 말로, 표현 기법이라는 뜻으로 쓰였다.

런한 완법[9]의 부지중의 소득이다. 시인은 정신적인 것에 신적 광인처럼 일생을 두고 가엾이도 열렬하였다. 그들은 대개 하등의 프로페셔널에 속하지 않고 말았다. 시도 시인의 전문이 아니고 말았다.

정신적인 것은 만만하지 않게 풍부하다. 자연, 인사, 사랑, 죽음 내지 전쟁, 개혁, 더욱이 덕의적德義的인 것에 멍이 든 육체를 시인은 차라리 평생 지녀야 하는 것이니, 정신적인 것의 가장 우위에는 학문, 교양, 취미 그러한 것보다도 '애'와 '기도'와 '감사'가 거한다. 그러므로 신앙이야말로 시인의 일용할 신적 양도[10]가 아닐 수 없다.

정취의 시는 한시漢詩에서 황무지가 완전히 없어지고 말았으리라. 진정한 '애'의 시인은 기독교 문화의 개화지 구라파에서 족출하였다. 영맹獰猛한 이교도일지라도, 그가 지식인일 것이면 기독교 문화를 다소 반추하는 것임에 틀림없다.

신은 '애'로 자연을 창조하시었다. 애에 협동하는 시의 영위營爲는 신의 제2의 창조가 아닐 수 없다.

이상스럽게도 시는 사람의 두뇌를 통하여 창조하게 된 것을 시인의 영예로 아니할 수가 없다.

회화, 조각, 음악, 무용은 시의 다정한 자매가 아닐 수 없다. 이들에서 항시 환희와 이해와 추이를 찾을 수 없는 시는 화조월석과 사풍세우[11]에서 끝나고 말았다. 그러나 이러한 것들의 구성, 조형에 있어서는 흔히 손이 둔한 정신의 선수만으로도 족하니 언어와 문자와 더욱이 미의 원리와 향수에서 실컷 직성을 푸는 슬픈 청빈의 기구를 가진 시인은 마침내 비평에서 우수한 성능을 발휘하고 만다.

---

9 腕法. 재능.
10 神的 糧道. 신의 양식 또는 거룩한 양식.
11 乍風細雨. 사전에는 비껴 부는 바람과 가늘게 내리는 비라는 뜻으로 斜風細雨가 나온다. 乍風은 잠깐 부는 바람이라는 뜻이다.

시가 실제로 어떻게 제작되느냐. 이에 답하기는 실로 귀찮다. 시가 정형적 운문에서 메별袂別한 이후로 더욱 곤란한 질문이 아닐 수 없다. 그것은 차라리 도제徒弟가 되어 종장宗匠의 첨삭을 기다리라.

시가 어떻게 탄생되느냐. 유쾌한 문제다. 시의 모권母權을 감성에 돌릴 것이냐 지성에 돌릴 것이냐. 감성에 지적 통제를 경유하느냐 혹은 의지의 결재를 기다리는 것이냐. 오인吾人의 어떠한 부분이 시작의 수석首席이 되느냐. 또는 어떠한 국부가 이에 협동하느냐.

그대가 시인이면 이따위 문제보다도 달리 총명할 데가 있다.

비유는 절뚝발이다. 절뚝발이 비유가 진리를 대변하기에 현명한 장자長子 노릇 할 수가 있다.

무성한 감람 한 포기를 들어 비유에 올리자. 감람 한 포기의 공로를 누구한테 돌릴 것이냐. 태양, 공기, 토양, 우로, 농부, 그들에게 깡그리 균등하게 논공행상하라. 그러나 그들 감람을 배양하기에 협동한 유기적 통일의 원리를 더욱 상찬하라.

감성으로 지성으로 의력意力으로 체질로 교양으로 지식으로 나중에는 그러한 것들 중의 어느 한 가지에도 기울어지지 않는 통히 하나로 시에 대진하는 시인은 우수하다. 조화는 부분의 비협동적 단독행위를 징계한다. 부분의 것을 주체하지 못하여 미봉한 자취를 감추지 못하는 시는 남루하다.

경제사상이나 정치열에 치구하는 영웅적 시인을 상탄한다. 그러나 그들의 시가 음악과 회화의 상태 혹은 운율의 파동, 미의 원천에서 탄생한 기적의 아兒가 아니고 보면 그들은 사회의 명목으로 시의 압제자에 가담하고 만다. 소위 종교가도 무모히 시에 착수할 것이 아니니 그들의 조잡한 파나티즘[12]이 시에서 즉시 드러나는 까닭이다. 종교인에

---

12 fanatism. 열광, 맹신.

게도 시는 선발된 은혜에 속하는 까닭이다.

시학과 시론에 자주 관심할 것이다. 시의 자매 일반 예술론에서 더욱이 동양화론 서론에서 시의 향방을 찾는 이는 비뚤은 길에 들지 않는다.

경서 성전류를 심독心讀하여 시의 원천에 침윤하는 시인은 불멸한다.

시론으로 그대의 상식의 축적을 과시하느니보다는 시 자체의 요설의 기회를 주라. 시는 유구한 품위 때문에 시론에 자리를 옮기어 지껄일 찬스를 얻음 직하다. 하물며 타인을 훼상하기에 악용되는 시론에서야 시가 다시 자리를 옮기지 않을 수 없었던 것이니 열정劣情은 시가 박탈된 가엾은 상태다. 시인이면 어찌하여 변설로 혀를 뜨겁게 하고 몸이 파리하느뇨. 시론이 이미 체위화하고 시로 이기었을 것이 아닌가.

시의 기법은 시학·시론 혹은 시법에 의탁하기에는 그들은 의외에 무능한 것을 알라. 기법은 차라리 연습 숙통熟通에서 얻는다.

기법을 파악하되 체구에 올리라. 기억력이란 박약한 것이요, 손끝이란 수공업자에게 필요한 것이다.

구극에서는 기법을 망각하라. 탄회坦懷에서 우유優遊하라.[13] 도장에 서는 검사劍士는 움직이기만 하는 것이 혹은 그저 서 있는 것이 절로 기법이 되고 만다. 일일이 기법대로 움직이는 것은 초보다. 생각하기 전에 벌써 한 대 얻어맞는다. 혼신의 역량 앞에서 기법만으로는 초조하다.

진부한 것이란 구족具足한 기구[14]에서도 매력이 결핍된 것이다. 숙련에서 자만하는 시인은 마침내 매너리스트로 가사 제작에 전환하는

---

13 거리낌 없는 마음으로 한가하게 지내라.
14 器具. 여기서는 형편, 상황이라는 뜻으로 쓰였다.

꼴을 흔히 보게 된다. 시의 혈로는 항시 저신 타개[15]가 있을 뿐이다.

고전적인 것을 진부로 속단하는 자는, 별안간 뛰어드는 야만일 뿐이다.

꾀꼬리는 꾀꼬리 소리밖에 발하지 못하나 항시 새롭다. 꾀꼬리가 숙련에서 운다는 것은 불명예이리라. 오직 생명에서 튀어나오는 항시 최초의 발성이어야만 진부하지 않다.

무엇보다도 돌연한 변이를 꾀하지 말라. 자연을 속이는 변이는 참신할 수 없다. 기벽스런 변이에 다소 교활한 매력을 갖출 수는 있으나 교양인은 이것을 피한다. 귀면경인鬼面驚人이라는 것은 유약한 자의 슬픈 괘사[16]에 지나지 않는다. 시인은 완전히 자연스런 자세에서 다시 비약할 뿐이다.

우수한 전통이야말로 비약의 발 디딘 곳이 아닐 수 없다.

시인은 생애에 따르는 고독에 입문 당시부터 초조하여서는 사람을 버린다. 금강석은 석탄층에 끼웠을 적에 더욱 빛났던 것이니, 고독에서 온통 탈각할 것을 차라리 두려워하라. 시고詩稿를 끌고 항간매문도巷間賣文徒의 문턱을 넘나드는 것은 주책이 없다. 소위 비평가의 농락조 월단[17]에 희구喜懼하는 것은 가엾다. 비평 이전에 그대 자신에게서 벌써 우수하였음 직하다.

그처럼 소규모의 분업화가 필요하지 않다. 시인은 여력으로 비평을 겸하라.

일찍이 시의 문제를 당로當路한 정당政黨 토의에 위탁한 시인이 있었던 것을 듣지 못하였으니 시와 시인을 다소 정략적 지반 운동으로 음

---

15 抵身 打開. 온몸을 바쳐 새로운 길을 엶.
16 변덕스러운 말.
17 月旦. 월평.

모하는 무리가 없지도 않으니, 원인까지의 거리가 없지 않다. 그들은 본시 시의 문외門外에 출산한 문필인이요, 그들의 시적 견해는 애초부터 왜곡되었던 것이다.

비틀어진 것은 비틀어진 대로 그저 있지 않고 소동한다.

시인은 정정한 거송巨松이어도 좋다.

그 위에 한 마리 맹금猛禽이어도 좋다.

굽어보고 고만高慢하라.

(『문장』 1939. 6.)

일급 시인의 독창적 시론

정지용이 처음 발표한 시론은 김영랑론인 「시와 감상」(『여성』 1938. 8.~9.)이다. 김영랑은 정지용의 휘문고등보통학교 일 년 선배로 박용철이 『시문학』을 간행할 때 정지용을 동인으로 끌어들인 인연이 있었다. 박용철은 그러한 인연을 소중히 여겨 『정지용 시집』(1935. 10.)과 『영랑 시집』(1935. 11.)을 고급 장정으로 정성껏 출간했다. 『정지용 시집』에 대한 서평은 여러 사람이 썼지만 문단에 알려지지 않은 김영랑의 시집에 대해서는 별다른 반응이 없었다. 추측컨대 정지용에게 『영랑 시집』에 대한 서평을 의뢰했는데, 시인론을 써 본 적이 없는 정지용이 오랫동안 미루다가 1938년에야 비로소 발표한 것 같다.

1939년 2월에 『문장』지가 간행되면서 정지용은 시 추천 위원으로 신인 추천 심사를 맡았다. 시를 추천할 때 간단한 선후평을 썼는데, 그와는 별도로 시에 대한 자신의 견해를 밝힌 짧은 시론을 네 편 발표했다. 그것이 「시의 옹호」(1939. 6.), 「시와 발표」(1939. 10.), 「시의 위의」(1939. 11.), 「시와 언어」(1939. 12.)이다. 정지용의 후기 시, 즉 산을 소재로 한 고전적 여백미의 시가 등장한 것은 1937년 6월 9일 자 『조선일보』에 발표된 「비로봉」과 「구성동」부터이고, 연이어 「옥류동」(『조광』 1937. 11.), 「삽사리」와 「온정溫井」(『삼천리문학』 1938. 4.), 「장수산」과 「장수산 2」(『문장』 1939. 3.), 「백록담」과 「춘설」(『문장』 1939. 4.) 등이 발표되었다. 발표 시점으로 볼 때 그의 네 편의 시론은 후기 시의 창작이 어느 정도 마무리된 후 발표된 것이어서 정신의 높은 경지를 추구하는 고고한 시인의 자세가 강하게 투영되어 있다.

정지용의 시론은 시에 대한 단상이 다소 무질서하게 나열되어 있어서 논리적인 담론과는 거리가 멀다. 그의 수필 문장이 압축적인 간결성과 유연한 호흡을 지닌 것에 비하면 시론의 문장은 한자어가 많고 흐름도 매끄럽지 않다. 시론을 쓴다는 중압감 때문에 이런 난삽한 문장이 구사되었을지도 모른다. 네 편의 시론 중 비교적 길이가 길고 내용이 충실한 것이 「시의 옹호」다.

그가 시론에서 일관되게 강조하고 있는 핵심 사항은 시정신과 언어의 중요성이다. 그 두 요소 중 더 소중하게 생각하는 것이 바로 시의 '정신적인 것'이다. 그는 정신의 높은 경지를 추구하지 않는 시는 '시가 유사 문장'이라고 폄하했다. 따라서 높은 정신의 단계에 이르려는 치열한 노력이 시인에게는 필수적이라고 보았고, 그러한 정신의 자세를 한 마디로 "정신주의"(「시와 감상」)라고 불렀다.

정지용은 정당한 견해를 세우는 일이 어렵다는 사실을 이야기하는 것으로 시론의 서두를 열었다. 정당한 길을 찾는 것이 어렵지만 그 길을 찾아야 하는 이유는 비틀어진 것을 그대로 방치하면 그것이 증식되어 분열을 일으키기 때문이라고 했다. 시는 마땅히 옳은 자리를 골라 의로운 길을 걸어야 하며, 형극의 고통이 따르더라도 청빈한 자세를 일관되게 유지해야 한다고 주장했다. 시는 평범한 수준을 지나서 가장 본질적인 상태, 즉 신수神髓에 도달하고자 하는 것이니 형극의 길을 걸어서라도 높은 정신의 자리에 도달할 때 비로소 시의 열락을 맛볼 수 있을 것이라고 했다. 시인이 누리는 기쁨은 세속적인 즐거움이 아니라 인간이 추구할 수 있는 가장 높은 정신의 자리에 도달했을 때 얻게 되는 고통 속의 열락이다.

그런데 이렇게 정신의 높은 경지를 추구한다고 해서 시가 독자를 잃고 고독한 자리에 놓이는 것은 바람직하지 않다고 보았다. 남이 알아주지 않는다고 언짢아할 일은 아니지만 남이 알아보지 못할 시를 쓰는 것도 불행한 일이라고 했다. 이것은 요즘 말로 하면 시의 소통의 문제, 시의 난해성의 문제를 제기한 것이다. 그는 "우의와 이해에서 배양될 수 없는 시는 고갈"될 수밖에 없다고 분명히 선언했으며, "시도 기껏해야 말과 글자로 사람 사는 동네에서 쓰여지지 않았던가"라고 하여 대중과의 친화관계를 중시하는 발언을 하였다. 이것은 정지용이 정신의 높은 지점을 추구하면서도 대중과의 소통을 중시했다는 사실을 알려주는 매우 의미 있는 발언이다.

이어서 시가 문화의 중심이 되어야 한다는 이야기와 참신하고 새로운 언어를 개발해야 한다는 말도 했지만, 그는 다시 말머리를 돌려 언어의 구성을 넘어서서 정신의 최고 지점을 지향할 것을 강조하며 정신의 영역에 속하는 주제는 다양한 주제를 열거했다. 정신적인 것을 강조하는 대목에서 그의 필치는 강건해지고 어세는 분명해진다. 그러면서도 그는 어떤 주제에 집착하는 것보다는 그것을 시적으로 승화하는 것이 더 중요하다는 논리를 전개함으로써 편협한 주제주의의 미망에서 벗어나고 있다. 시학에도 관심을 가지되 시학을 초월하고 기법을 익히되 기법을 초월하라는 말도 하는데 이것도 결국은 시의 정신적인 것을 우위에 놓으라는 주장의 연장이다.

이러한 정신의 고고성에 대한 추구는 마지막 문장에서 시인의 고고한 자세를 상찬하는 것으로 마무리된다. 시인은 "일개 표일한 생명의 검사劍士"(「시와 발표」)로서 커다란 소나무처럼 또는 사나운 독수리처럼 세속적인 것을 아래로 굽어보는 거룩한 자세를 보여야 한다는 것이다. 그러니 세속적인 이해관계에 연연하지 말고 의연한 자세로 시작에 임할 것을 주장하였다.

이렇게 시의 고고한 자리를 역설하면서도 그는 아무리 위대한 주제라 하더라도 그것이 시적인 언어로 승화되어야 한다는 점을 강조했다. 정신의 경지를 추구하되 시는 "미의 원천에서 탄생한 기적의 아이"가 되어야 하며, 미의 원천에 작용하는 중요한 요소는 '언어'라고 보았다. 그는 "시의 정신적 심도는 필연으로 언어의 정령을 잡지 않고서는 표현 제작에 오를 수 없다"(「시와 언어」)고 말했다. 그런데 인간의 언어는 사실 그렇게 완전한 것이 못된다. 그러면 불완전한 언어로 어떻게 정신의 심도를 표현할 것인가?

여기서 정지용은 매우 독창적인 발언을 하는데, 이것은 그가 일급의 시를 창조해 낸 시인이었기에 가능한 발언이다. 그는 불완전한 언어로 정신의 세계를 표현하는 것 자체가 시를 정신적으로 고양시키는 일이라고 주장했다. 언어의 불완전을 끌어안고 고군분투하여 언어미의 결정체를 만드는 것이 시인이 할 일이라는 것이다. 그래서 그는 언어의 불구성이 오히려 시의 '청빈의 덕'을 높인다고 보았다. 그 자신이 탁월한 시인이었기에 이러한 독창적 관점이 솟아 나올 수 있었다. 그런 점에서 정지용의 아포리즘적 시론은 귀중한 가치를 지닌다.

5

김기림의 「모더니즘의 역사적 위치」[*]

모더니즘의 역사적 위치

김기림

여기는 늙은이들의 나라가 아니다.

젊은이는 서로서로 팔을 끼고

새들은 나무숲에—

물러가는 세대는 저들의 노래에 취하며—

- W. B. 예이츠

문학사는 과학이라야 할 것은 말할 필요도 없다. 사실의 객관적 인식에 충실해야 하는 것은 우선 그 안목일 것이다. 그러나 그것은 개개의 사건(유파, 작품, 작가, 이론 등등)의 특수성을 붙잡아 끄집어내는 동시에 그 사건의 계열을 한 체계에 정돈해야 한다.

어느 시기에 특히 문학을 하는 사람들 사이에 문학사를 요망하는

---

[*] 김기림은 이 글을 해방 후 『시론』(백양당, 1947)에 수록하면서 여러 부분을 수정하고 보완했다. 문맥의 이해를 위해 수정한 부분은 일부 수용하면서 처음 발표 당시의 형태를 제시하고자 한다.

기운이 움직인다고 하면 그것은 그 시기의 문학이 자신의 계보를 정돈함으로써 거기 연면한 전통을 찾아서 그 앞길의 방향을 바로잡으려는 요구를 가지기 시작한 증거일 것이다. 이러한 조건이 어느 사이에 엄정하게 객관적이래야 할 문학사에 시대의 주관적 요구를 침투시킨다. 문화과학의 시대성이란 이런 데서 오는 것 같다.

우리들 사이에서 은연중에 들려오는 우리 신시사新詩史 요망의 소리는 틀림없이 2, 3년래 시단이 혼미 속을 걸어오던 끝에 어디로든지 그 바른 진로를 찾아야 하겠고 그래서 교훈을 받으려 역사를 우러러보게 된 데서 일어난 것이 아닐까. 시선은 바로 돌려야 할 데로 돌려졌다.

우리 신시의 역사는 단순한 계기·병존처럼 보이는 현상의 잡답 속에서도 (모든 역사가 그런 것처럼) 분명히 발전의 모양을 갖추었던 것이다. 긍정과 부정과 그 종합에서 다시 새로운 부정에로 — 이렇게 그것은 내용이 다른 가치의 끊임없는 투쟁의 역사였다. 새로운 가치가 요구되어서는 낡은 가치는 배격되었다. 신시의 여명기로부터 시작한 로맨티시즘과 상징주의는 이론적으로는 벌써 1920년대의 중품에 끝났어야 할 것이다.

1920년대의 후반은 물론 경향파의 시대였으나 1930년대의 초기부터 중품까지의 약 5, 6년 동안 특이한 모양을 갖추고 나왔던 '모더니즘'의 위치를 역사적으로는 어떻게 규정해야 할 것인가? 1930년대의 중품에 와서는 벌써 이 모더니즘, 아니 우리 신시 전체가 한 가지로 질적 변환을 일으켰던 것이다. 그 변환이 순조롭게 발전 못한 곳에 그 뒤의 수년간의 혼미의 원인이 있었던 것이다. 이 탄탄한 발전을 초시작에서 막아버린 데는 외적 원인과 함께 시단 자체의 태만도 또한 원인이 되었던 것이다.

이 소론의 목적은 제1차의 경향파의 뒤를 이어 제2차로 우리 신시에 결정적인 가치전환을 가져온 '모더니즘'의 역사적 성격과 위치를 구명해서 우리 신시사 전체에 대한 일관된 통견洞見을 가져 보자는 데 있다. 새삼스럽게 필자가 이 제목을 가린 것은 최근 2, 3년래의 시단의 혼미란 사실은 시인들이 '모더니즘'을 창황하게도 잊어버린 데 주로 기인한 것 같으며 또 자칫하면 '모더니즘'을 그 역사적 필연성과 발전에서 보지 못하고 단순한 한때의 사건으로 취급할 위험이 보이기 때문이다. 영구한 '모더니즘'이란 듣기만 해도 몸서리치는 말이다. 다만 그것은 어떠한 역사의 계기에 피치 못할 필연으로서 등장했으며 또한 그 뒤의 시는 그것에 대한 일정한 관련 아래서 발전한 것이 아니면 안 된다는 결론을 가짐이 없이는 신시사를 똑바로 이해했다고 할 수는 없다. 또 '모더니즘'의 역사성에 대한 파악이 없이는 그 뒤의 시는 참말로 정딩한 역사직 코스를 찾았나고는 할 수 없다.

그런데 신시의 발전은 그것의 환경인 동시에 모체인 오늘의 문명에 대한 태도의 변천의 결과였다는 것은 매우 흥미 있는 일이다. '모더니즘'은 특히 이 점에 있어서 의식적이어서 그것은 틀림없이 문명에 대한 새로운 태도를 가져왔다. 이 일을 이해함이 없이는 신시사 전체는 물론 '모더니즘'은 더군다나 알 수 없이 된다.

19세기의 중엽 이래 서양 문명은 더욱 급격하게 동양 제국을 그 영향 아래 몰아넣었다. 일본·중국·인도 등 제국에서 일어난 신문학—소설, 서양시의 모양을 딴 신체시 등—은 맨 처음에는 서양문학의 모방에서 시작되었다. 그것은 그 문학의 모체인 문명의 침입에 따라오는 불가피한 일이었다. 이렇게 한 색다른 문명의 진행을 따라서 거기는 반드시 거기 상응한 형식과 정서를 가진 문학이 자라나고 있었다는 사실은 '문학의 고고孤高'를 믿는 신도들에게는 놀라운 추문일 것이다. 동양의 젊은 시인들은 벌써 이태백이나 두보[1]처럼 노래하지

---

1 「인문평론」 발표 당시에는 일본 「만엽집」에 들어 있는 7세기의 시인 히토마루(人麻呂)를 거명하였으나 「시론」(1947)에 수록하면서 두보로 바꾸었다.

는 않았다. 그러나 아직까지도 자신의 고유한 성향을 대부분 그대로 가지고 있는 그들이 먼저 맞아들인 것은 그들의 재래의 정서에 가장 근사한 로맨티시즘과 그 뒤에는 세기말의 시였다. 세기말의 시는 서양에 있어서는 그 문학이 가장 동양에 접근했던 예다. 여기 '시먼스'[2]와 '예이츠'와 '타고르'가 악수할 가능성이 있었던 것이다.

우리 신시의 선구자들이 이윽고 맞아들인 것은 로맨티시즘이었고 다음에는 이른바 동양적 정조에 가장 잘 맞는 세기말 문학이었다. 그런데 이 두 문학은 한결같이 진전하는 역사적 현실에 대하여 퇴각하는 자세를 보이는 문학이다.

로맨티시즘의 혁명성은 물론 인정하나 그것의 목표는 잃어버린 중세기의 탈환이었지 결코 새로운 시민의 질서가 아니었다. '로맨틱'의 귀족들이 처음에는 그렇게 혁명적으로 보이다가도 필경 '7월 14일'[3]의 돌진에서는 몸을 뒤로 끌은 까닭은 실로 여기 있었다. 산업혁명의 불길 아래 형체 없이 사라져 가는 성과 기사와 공주의 중세기적 잔해의 완전한 종언에 눈물을 뿌린 최후의 만가 시인은 이른바 1890년대의 사람들이었다.

은둔적인 회상적인 감상적인 동양인은 새 문명의 개화를 목전에 기다리면서도 오히려 그 심중에는 허물어져 가는 낡은 동양에 대한 애수를 기르면서 있었다. 애란의 황혼과 19세기의 황혼이 이상스럽게도 중복된 곳에 예이츠의 『갈대 속의 바람』[4]의 매력이 생긴 것처럼 우리 신시의 여명기는 나면서부터도 황혼의 노래를 배운 셈이다. 1920년대의 처음에 이르러서는 이들 선구자와 그 말류들은 벌써 신문학의 건설이라는 위대한 목표를 바라보면서 돌진하기를 그치고 맞아들인 황

---

2 아서 시먼스Arthur Symons (1865~1945), 영국에 프랑스의 상징주의 시를 소개한 시인.
3 1789년 프랑스 대혁명이 일어난 날짜.
4 예이츠의 시집 『The Wind Among the Reeds』(1899).

혼의 기분 속에 자신의 여러 감상을 파묻는 태만에 잠겨 버렸다.

최초의 반격은 1920년대의 중품부터 시작된 경향문학의 이론가의 손으로 되었다. 그것은 주로 사상상의 반격이었다.

그러나 조선에서 '시에 있어서의 19세기'의 문학적 성격이 폭로되어 주로 문학적 입장에서 배격되기 시작한 것은 1930년대에 들어선 뒤의 일이다.

모더니즘은 두 개의 부정을 준비했다. 하나는 '로맨티시즘'과 세기말 문학의 말류인 '센티멘털 로맨티시즘'을 위해서고, 다른 하나는 경향파 시의 내용 편중을 위해서였다. 모더니즘은 시가 우선 언어의 예술이라는 자각과 시는 문명에 대한 일정한 감수를 기초로 한 다음 일정한 가치를 의식하고 쓰여져야 된다는 주장 위에 섰다.

① 서양에서도 오늘의 문명에 해당한 진정한 의미의 새 문학이 나온 것은 20세기에 들어선 다음의 일이다. 20세기 속에 남아 있는 19세기 문학 말고 진정한 의미의 20세기 문학의 중요성은 여기 있는 것이다. 영국에 있어서는 '조지안'[5]은 아직도 19세기에 속하며 문학에 있어서의 20세기는 '이미지스트'에서 시작되었던 것이다. 불란서에서는 입체시의 시험 이후 다다·초현실파에, 이태리의 미래파 등에 20세기 문학의 징후가 나타났다.

조선에서는 모더니스트들에 이르러 비로소 '20세기의 문학'은 의식적으로 추구되었다고 나는 본다.

낡은 '센티멘털리즘'은 다만 시인의 주관적 감상과 자연의 풍물만을 노래하였다. 오늘의 문명의 형태와 성격에 대해서도 그것이 그 속에 사는 사람들의 심정에 일으키는 상이한 정서에 대해서도 완전한 불감증이었다.

5　영국의 조지 5세 시대 초기(1910년대)에 활약한 시인들을 가리킨다. 이들은 전원의 아름다움을 서정적으로 노래했다.

모더니즘은 우선 오늘의 문명 속에서 나서 신선한 감각으로써 문명이 던지는 인상을 붙잡았다. 그것은 현대의 문명을 도피하려고 하는 모든 태도와는 달리 문명 그것 속에서 자라난 문명의 아들이었다. 그 일은 바꾸어 말하면 우리 신시사상에 비로소 도회의 아들이 탄생했던 것이다. 제재부터 우선 도회에서 구했고 문명의 뭇 면이 풍월 대신에 등장했다. 문명 속에서 형성되어 가는 새로운 감각·정서·사고가 나타났다.

② 서양에 있어서도 20세기 문학의 특징의 하나는 (특히 시에 있어서) 말의 가치 발견에 전에 없던 노력을 바친 데 있다. 과거의 작시법에 의하면 말은 주장 운율의 고저, 장단의 단위로서 생각되었고 조선에서는 음수音數 관계에서만 평가되었다.

말의 음으로서의 가치, 시각적 영상, 의미의 가치, 또 이 여러 가지 가치의 상호 작용에 의한 전체적 효과를 의식하고 일종의 건축학적 설계 아래서 시를 썼다. 시에 있어서 말은 단순한 수단 이상의 것이다. 모더니즘은 이리하여 전대의 운문을 주로 한 작시법에 대항해서 그 자신의 어법을 지어냈다. 말의 함축이 달라졌고 문명의 속도에 해당하는 새 리듬을 물결과 범선의 행진과 기껏해야 기마행렬을 묘사할 정도를 넘지 못하던 전대의 리듬과는 딴판으로 기차와 비행기와 공장의 조음燥音과 군중의 규환叫喚을 반사시킨 회화의 내재적 리듬 속에 발견하고 또 창조하려고 했다.

그래서 모더니즘이 전통적 센티멘털 로맨티시즘에 향해서 공격한 것은 내용의 진부와 형식의 고루였고 경향파派6에 대한 불만은 그 내용의 관념성과 말의 가치에 대한 소홀이라는 점이었다.

그런데 조선에 있어서 모더니즘은 집단적 시 운동의 모양은 갖지

---

6 「시론」에는 '편내용주의'로 수정했는데, 이것은 문학가동맹에 속한 자신의 문단적 입장을 고려한 수정으로 보인다.

못했다. 또 위에서 말한 특징을 개개의 시인이 모조리 갖춘 것은 아니다. 오직 대부분은 부분적으로만 모더니즘의 징후를 나타냈다. 또 그것이 반드시 의식적인 것도 아니고 시인적 민감에 의한 천재적 발현인 경우가 많았다. 그러나 여하간에 위에서 말한 두 가지의 지표를 통해서 우리는 몇 사람의 우수한 시인과 그 시풍을 한 개의 유파로서 개괄하는 것은 타당한 일이다. 더군다나 그들이 활약한 1930년대의 전반기에 있어서 시단의 젊은 추종자들이 압도적으로 이 영향 아래 있었던 사실은 이 시기를 한 개의 특이한 역사적 에포크로서 특징짓기에 족하다.

가령 최초의 모더니스트 정지용은 거진 천재적 민감으로 말의 주로 음의 가치와 이미지, 청신하고 원시적인 시각적 이미지를 발견하였고 문명의 새 아들의 명랑한 감성을 처음으로 우리 시에 이끌어 들였다.

신석정은 환상 속에서 형용사와 명사의 비논리적 결합에 의하여 아름다운 상징적인 이미지들을 빚어내고 있었다. 그들은 운문적 리듬을 버리고 아름다운 회화를 썼다. 좀 뒤의 일이지만 시각적 이미지의 적확한 파악과 구사에 있어서 누구보다도 뛰어난 김광균 씨, 신석정의 시풍을 인계하면서 더욱 조소적彫塑的인 깊이를 가진 장만영 씨, 그 밖에 박재륜 씨, 조영출 씨 등등에 이르기까지 상하로 일관한 시풍은 시단의 완전한 새 시대였다.

그러나 모더니즘은 1930년대의 중품에 와서 한 위기에 다닥쳤다.

그것은 안으로는 모더니즘의 말의 중시가 이윽고 그 말류의 손으로 언어의 말초화로 타락되어 가는 경향이 어느새 발현되었고, 밖으로는 그들이 명랑한 전망 아래 감수하던 오늘의 문명이 점점 심각하게 어두워 가고 이지러 가는 데 대한 그들의 시적 태도의 재정비를 필요로 함에 이른 때문이다.

이에 시를 기교주의적 말초화에서 다시 끌어내고 또 문명에 대한 시적 감수에서 비판에로 태도를 바로잡아야 했다. 그래서 사회성과 역사성을 이미 발견된 말의 가치를 통해서 형상화하는 일이다. 이에 말은 사회성과 역사성에 의하여 더욱 함축이 깊어지고 넓어지고 다양해져서 정서의 진동은 더욱 강해야 했다.

전 시단적으로 보면 그것은 그 전대의 경향파와 모더니즘의 종합이었다. 사실로 모더니즘의 말경에 와서는 경향파 계통의 시인 사이에도 말의 가치의 발견에 의한 자기반성이 모더니즘의 자기비판과 거의 때를 같이하여 일어났다고 보인다. 그것은 물론 모더니즘의 자극에 의한 것이라고 보여질 근거가 많다. 그래서 시단의 새 진로는 모더니즘과 사회성의 종합이라는 뚜렷한 방향을 찾았다. 그것은 나아가야할 오직 하나인 바른길이었다.

그러나 그 길은 어려운 길이었다. 시인들은 그 길을 스스로 버렸고 또 버릴 수밖에 없다. 가장 우수한 최후의 모더니스트 이상은 모더니즘의 초극이라는 이 심각한 운명을 한 몸에 구현한 비극의 담당자였다.

이제 최근의 양 3년은 어느 시인에게 있어서도 혼미였다. 새로운 진로는 발견되어야 하겠다. 그러나 그것이 어떤 길이든지 간에 모더니즘을 쉽사리 잊어버림으로써만 될 일은 결코 아니다. 무슨 의미로든지 모더니즘으로부터의 발전이 아니면 아니 된다.

(『인문평론』 1939. 10.)

모더니즘의 옹호

1908년 함경북도 학성군에서 태어난 김기림은 서울의 보성고등보통학교와 동경의 메이코(名教) 중학교에서 수학하고 일본대학 전문부 문과에 입학했다. 1929년 대학을 졸업하고 조선일보 기자로 일하며 문필 활동을 하던 그는 1936년 4월 신문사를 휴직하고 일본 센다이에 있는 도호쿠(東北) 제국대학 영문학과로 다시 유학을 떠났다. 이때 그의 나이 스물아홉이었고, 기자로 근무한 지 7년이 되는 해였으며 아내와 두 아이를 둔 가장이었다. 그가 뒤늦게 다시 일본 유학에 오른 이유는 무엇일까?

1930년부터 시를 써 온 김기림은 1934년에 그동안의 작품을 묶어 시집 출간을 계획했으나 뜻을 이루지 못했고, 1935년에 「기상도」를 연재하여 장시 형식의 작품도 시도해 보았다. 그러니까 그는 이미 시집 두 권 분량의 작품을 써 온 셈인데, 그 시들이 현대적 감각을 드러내기는 했지만 비평가인 그의 안목으로 볼 때 만족할 만한 수준에 이르지 못한다고 판단했던 것 같다. 더불어 그가 졸업한 일본대학 전문부는 전공이 없고 지금의 교양학부와 비슷한 수준이었기 때문에 정식으로 전공이 확실한 대학 과정을 밟아보고 싶은 생각도 들었을 것이다. 말하자면 문인으로서 자기 세계를 갱신해 보겠다는 의욕과 체계적인 공부를 해보고 싶다는 의식이 그를 두 번째 일본 유학으로 이끈 동인이 되었을 것이다.

도호쿠(東北) 제국대학 영문학과는 비교적 체계를 잘 갖추고 있어서 그는 영국의 모더니즘을 제대로 학습할 수 있었다. 그는 흄, 엘리엇, 리처즈, 엠프슨 등 영국 모더니즘의 원문을 접하고, 그 이론과 작품을 수용하게 되었다. 이러한 독해와 학습을 통해 그 이전까지 단편적이고 피상적인 수준에 머물렀던 모더니즘에 대한 막연한 동경이나 선망에서 벗어나 모더니즘에 대한 반성적 이해에 이르게 되었을 것이다. 그는 3년을 수학한 후 리처즈의 시론에 대한 연구를 자신의 학부 졸업 논문으로 제출했다.

리처즈에 대한 체계적인 이해는 모더니즘에 대한 반성과 시의 사회성과 예술성이 종합된 전체로서의 시 구상의 계기가 되었을 것이다. 그가 유학을 통하여 얻은 최대의 성과는 바로 모더니즘의 역사적 위치에 대한 이해를 심화한 것이다. 그것을 통해 시를 인생이나 사회와 연결하는 시야를 획득한 것이다. 귀국 후 처음 발표한「모더니즘의 역사적 위치」는 그의 문학관이 어떻게 변했는가를 단적으로 보여 주는 평문이다.

우리는 이 글에서 그가 일본에서 배운 리처즈 문학론의 영향을 찾아낼 수 있다. '언어'에 대한 중시, 시적 '태도'라는 용어, '사회성과 역사성', '함축', '정서의 진동' 등의 용어 사용은 모두 리처즈 문학론의 자장권 내에 속하는 사유의 흔적들이다. 리처즈는 언어의 의미와 용도를 분석하여 문학적 언어가 과학적 진술과 구분되는 독자적 특성이 무엇인가를 구명했으며, 시에 나타난 화자의 태도에 관심을 기울였고, 시의 언어가 함축적 용법을 사용하여 정서를 담아내는 과정을 밝히고자 했다. 리처즈의 문학론을 정교하게 재구성하지는 못했지만, 그 문학론의 영향에 의해 시를 보는 그의 태도가 더 유연해지고 사유의 폭이 확장된 것은 사실이다.

이 글의 서두에 제시한 구절은 아일랜드 시인 윌리엄 버틀러 예이츠William Butler Yeats(1865~1939)의 「비잔티움으로의 항해Sailing to Byzantium」의 첫 구절에서 따온 것이다. 이 시는 노년의 지성을 인정하고 그들이 남긴 업적의 유구함을 강조하며, 순간의 감각에 사로잡혀 지성의 영속성을 잊으면 안 된다고 역설하는 내용으로 되어 있다. 겉으로는 남루한 누더기처럼 보이는 노인의 육신 속에 우리가 간직해야 할 장엄한 영혼의 노래가 간직되어 있음을 암시한다. 이 시는 예이츠가 예순이 넘어 쓴 시로 노년의 예지 편에 서서 시상을 전개한 것이다. 그런데 김기림은 이 시의 전체 문맥과는 별 관련이 없는 첫 구절을 제시했다. 우리의 문학적 상황이 문학사의 새로움을 추구해야 할 단계에 있음을 암시하고자 한 것이다. 그러나 이것은 시의 문맥과는 거리가 먼 일이다. 여기서도 본론의 전개와는 무관한 시구를 느닷없이 인용하여 자신의 지식을 과시하려는 그의 편집자적 현학 취향을 엿볼 수 있다.

또 외국의 문학 현상을 예시하는 대목에서 우리나라에 들어온 "세기말의 시"를 동양적 정조에 가장 잘 맞는 것으로 파악한 것이라든가, 그러한 세기말의 시인으로 아서 시먼스나 예이츠를 든 것도 사실과 어긋난 진술을 한 것이다. 1920년대에 로맨티시즘과 함께 들어온 세기말 문학은 프랑스의 데카당 문학에 해당하는 것으로 영국 황혼파에 속하는 시먼스나 예이츠와는 거리가 있다. 시먼스나 예이츠는 김소월이나 김억의 시에 영향을 주었다. 이러한 부분적인 오류에도 불구하고 이 글은 김기림 문학관의 새로운 면모를 보여 준다는 점에서 중요한 의미를 지닌다.

그는 언어와 기교를 중시한 모더니즘이 말초적 기교에 치중하게 된 것이 큰 병폐라고 보고 언어의 예술적 가치가 사회성 및 역사성과 결합되기를 바란다고 말했다. 우리 문학사에서는 언어의 예술적 기교를 탐구한 것이 모더니즘이고 사회성을 추구한 것이 경향파이므로, 모더니즘과 경향파가 종합되는 것이 우리가 나아가야 할 뚜렷한 방향이라고 못 박았다. 이 생각은 자신의 이전 시작 과정을 포함하여 언어 기교에만 치중한 모더니즘의 경박성을 스스로 비판하면서 새로운 시의 활로를 모색하는 중요한 발언이다. 물론 그가 생각한 모더니즘과 사회성의 종합이 수학 공식처럼 그렇게 간단한 것은 아니지만, 모더니즘의 한계를 스스로 비판하고 사회성과 역사성을 시에 끌어들이려 했다는 것은 문학론에 있어 큰 진전을 보인 것이다.

그러나 하나의 지도적 평론으로서 상당한 허점을 드러내고 있는 것도 사실이다. 그는 모더니즘과 사회성이 종합되기를 바란다고 했는데, 1939년의 상황에서는 사회성의 중요한 축인 프로문학이 이미 퇴조하여 역사의 뒤편으로 밀려나 버린 형국이다. 일제 강점기의 억압적 상황에서 진정한 사회성, 역사성을 추구하는 것은 거의 불가능한 상태가 된 것이다. 이런 마당에 양쪽의 종합을 통한 새로운 진로를 제창하는 것은 관념의 유희에 그칠 공산이 크다. 그럼에도 불구하고 김기림은 자신이 학습한 모더니즘 이론과 세계정세의 변화를 염두에 두고 모더니즘과 사회성의 결합을 주장하였다. 그러면서도 새로운 진로는 "모더니즘으로부터의 발전이 아니면 아니 된다"고 강조했다. 겉으로는 종합을 주장하면서도 그의 내심에는 모더니즘을 옹호하고자 하는 의도가 깔려 있는 것이다. "최후의 모더니스트 이상"을 모더니즘의 초극이라는 심각한 운명을 한 몸에 구현한 "가장 우수한" 인물로 내세우는 데에서도 그러한 의도를 엿볼 수 있다.

6

오장환의 「조선시에 있어서의 상징」

조선시에 있어서의 상징 ─소월 시의 「초혼」을 중심으로

오장환

산산이 부서진 이름이어!
허공중에 헤어진 이름이어!
불러도 주인 없는 이름이어!
부르다가 내가 죽을 이름이어!

심중에 남어 있는 말 한마디는
끝끝내 마저 하지 못하였구나.
사랑하던 그 사람이어!
사랑하던 그 사람이어!

붉은 해는 서산마루에 걸리었다.
사슴이의 무리도 슬피 운다.
떨어져 나가 앉은 산 우에서

나는 그대의 이름을 부르노라.

설움에 겹도록 부르노라.
설움에 겹도록 부르노라.
부르는 소리는 빗겨 가지만
하늘과 땅 사이가 너무 넓구나.

선 채로 이 자리에 돌이 되어도
부르다가 내가 죽을 이름이어!
사랑하던 그 사람이어!
사랑하던 그 사람이어!

이것이 소월의 시 「초혼」의 전문이다.

나는 이 작품을 중심으로 조선시에 있어서의 상징, 더 자세히 말하자면 이 땅 시인에 있어서의 상징의 역할과 독자에 있어서의 상징의 역할을 이야기하고자 한다.

「초혼」의 저작 연대는 적확히 알 수 없으나 1925년 12월에 간행된 그의 시집 『진달래꽃』의 「독고獨孤」 일련 속에서 볼 수 있고 또 그의 유일한 사우師友인 안서 씨의 기술에도 『진달래꽃』 안에 있는 모든 작품은 대개 그의 소년기인 오산학교 중학부 시절에 구상이 된 것이라 하니 1902년 출생인 그로서는 이 작품이 스물 안팎의 소산일 것이다.

그 당시 미처 3·1 운동이란 거족적인 대사건은 일어나지도 않고 일본은 제1차 세계대전의 여파로 점차 부강해지며 이 땅에 일제 헌병 정치는 날로 심하여 갈 때 적도敵都에서 학업을 중도에 그만두고 고향에 돌아와 교편을 잡은 문학청년 김안서. 그리고 그의 영향을 누구보다도 많이 따른 소년 김소월. 그러나 이러한 속에서 소월이 중학부 2년 급이 되는 해 그들은 조선 사람이면 누구나 일생 동안에 큰 충격을 받았을 1919년 3월 1일을 맞은 것이었다.

그때의 안서는 열렬한 정열의 시인이었다. 그러기에 그는, 이 땅에서는 제일 먼저 시집을 간행하는 광영을 가졌고 또 그 시집이 서구의 서정 세계를 처음으로 이 땅에 소개하는 영예도 가진 것이다. 그러나 불행히도 그의 환경과 위치는 다감한 그로 하여금 보들레르와 베를렌과 랭보를 근원으로 하는 불란서의 상징파와 아서 시먼스를 일련으로 하는 영국의 세기말파(이것도 상징주의의 영향을 가장 많이 받은)를 좋아하게 하였다.

그가 동경에 있을 때 일본에서도 서구시의 이입에는 우에다 빈(上田敏)과 나가이 가후(永井荷風) 등의 상징시 번역이 풍미되었으며 이 땅에서도 그보다 후에 나온 유위有爲한 시인들이 처음에는 이와 같은 경향으로 흘렀으나 여기 구태여 『백조』일파의 예를 들 것도 없다.

소월이 시를 사랑하고 시를 보는 눈은 안서를 통하여 떴다. 그러니까 그에게서 조금치도 안서의 기운이 들지 않았다고는 할 수 없다. 그러나 나는 여기에서 소월의 상징시와의 관계를 강조하려는 것은 아니다.

우리는 「초혼」을 읽을 때 시 속에 있는 그대로 "사랑하던 그 사람이여!"를 아무렇게나 생각하여도 좋다. 이름의 주인공(소월이 그처럼 마디마디 사무쳐 부르는 주인공)이 과거 무너져 버린 우리의 조국 조선이라고 하여도 좋고 또는 그냥 그의 사모하던 한 여인이나 더 나아가서는 아무런 흥미도 없는 그의 어버이라도 상관이 없다. 시가 독자에게 주는 것은 무엇보다도 그 의미는 아니다.

　　선 채로 이 자리에 돌이 되어도
　　부르다가 내가 죽을 이름이어!

사랑하던 그 사람이어!
사랑하던 그 사람이어!

이렇게 읽고 나면 우선 가슴에 꽉 막히는 것은 애절한 공감이다. 그리고 다음에 느껴지는 것은 자신도 모르게 그와 함께 외친 무언의 부르짖음일 것이다. 이 뒤엔 독자가 어떠한 연상을 하든지 각각 자기 깜냥대로 그 의미를 찾는 것도 상관이 없다. 그러나 시는 제일 먼저 느끼는 것이다. 느낌으로써 받아들인다. 그리하여 이 향수되는 것이 다 각기 한때의 사람으로서 어떠한 공통성을 갖느냐 하는 데에 그 작품의 위치는 결정이 된다.

이 점에서 소월의 시 「초혼」은 그의 전 시작뿐만 아니라 8월 15일 이전 일제의 부당한 학정 아래에서 쓰여진 조선의 시 가운데에서도 그 한결같은 심정에 있어 그 애절함에 있어 그 모든 것을 다 기울이고도 남는 정열에 있어 이만큼 아름다운 시는 별로 없을 것이다.

「초혼」을 통하여 느끼는 것은 지금도 우리는 우리의 가장 중요한 것 아니 가장 소중한 것을 잃어버렸다는 형언할 수 없는 공허감을 깨닫는 것이요 또 작자와 함께 이 상실한 것에 대한 애절한 원망願望을 돌이키는 것이다. 그러므로 「초혼」이 의도한 바는 어느 것이라도 좋다. 적어도 이 땅에 생을 타고난 우리가 여기에서 느끼는 것은 숨길 수 없는 피압박 민족의 운명감이요 피치 못할 현실에의 당면이다.

우리가 시를 받아들일 때 피할 수 없는 것은 그 위치이다. 우리는 어떠한 사소한 감정과 정서를 통하여서도 가장 중요한 위치를 돌아보지 않을 수 없다. 더욱이 시인들의 입에는 무형의 재갈이 물리고 그들의 붓끝에는 소리 없는 수갑이 채워져 있을 때, 적어도 그들을 통하여 무엇을 다시금 느끼고 찾으려 하는 이 땅의 독자에게 있어서는 저절로 어떠한 상징의 세계를 구하지 않을 수는 없다.

그 누가 나를 헤내는 부르는 소리

불그스럼한 언덕, 여기저기

돌무더기도 움직이며, 달빛에

소리만 남은 노래 서리어 엉켜라.

옛 조상들의 기록을 묻어 둔 그곳!

나는 두루 찾노라. 그곳에서

형적 없는 노래 흘러 퍼져

그림자 가득한 언덕으로 여기저기

그 누가 나를 헤내는 부르는 소리

부르는 소리…… 부르는 소리……

그러므로 소월이 다시 「무덤」이라는 시를 내놓는다 하여도 우리는 여기에서 먼저와 같은 민족성에서 오는 크나큰 공감을 느끼게 된다. 이 속에서 그 상징성이 비유로 떨어지지 않는 것은 다만 그의 예술적 표현이 우수하였음을 말하는 것뿐이다.

그러나 소월은 한란계와 같은 시인이다. 혹독한 슬픔과 억압과 절망을 따라 그때그때의 분위기와 환경을 따라 그의 시는 수은주와 같이 상승하기도 하고 하강하기도 하였다. 좋은 의미로 말하여도 그는 정신의 자기 세계를 파악하지 못한 박행한 시인이었다. 이리하여 소월의 시는 조선의 양심적인 시인이면 으레 가졌을 소극적이나마 반항과 자유를 위한 상징의 세계는 깊이를 찾지 못하고 말았다.

조선에서 처음으로 서구의 시를 이식한 것이 모두 상징시의 입김이 닿은 것이요, 국내에서도 순전히 문학청년 출신으로 된 시인(『백조』의 회월, 월탄, 상화)이 배출하여 그들이 즐겨 따른 것도 상징시의 세계였으니 이것은 이 땅의 역사적 환경의 필연적 소산이나, 이 땅의 상징시가 소위 불란서에서 베를렌을 거쳐 말라르메가 주장한 형식의 완벽을 위한 심벌리즘이나 혹은 영국의 아서 시먼스가 보들레르의 영향을 받아 자국 내의 세기말의 일파와 행동한 그러한 상징의 세계와도 다른 것은 두말할 것도 없는 것이다.

물론 이곳에서도 『백조』 창간 당시 서구 상징파의 영향을 가장 많이 나타냈다고 볼 수 있는 회월[1]과 월탄[2]도 그 작품 표현에 있어 기분 상징(그것도 소시민의 입장에서)의 역域을 벗어나지 못하였고, 이때의 가장 위대한 시인 이상화 씨도 처음에는 이들과 같은 경지에서 더 나아가지 못하였으나 차차로 그의 정신적인 발전은 관념 상징의 역에 이르러 의식적으로 민족적인 운명감과 바른 현실을 튀겨 내려는 노력에까지 나갔다. 그러므로 상화 씨의 작품 세계가 곧장 경향적인 색채를 띠게 된 것은 당연한 일이며 또 자기의 테두리를 벗어나 더 큰 안목으로 세상을 보게 된 것은 그 당시 1920년대의 조선적인 현세에 있어서는 문단뿐 아니라 이 땅 정신사상에 있어서도 큰 혁명적인 사실이었다.

요컨대 조선의 시 작품이 처음으로 외래의 사조를 받아들인 것도 상징의 세계였고, 또 우리의 정치적인 환경이 양심적인 자의사自意思를 표시하려면 저절로 작가가 그 작품 세계에 상징적인 가장假裝을 하지 않을 수는 없었다. 그러나 이 땅의 시인은 누구 하나 상징의 세계의 핵심을 뚫은 이도 없었고 또 이 세계를 형상적으로도 완성한 사람은 없다.

이것은 물론, 사상의 후진성과 형식의 미성숙에 연유된 것이다. 이 땅에서 상징의 세계를 받아들일 처음의 본의는 그 받아들인 사람들의 경제적 토대가 아무리 유족한 것이라 하여도 그것은 유락愉樂을 구하는 것이 아니라 견딜 수 없는 식민지의 백성으로서의 내면 모색과 정신적 고뇌의 발현 내지 합일로 볼 수밖에는 없을 것이다.

---

1 懷月. 박영희(1901~?)의 호.
2 月灘. 박종화(1901~1981)의 호.

『백조』 동인 가운데 또 하나 우수한 소질을 보여 준 시인 노작[3]은 눈물에 젖은 낭만을 풍기고 뒤의 월탄도 낭만을 지닌 의사를 산문으로 보여 주었다. 1920년대 3·1 운동의 여파와 사이토 마코토(齋藤實)의 문교 정치의 엷은 틈으로 뚫고 나온 우리 문학의 태동은 돌이켜 보면 참으로 눈부신 일이나 한편으로 생각하면 살얼음판을 걷는 것 같고 눈물겨운 일이었다. 무엇을 받아들이느냐 또 어느 것을 가져오느냐, 여기에도 당황할 일이었으나 사회적인 위치로 보더라도 이 땅에서 문학을 한다는 것은 그리 큰 명예도 안되고 더구나 생활의 수단은 염의念意조차 할 수 없는 것이다.

이럼에도 불구하고 그들로 하여금 문학에의 길로 발 벗고 나서게 한 것은 순전히 이 땅에 삶으로 인하여 벅차는 가슴을 호소하기 위함이요, 자기의 위치를 탐색하기 위함이요, 또 불의의 일에 반항하고 투쟁하기 위함이었을 것이다. 그러므로 현재까지 문학을 자기의 생명으로 알고 싸워 온 이는 거의 모두가 이십 안팎의 소년이었다. 이것은 설명할 필요조차 없다. 이처럼 깨끗한 피와 끓는 가슴만이 모든 이해관계를 떠나 오로지 정의와 진실을 향하고 나갈 수 있는 까닭이다.

조선의 현실은 이들로 하여금 정상한 발전을 하기에는 너무나 가혹한 조건이 누적하였고 또 이것을 무릅쓰고 싸워 나가기에는 너무나 과중한 부담이었으며 잠시도 휴식할 사이 없는 투쟁이 필요하므로 언제나 그들은 그들의 청년 시대가 지나감과 함께 문학 생활도 떠나보내지 않을 수는 없었다(물론 나는 여기에서 어느 한정된 범위 내에 자위하고 소극적인 불평과 불만의 표시를—이것조차 나중에는 순수문학에 상치되는 것이라고 배격하는 부류도 많았지마는—하는 타성적인 문학인을 염두에 두지 않은 것은 사실이다).

자꾸 새로 나오는 청년들, 이네들도 3·1 운동이니 광주학생사건이

---

3 露雀. 홍사용(1900~1947)의 호.

니 하는 거족적인 정신 운동이 점차로 위축하고 일제의 비망[4]이 더욱더 커감을 따라 우리 시단은 말할 수 없는 저조를 보게 되어 처음 우리 땅의 청년들의 빛나고 씩씩하던 그 정신은 흔적조차 찾을 수 없고 다만 한정된 자기 세계와 위치를 감수하며 이것을 합리화하려는 비진취적인 무리의 자칭하는 예술지상적 견해와 그렇지 않으면 건전한 비평정신은 없이 그저 감정적으로 몸부림치고 들뛰는 시인 이것도 주로 청년, 아니 소년이라야만 쓸 수 있었다는 것은 이 땅을 위하여 지극히 불행한 사실이다.

여기에서 우리는 서구 상징주의의 정당한 해석과 소화를, 그리고 조선 내에 있어서 상징 세계의 필연성과 그 역할을 논의할 기회조차 없었으며 또한 다른 문예 사조와 마찬가지로 깔고 뭉갠 것도 어찌할 수 없는 일이다. 어떠한 곡절을 거쳐서라도 19세기 말에 전 세계의 문학사상계를 휩쓸던 세기말의 부패한 퇴폐 사조와 여기에서 우러난 상징주의는 이 땅을 찾고야 말았을 것이다.

그러나 조선에 있어서의 이 사조의 수입은 안서를 효시로 하나 연하여 뒤에 나타난 『백조』 동인의 일부에서도 이것을 어떠한 이념상의 공명과 소화에서 발전시킨 것이 아니고, 당시 너무나 고루하였던 봉건 사조에서 처음으로 시민의 한 성원으로 눈뜨기 시작하는 그들이 감정적으로, 이것이 심하다면, 정서적으로 받아들인 것에 불과하다. 그리고 시인들이 처음으로 문학에 있어서의 상징성을 중대시하고 한 방편으로 쓰게까지 된 것은 외래의 사조와는 아무런 관련도 없이 이 땅 식민지적인 질곡에서 그들이 조그만치나마라도 우리들의 정당한 권리를 요구 내지는 주장하기 위하여서만이었다.

여기에서 문학상의 상징 사조가 서구와 조선에 발생된 근거를 밝히

---

4 非望. 비망이란 '이룰 수 없는 꿈'이란 뜻인데, 여기서는 잘못 사용되었다. 여기서는 실망, 절망 등의 뜻이 문맥에 맞는다.

자면 구라파의 상징주의는 그 당시 지배 계급에 있는 부르주아지가 정신문화에서 벌써 그의 진보적인 역할을 다하고 행동의 도피에서 오는 현상이었음에 불구하고 이 땅에서는 처음으로 눈뜨는 시민 계급이 우선 그 기분적 상징 세계에서 자기 위치와의 공감성을 발견한 것이었고 나아가서는 진보적인 청년들이 처음으로 어느 나라와도 비할 수 없는 후진 제국주의의 식민지에서 정당한 자의사와 공통된 민족 감정을 걸고 나와 합법적으로 싸우는 데에 그 거점을 잡은 것을 알 수 있다.

다시 그러면 이 땅의 독자로서의 상징성을 어떠한 방식으로 받아들였느냐는 것이겠으나 독자로 앉아서도 이상의 경우를 떠날 수는 없는 것이다. 물론 우리는 각 개인의 환경과 체험과 또 그 지식 정도에 따라서 어떠한 작품이고를 느낄 것이겠으나, 하나의 커다란 일치점은, 공동체의 문화 환경을 가진 우리들로서 결정적인 것은 민족 감정에 부딪칠 때에 누구나가 다 같은 느낌을 받는 것이다.

나는 이상에서 조선시에 있어서의 상징 세계가 갖는 역할과 독자들이 향수한 위치를 밝히었다. 그리고 다시 서구에 있어서의 상징 세계는 그 문학적 표현에서 산문에는 아나톨 프랑스의 작품과 같이 그 세계가 최고도로 발전하여 이 정신은 벌써 하나의 형이상적 관념 애완에 이르게 되고, 시에 있어서는 형식의 너무나 완벽한 말라르메의 도회[5]의 세계를 거쳐 종내에는 발레리의 해설을 위한 해설에까지 이른 것과 스스로 다르다는 것도 명백히 되었을 것이다.

그러면 조선시에 있어서의 상징은 현 정세 아래에서는 어떠한 양상과 역할을 가질 것인가. 이것은 물론 우리 조선이 세계 제국주의의 간섭 아래에 있는 한, 그리고 우리 인민이 식민지적(이것은 정치뿐 아니라 경제적인 면에서라도)인 면모를 벗어나지 않는 한 건실한 면에서도 일제 시

---

5 韜晦. 자신을 감추고 드러내지 않는 것. 은폐와 유사한 의미로 사용되었다.

대에 뜻있는 선배들이 한 방편으로 쓰듯 또한 방편상으로 쓰지 않을 수는 없다. 그러나 이와는 반대로 여기에서 또 하나의 악용된 영향을 지니고 갈 것도 잊어서는 안 된다.

이것은 1930년대 이후 더욱이 일지전쟁[6]의 단초로부터 문학을 지망하기 시작한 젊은층과 또 사랑하게 된 애호층이 자기들도 모르는 사이에 받아들인 왜곡되고 보잘것없는 위축된 정신세계이다.

이 시대에는 이 땅은 물론 비교적 언론이 자유로울 수 있던 일본에서도 당시의 지상에 발표할 수 있던 작가들은 지나간 독일 낭만파와 같은 데서 자기와의 합일점을 찾아내어 일로一路 어거지로 조작한 일본 정신 같은 데에 적극 협력하거나, 그렇지 않으면 불란서 상징파의 절대적 영향에서 생겨난 독일의 시인 슈테판 게오르게의 순정 예술관, 즉 현실의 생활은 진정한 예술의 방해물이요, 인간의 사유와 충동도 예술 가운데에서는 빼내야 할 것이요, 정치적 사회적인 것은 일체를 금하고 더 나아가서는 그 세계관조차 시와는 무관계한 것이라고 열렬히 주장하는 이 사조를 영합하여 이 일련에서 싸고도는 이론가(군돌프[7]와 베르트람[8])와 작가(한스 카로사와 헤르만 헤세 등), 그렇지 않으면 릴케 (물론 이상에 열거한 사람들이 상징주의자라는 것은 아니다) 같은 사람들이 일부 문학청년 간에서 (현실에 영합하는 착의적인[9] 면에 있어 비진취적인 점에) 주조를 이룬 것은 사실이니 무어 하나고 일본을 거치지 않고 받아 올 수 없는 이 땅의 정세로서는 이것이 끼친 바의 해독—즉 투쟁과 진취를 거세당한—을 가히 짐작할 수 있는 일이다.

---

6 日支戰爭. 일본과 지나支那의 전쟁. 즉 중일전쟁(1937)을 의미한다.
7 프리드리히 군돌프Friedrich Gundolf(1880~1931), 독일의 문예사가.
8 에른스트 베르트람Ernst Bertram(1884~1957), 독일의 시인, 문학사가.
9 窄義的인, 좁은 의미라는 뜻이다.

이 철기. 다섯 개의 수챗물 구녕을 가진 연못은 사뭇 권태 속에
서 깔고 뭉갠다. 둘러보면 끊임없는 비바람에 씻긴 다만 불길한 빨
래터. 모진 비바람을 고告하는 지옥의 번갯불에 파랗게 질려 보이
는 안쪽 층층대에는 거러지의 떼들이 꿈틀거리고 너는 그들 청맹
과니의 푸른 눈동자를 그리고 말라비틀어진 삭신을 두른 때 묻은
아래옷을 조소하였다. 아, 병대兵隊들의 빨래터. 공동의 수욕장水浴
場. 물은 항상 거멓고 아무리 더러운 병자라도 꿈에조차 이곳에 빠
진 놈은 없었다.

예수가 맨 먼저 대업을 행한 곳도 여기다. 나약한 사람 같지 않
은 무리와 함께……

차라리, 분노의 시인 랭보가 현세를 지옥으로 느끼고 이것을 두드
려 부수자고, 이십이 되어 남달리 먼저 자의식에 눈뜬 이 희유한 천재
가 틔워 준 상징의 세계를 이 땅의 청년들이 받아들였던들 지금의 시
인들은 벌써 문학을 집어던졌거나, 그렇지 않으면 진정한 격분에 눈
을 떠 훨씬 더 찬란한 이 땅의 시문학을 꽃피게 하였을 것이다.

본고는 일단 여기에서 그친다. 그러나 나의 입론이 소월의 「초혼」과
「무덤」을 통하여 하여진 것을 부족히 생각하는 이가 있을까 하여 다시
그의 작품 가운데에서 순전히 민족적 감정만을 걸고 나온 작품을 몇
개 보족補足하겠다.

나는 꿈꾸었노라. 동무들과 내가 가즈런히
벌가의 하로일을 다 마치고
석양에 마을로 돌아오는 꿈을……
즐거이…… 꿈 가운데.

그러나 집 잃은 내 몸이어!
바라건대는 우리에게 우리의 보섭 대일 땅이 있었더면……
이처럼 떠돌으랴, 아침에 저물손에
새라새롭은 탄식을 얻으면서……

  이처럼 시작하는 그의 시 「바라건대는 우리에게 우리의 보섭 대일
땅이 있었더면」 하는 것도 있거니와 그보다도 더 구체적인 것은 소월
이 그 말년에 3·1 운동 당시 오산에서 그가 다니는 중학교의 교장으로
있던 조만식 씨를 사모하여 노래한 것이 있으니,

평양서 나신 인격의 그 당신님, 제이 엠 에스,
덕 없는 나를 미워하시고
재조 있던 나를 사랑하셨다.
오산 계시던 제이 엠 에스
십 년 봄 만에 오늘 아침 생각한다
근년 처음 꿈 없이 자고 일어나며.

얽은 얼굴에 자그만 키와 여윈 몸매는
달은 쇠끝 같은 지조가 튀어날 듯
타듯 하는 눈동자만이 유난히 빛나셨다.
민족을 위하여는 더도 모르시는 열정의 그 님

소박한 풍채, 인자하신 옛날의 그 모양대로,
그러나 아아 술과 계집과 이욕에 헝클어져
15년에 허주한 나를
웬일로 그 당신님

맘속으로 찾으시오? 오늘 아침,

아름답다 큰 사랑은 죽는 법 없어,

기억되어 항상 내 가슴 속에 숨어 있어

미처 거츠르는 내 양심을 잠재우리,

내가 괴로운 이 세상 떠날 때까지……

하는 이 시 「제이 엠 에스」가 바로 그것이다. 이것만 읽어도 소월이 직접 정치적인 행동은 없었다 하나 그 민족적인 양심만은 끝까지 갖고 있었다는 것은 짐작할 수 있다.

– 1946. 9.

(『신천지』 1947. 1.)

소월론을 통한 자기 모색

8·15 해방이 되자 문학인들은 동요하였다. 카프가 해체된 지 10년이 지난 상태였지만 사상의 꼭짓점이 분명한 좌파 문인들은 임화를 중심으로 빠르게 결속하였다. 여러 차례의 총회와 성명서 발표를 거쳐 1946년 2월 8일과 9일 제1회 전국문학자대회가 개최되고 '조선문학가동맹'이 정식으로 결성되었다. 이 단체가 표방한 커다란 목표는 인민이 중심이 된 민주주의 국가의 건설이었다. 잃었던 나라를 되찾은 청년들에게 이보다 더 매력 있는 구호는 없었다. 병상에서 울음 속에 해방을 맞았다는 오장환은 『에쎄닌 시집』 서문에서 8·15 이전부터 자신이 바란 것은 "조선의 완전한 계급 혁명이었다"(1946. 2. 17.)고 공언하였다. 그는 일찍이 좌파문학 단체에 가입했고 병중의 몸으로 전국문학자대회에도 연이틀 참석했다. 8·15 이후 좌파 경향의 시를 지속적으로 창작하여 시집 『병든 서울』(정음사, 1946. 7.)을 간행했다.

이러한 그가 우리 문학의 과거를 돌이켜 보고 자신의 앞날을 전망하는 의미에서 쓴 글이 「조선시에 있어서의 상징」이라는 글이다. 이 글을 쓰기 위해 그는 우리 시의 역사적 전개 과정과 유럽 상징주의 시의 역사적 맥락을 상당히 깊이 있게 공부하였다. 그렇게 논리적인 글은 아니지만 해방 공간의 혼란 속에서 과거를 점검하고 미래의 전망을 모색하는 차분함이 돋보이는 글이다.

오장환은 김소월의 「초혼」을 읽으면 누구든 그 애절한 부르짖음에 깊은 공감을 얻게 된다고 글을 시작하면서, 이러한 부르짖음은 서구 상징시의 영향을 받은 안서 김억의 시와 다르고 『백조』 일파의 시와도 다르다고 분명히 선을 그었다. 더불어 김소월의 「초혼」에는 가장 소중한 것을 잃어버렸다는 형언할 수 없는 공허감과 그 상실한 대상에 대한 애절한 원망願望이 담겨 있다고 보았다. 김소월의 이 시에서 우리가 느끼게 되는 것은 피치 못할 현실에 당면한 피압박 민족의 치절한 운명감이라는 것이다. 그렇기 때문에 「초혼」은 김소월의 전 시자뿐만 아니라 8월 15일 이전 부당한 학정의 시대에 쓰여진 조선의 시 가운데에서 가장 뛰어난 시라고 평가했다.

이러한 평가와 함께 거론한 작품이 김소월의 「무덤」이다. 이 시는 우리가 어떠한 위치에 놓여 있는가를 상징의 형태로 제시하는 데 성공했고, 그렇기 때문에 이 시 역시 「초혼」과 마찬가지로 민족성에서 오는 커다란 공감을 느끼게 된다는 것이다. 그다음에 이어지는 단어로 바꾸어 말하면, 형언할 수 없는 상실감을 토로한 「초혼」이 "기분 상징"에 속한다면, 무덤이라는 상징을 통해 우리 민족의 상황을 표현한 「무덤」은 "관념 상징"에 도달했다고 평가할 수 있다. 「무덤」이 「초혼」과 유사한 상징성을 지녔다는 사실을 발견하여 두 작품의 연관성을 거론한 것은 매우 탁월한 견해다. 이 견해는 그 이후 소월론을 쓴 서정주에게, 또 김윤식에게 그대로 이양되었다. 오장환은 뛰어난 시인적 직관으로 김소월의 시가 지닌 상징성을 포착한 것이다.

그러나 김소월의 시가 이러한 상징의 세계를 더 깊게 추구하지 못한 점에 대해서는 아쉬움을 표시했다. 김소월의 시는 감정의 편차가 심하여 연약한 슬픔의 감정을 드러내는 작품이 적지 않았기에 "조선의 양심적인 시인이면 으레 가졌을 소극적이나마 반항과 자유를 위한 상징의 세계는 깊이를 찾지 못하고 말았다"고 비판한 것이다. 우리는 이 말에서 해방 공간의 오장환이 추구하는 시의 차원이 어떠한 것인가를 엿볼 수 있다. 그는 시를 통해 "반항과 자유를 위한 상징의 세계"를 창조하고자 한 것이다.

이렇게 김소월의 시를 정리한 오장환은 논의의 폭을 넓혀 김소월과 같은 시대에 시를 쓴 백조 동인들에 대한 자신의 의견을 개진한다. 백조파 역시 서구 상징시의 영향을 받은 것인데, 상징 세계의 핵심을 뚫지 못하고 비판정신 없이 감정적인 반응에 치중하여 피상적인 몸부림을 보여 주거나 예술지상주의적 경향으로 굴절되고 말았다고 비판했다. 처음 문학에 투신할 때에는 분명 이 땅에 사는 자신의 처지를 호소하기 위해서, 그래서 자신의 위치를 올바로 파악하여 불의에 반항하고 투쟁하기 위해서 문학의 길에 가담한 것이었지만, 정상적인 발전을 하기에는 현실의 상황이 너무나 가혹했고 그 상황에 맞서기에는 문학청년들의 정신이 그렇게 강인하지 못했다. 그래서 개인적인 비탄과 절망의 감정이 주류를 이루었다고 비판한 것이다.

이러한 비판과 함께 오장환이 내세우고자 한 것은 해방 공간이라는 또 하나의 문화적 전환기에 임하여 진보적인 청년들이 자신이 어떠한 위치에 있는가를 자각하고, 후진 제국주의 식민지 상태에서 벗어나서 정당한 자신의 의사와 공통된 민족적 감정을 바탕으로 합법적으로 싸우자는 것이다. 그는 그 '합법적 싸움'에 상징이 대단히 중요한 역할을 할 것이라는 보았다. 물론 오장환은 이러한 견해를 논리적으로 피력하지는 못했다. 여러 갈래로 흩어진 그의 논의를 정리하면 그러한 요지를 도출할 수 있다.

오장환은 다시 시야를 넓혀 서구의 상징주의가 어떻게 변화하였는가를 논의했다. 불란서 상징파의 영향을 받은 여러 문인들이 모두 현실에 영합하거나 현실에서 이탈하여 고답적인 예술 세계에 칩거해 버린 것을 비판하며 그들의 문학이 이 땅의 문학청년들에게 끼친 해독이 적지 않았다고 개탄했다. 그들의 문학이 청년들의 투쟁 의식과 진취적 기상을 거세시켰다는 것이다. 그런 문학보다는 차라리 분노의 시인 랭보가 현세를 지옥으로 묘사하면서 타락한 현실의 파괴를 선언한 것을 상징의 모범 사례로 받아들여야 할 것이라고 주장했다.

여기까지 상징에 대한 이야기를 마친 오장환은 다시 김소월의 시로 돌아가 「바라건대는 우리에게 우리의 보섭 대일 땅이 있었다면」

과 「제이 엔 에스」를 인용하면서 "소월이 직접 정치적인 행동은 없었다 하나 그 민족적인 양심만은 끝까지 갖고 있었다는 것은 짐작할 수 있다"고 말하고 끝을 맺었다. 이것은 상징의 차원에서 김소월의 한계를 비판한 것에 대한 자신의 아쉬움을 표현한 것이다. 그는 아무리 생각해도 김소월이 일제 강점기의 가장 뛰어난 시인이라는 사실을 부정할 수 없었다. 그 후 이러한 김소월에 대한 관심은 「소월 시의 특성」(『조선춘추』 1947. 12.), 「자아의 형벌」(『신천지』 1948. 1.)로 이어져 재론된다.

그는 「자아의 형벌」에서 비로소 김소월을 넘어서기 위한 단서를 포착하는데 그것은 김소월의 자살이다. 김소월의 자살이 지닌 한계를 비판하면서 어떠한 상황에서도 역사의 바른 궤도에서 자아를 지양하려는 자세를 지녀야 한다는 다짐으로 글을 끝맺고 있다. 이렇게 김소월에 대한 글을 세 차례나 쓰면서 김소월을 극복하려 했다는 것은 김소월이 그에게 커다란 산으로 다가왔다는 사실을 반증한다. 시대의 전환기에 처한 오장환에게 김소월은 그가 뛰어넘어야 할 우뚝한 산이었다. 김소월을 극복의 대상으로 설정했다는 점에서 오장환 역시 평범한 시인은 아니었다고 말할 수 있다.

7

서정주의 「영랑의 서정시」

영랑의 서정시

서정주

　조선의 서정시인들—조선에서 개화 이후 쓰여진 신시란 그 각도 여하를 불문하고 그 전부가 서정시요, 이것을 기록한 사람들은 또 서정시인들임에 틀림없었지만—그 가운데에서도 영랑처럼 부당한 평가를 받아온 시인도 드물 것이다. 원래 학문 예술의, 그중에도 시문학의 업적과 같은 은밀한 중에 이루어지는 것에 대한 평가란 자칫하면 부당에 흐르기가 쉬운 것이어서 그 실제의 정도 이상으로 선전되거나 그 이하로 묵살을 당하는 예가 얼마든지 있었고 또 지금도 있는 일이기는 하지만 영랑에 관한 경우, 그것은 너무나 지나친 묵살과 몰이해의 쪽에 기울어져 있지 않았었는가 생각한다.

　일찍이 그의 처녀 시집이 간행되었을 때에도 고 박용철 씨가 호을로 그를 가佳타 하였을 뿐 중구衆口가 그를 묵살하는 속에서 이원조와 같은 이는 '소녀취미'라는 한 마디로 그를 멸시해 버리고 말기까지 하였지만, 이래 근 이십 년 그를 말하는 이 없던 세월의 계속을 거쳐 오늘에 이르러서 오히려 이 옥서의 빛남을 볼 때 시에 대한 평가─그 반 이상이 참으로 허망한 것임에 다시 한 번 놀라지 않을 수 없다.

1

주지하는 바와 같이 조선의 신시에 언어 표현상의 획기적인 자각을 가져온 것은 지용과 영랑을 중심으로 1928년엔가 발행된 『시문학』지[1]의 커다란 공적이었다. 첫째, 조선어를 효과적으로 사용하여 형용하고 수식하려는 의식과 문자와 음의 배면에 시의 '뉘앙스'를 두려는 노력의 성공[2] 등이 그들로부터 비롯하였다고 나는 생각한다. 육당, 춘원 이후 백조파를 거쳐 '프롤레타리아 예맹파'에 이르기까지의 조선의 소위 자유시엔, 시의 감정과 사상은 있었으되, 이것을 어떻게 하면 조선 말의 경經과 위緯와 그 조화와 질서로써 본격적인 시의 자격으로 '직조화'하느냐 하는 의식적인 각성과 치밀한 주의는 있지 않았다. 적으나마 이것이 『시문학』 이전의 일반적인 시단의 경향이었다. 물론 소월과 상화 등에게 비교적 잘 정리된 몇 편씩의 시가 있었던 걸 잊은 건 아니다. 그러나 나보고 말하라면 이것들 역시 그들의 의식적인 배려의 산물이라고 하기보다는 오히려 우연한 천재적 획득에 가까웠다. 만일에 그렇지 않다면, 소월 상화의 몇 편의 가작을 에워싸고 있는 저 수다한 미완성품들의 지나친 무잡蕪雜과 허망을 설명할 길은 아무 데도 없다. 표현상의 의식적 배려가 참으로 그들에게 있어 지속되었다면

---

1 서정주의 시간 착오 현상은 아주 심해서 자신의 시집 출간 연도를 말하는 데에도 많이 나타난다. 『시문학』은 1930년 3월에 창간되었다.
2 본문에 "成力"으로 나와 있으나 오자로 보고 '성공'으로 교정하였다.

이 정리와 이 무잡을 동행同行시킬 리가 만무한 까닭이다. 그러나 영랑과 지용의 때에 오면, 시의 감정과 사상에만 시를 의탁하고 마는 것이 아니라 의식적인 표현상의 배려와 이 지속이 여기 첨가된다. 그렇기 때문에 그들의 시집을 펼쳐들고 어느 작품 하나를 뽑아 보아도 "이건 너무 지나치게 그의 정도 이하로 황무하다"는 느낌을 주는 것은 찾아볼 수가 없게 된다. ─이것은 참으로 그들 이전의 무의식적 시작 태도에 비해 중대한 혁명이라 아니할 수가 없는 것이다.

조선 현대 시문학사상의 이 중대한 혁명─상기한 바와 같이 영랑과 지용은 똑같이 이 혁명의 역군으로서 똑같이 조선어에 대한 새로운 자각을 가지고 『시문학』지에 의거해 나란히 서정시를 썼으며, 또 그 업적에 있어서도 서로 별다른 손색이 없었다.

그러나 똑같은 한 어머니의 품에 자라난 두 딸과 같이 있었음에도 불구하고 지용의 외상外上이 없을 정도의[3] 유명에 비해 영랑은 또 너무나 지나치게 무명하였다. 생각컨대 이것은 지용이 머리도 지지고 극장이나 찻집 출입도 자주하는 딸과 같이 있은 데 비해 영랑이 그저 김이나 매고 애들이나 기르고 집이나 지키는 딸과 같이만 있은 때문일까.

소위 경향京鄕을 달리한 데서만 이 부당한 차이가 생겼으리라고는 나는 생각지 않는다. 이하, 나는 그 점을 좀 생각해보려 한다.

2

이미 딴 곳에서도 언급한 바 있었던 것과 같이 두 사람이 다 그들의 감성의 체험을 주로 서정시로 써 온 건 사실이지만 지용이 그중에서

---

3 그 이상이 없을 정도의. 최고의.

도 감각적인 순간 향수를 공간적으로 점철하는 데 주력해 온 반면에 영랑은 한 정서의 지속을 그의 시간 위에 유지하려 애써 온 시인이다.

두말할 것도 없이 두 가지가 다 인간 감성의 직능이로되 감각은 수시로 생멸하는 순간의 것인 반면에 이것의 종합 축적이요 그 선택 정화淨化의 산물인 한 개의 정서는 스스로 지속하려 하고 또 어느 만치라도 사실로 지속력을 가진다. 눈에 싼뜩한 한 개의 꽃의 색채, 여인의 보드러운 피부, 배고픔, 배부름, 추위, 더위, 선선한 바람. ─ 이런 것들은 인간된 자 능히 그 감각의 능력만으로써도 충분히 느낄 수 있고, 또 그가 시적 표현의 재조를 가진 자이고 보면 시로서도 이것을 문자화해 볼 수 있는 것이지만 한 개의 정서의 유지란 이와는 의미가 상당히 나르다. 삼삭의 사람과 같이 정서의 사람도 감응하는 사람임엔 틀림없지만, 그는 이미 인간의 모든 감각적인 체험을 토대로 하나의[4] 감정생활의 지속을 영위해야 한다. 그는 수시로 느낄 줄 아는 사람일 뿐만 아니라, 그의 모든 느낌 속에서 그와 타인을 위하여 한 불변하는 심정을 선택해야 한다. 다만 접촉하고, 맛보고, 냄새 맡고, 소리 듣고, 구경하고만 사는 사람이 아니라, 참으로 안 잊고 그리워하고 기다리고 사랑할 줄 아는 사람이 되어야 한다. 계속해서 사랑할 줄 아는 사람이 되어야 한다. ─ 요컨대 정서 생활이란 감각 생활의 선택의 결과요 그 심화인 것이다.

그러나 아시는 바와 같이 현대는 더 많이 감각의 시대이지 정서의 시대는 아니다. 더구나 왜정 치하 1930년대로부터 1940년대에 이르는 십여 년 동안은 더욱이 그러하였다. 제2차 대전의 질식기窒息期를 양성하면서 있던 이 동안은 일본에 있어서도 시단엔 신감각파가 횡행하리만큼 모든 것이 말초신경적으로 흘렀지만, 이들의 압제하에 있는

---

4 본문에는 "─(한 일)의"로 되어 있는 것을 문맥에 맞게 고쳤다.

조선이야 더 말할 것도 없었다. 이 무렵에 시 줄이나 적고 시 줄이나 읽을 줄 알던 청년들의 심정을 상상해 보라.—그들에게 감정생활이나마 무슨 지속력이 있었겠는가. 그들은 이미 가능한 한도 내의 행동의 제한과 봉쇄 속에서 사고력의 지속마저 잃은 때였다. 그들에게 있다면 그것은 다만 절망하는 가능과 순간의 감각 생활이 남아있을 뿐이었다.—이런 때에 있어 영랑과 지용은 나란히 시를 썼으되, 지용은 상기한 바와 같이 감각 생활에 의거했고, 영랑은 또 애써 정서를 지키려 했다. 그리하여 지용은 박수갈채를 받고 유명해지고 영랑은 씻은 듯이 이래 이십 년을 잊혀지고 말았던 것이다.

저 1930년대로부터 1940년경에 이르는 청년들의 심정의 전변상과 그 말초적 감각 생활의 모습이 내게는 아직도 기억에 선연하듯이 그들에게 박수를 받던 정지용의 작품들과 또 그들에게 조금도 박수를 받지 못하던 김영랑의 시들 역시 아직도 기억에 새롭다.

먼저 여기 그 무렵의 시단과 일반 문학청년들에게 갈채를 받던 지용 시의 내용의 대략을 기억되는 대로 나열해 본다면—

충분히 양풍洋風에 젖은 휘파람을 날리며 거리의 경박 청년들과 같이 드나드는 「카페 프랑스」 등속의 맛. 오히려 미각에 가까운 명동 천주교당의 가톨릭교와 그의 '마리아' 취미. 빠른 도마뱀 떼처럼 재재바르다는 「바다」 등에 대한 그의 촉각과, 뛰어가는 말의 다리가 여덟으로도 열여섯으로도 보이고 피어 있는 달리아 꽃이 젖가슴과 부끄럼성이 익을 대로 익어서 피다 못해 툭 터져 나온 처녀와 같이 보인다는 시각 등의 교묘한 관능적 표현. 술집 창문에 연연히 타는 저녁 햇살의 퇴폐적인 유혹—이런 것들이었다. 그리하여 이 말초적이요 관능적이요 감각적이요 기교적인 그의 시들은 그대로 또한 말초적이요 관능적이요 감각적이요 기교적인 당시의 청년에게 환영되고 유명해져야 하였던 것이다.

그러나 영랑에게 오면 상기한 지용이 가진 것과 같은 감각적인 마력은 전무全無에 가깝다. 그는 이러한 감각적인 마력을 쓰는 대신에 당시 청년들의 거의 전부가 돌보지 않던 '지속하는 정서'의 편이 되었다. 위에서도 잠깐 말한 것처럼 그는 마치 '집지기'와 '김매기'와 '애 보기'나 떠맡은 — 한 사람의 화려할 수 없는 딸처럼 차라리 변화 없는 초가집가의 겹겹이 쌓인 기류와, 피리와 가야금의 잊혀진 선율과, 봄밤마다 한소리로 계속해 우는 두견새 등의 편이 되어버렸던 것이다. 그의 시집 목차만 펼쳐 보아도 곧 짐작할 수 있는 일이지만, 그는 늘「언덕에 바로 누워」서 불변의 창공을 바랐고, 한 송이의 모란꽃의 개화를 일 년 열두 달 삼백예순날을 두고 기다리는 심정으로 마땅히 기다릴 것을 기다리었고,「돌담에 속색이는 햇발」이나「끝없는 강물」,「수풀 아래 작은 샘」과 같이 그의 마음을 빛내고 흐르고 고이게 하기에 애썼고, 뒤에 가서는 또 차라리 훨씬 더 먼 두견새나 춘향이나 망각의 쪽으로 기울어지기까지 하였던 것이다. 이렇게까지 질기게 정서적인 그가 어떻게 저 지속력 없는 말초 감각의 때에 있어 감각의 선수 — 정지용과 나란히 시정에 유명해질 수 있었겠는가. 그는 그 흔한 '트레머리'5 하나 해보지 못한 촌시악시처럼 얌전히 그의 정서를 지속하기에 우리가 보지 않는 데서 살아왔다. 그러나 인제 우리는 이미 반백이 다 된 이 오십대의 무명 시백詩伯을 유명한 정지용보담도 오히려 고마워해야 한다. 왜냐하면 그의 시의 바탕이 되는 감정생활에 있어 그가 종시일관 까불지 않았던 것이 도리어 고마운 일이 되었음을 우리가 이제는 아는 때문이기도 하지만, 그를 찬탄하는 또 하나의 커다란 이유는 그가 한글 시의 정서의 경위經緯를 떠맡은 한 사람으로서 누구보담도 먼저 이것의 의식적인 직조에 많은 성공을 거두고 있는 사람이기 때문이다.

---

5 1920년대 신여성 사이에서 유행한 머리 모양으로, 앞에 옆가르마를 타서 갈라 빗은 다음 뒤통수 한 가운데에 넓적하게 틀어 붙이는 머리이다.

3

모란이 피기까지는

나는 아즉 나의 봄을 기둘리고 있을테요

모란이 뚝뚝 떠러져 버린 날

나는 비로소 봄을 여흰 서름에 잠길테요

五月어느 날 그 하루 무덥든 날

떠러져 누은 꽃잎마져 시드러 버리고는

천지에 모란은 자최도 없어지고

뻐쳐 오르든 내보람 서운케 문허졌느니

모란이 지고 말면 그뿐 한 해는 다 가고 말아

三百예순날 한양 섭섭해 우옵네다

모란이 피기까지는

나는 아즉 기둘리고 있을테요 찰란한 슱음의 봄을

숫스럽고 하잘것없고 미련한 듯하면서도 이 얼마나 질기고 오래 지 닌 이 민족의 정서인가.

시를 표현 형성하는 일을 일종의 직조에 비할진대. 지용의 것은 대 부분이 알쏭달쏭한 박래품의 모조에 가까웁다면 영랑의 것은 또 순전 한 조선산의 모시나 명주 삼팔[6]이다. 눈에 선뜩 그 직조의 기교가 드 러나진 않지만 이 가늘게 짜진 명주는 충분히 올과 날이 바르고, 보드 랍고 윤기가 있고 또 뜨시기까지 하다.

들으면 지용은 한 시의 이미지를 획득하면 곧 원고지 위에 이것의 소묘를 하여 놓고 한 달이건 두 달이건 두고두고 첨삭 수정을 가하는

---

6 질이 좋은 명주.

표현 방법을 쓴 데 반해, 영랑은 시의 영상 그 자체의 연소와 통일을 위해 또 한 달이건 두 달이건 이걸 마음속에 회임하고 끄리고[7] 지내다가 때가 되어 생산하게 되면 그것은 비교적 용이히 원고지 위에 배치되었다고 한다. 요컨대 시의 표현을 앞에 놓고 지용이 한 장인匠人과 같이 처했었다면 영랑은 또 여기에 한 사람의 산부産婦와 같았던 것이다.

4

그의 개척한 사행소곡들의 광택에 관해서도 좀 더 말하고 싶고 또 그의 시의 운율과 그에게 끼친 남도소리 등의 영향에 대해서도 생각해 보고 싶은 바 없지 않지만 여기서는 지면과 편집 마감 관계도 있고 하여 우선[8] 그만 두거니와, 끝으로 영랑에게 한 가지 요청이 있다면 그것은 어서 빨리 다시 저 찬란한 서정의 세계로 돌아오는 일이다. 조선의 시인들은 도대체가 사십만 넘으면 모두 쉬어 버리고 말지만 당신도 또한 너무 오래 쉬고 있다.

－ 기축 12월 23일 밤

(『문예』 1950. 3.)

---

7 '끌고'의 전라 방언.
8 본문에는 '情선'으로 되어 있으나 오자로 보고 '우선'으로 적었다.

김영랑 시의 새로운 발견

서정주가 김영랑을 처음 만난 것은 1936년 가을 무렵이다. 서정주가 참여한 동인지 『시인부락』 1호가 1936년 11월에 출간되었는데, 그 잡지 발간에 대해 상의하기 위해 박용철 자택을 방문했을 때 마침 거기 와 있던 김영랑을 만난 것이다. 김영랑은 체격이 크고 손도 두툼했는데 뜻밖에도 목소리가 가늘고 매우 수줍은 기색을 보였다고 서정주는 회고했다. 처음에는 서먹서먹했지만 몇 차례 만날수록 육친의 형처럼 김영랑을 대하게 되었다고 했다.

서정주는 김영랑의 시가 그 가치에 비해 너무 낮은 평가를 받아왔다고 생각했다. 예나 지금이나 문단의 중심이 서울에 있었기 때문에 강진에 묻혀 사는 김영랑은 시단의 주목을 별로 받지 못했다. 김영랑은 박용철이 주재한 『시문학』과 『문학』에만 시를 발표하였고, 박용철이 출간한 『영랑 시집』을 통해서 한정된 시인들에게만 알려졌을 뿐이다. 『영랑 시집』 간행 이후에도 시를 발표하지 않다가 1939년과 1940년에 『조광』, 『여성』, 『문장』지에 시를 몇 편 발표했을 뿐이고, 1948년 9월 서울로 거주지를 옮긴 이후 다시 시를 발표하였다. 서정주는 「영랑의 서정시」에서 정지용에 비해 김영랑의 시가 독자들에게 알려지지 않고 부당한 평가를 받은 것에 대해 구체적인 이유를 들어 자세히 설명했다.

서정주는 1949년부터 김영랑의 시선집 발간을 추진했다. 『영랑시선』은 1949년 10월에 출간되었는데 그 발문에서 서정주는 젊은 시절 김영랑의 시를 거의 외우다시피 했다고 고백하면서, 이 시집의 발간을 통해 현대 한국 서정시의 한 절정이었던 『시문학』파의 몇몇 거성들 가운데 가장 오래가야 하는 존재가 김영랑임을 알게 되길 바란다고 힘주어 말했다. 서정주는 여기서 그치지 않고 그 이듬해 3월 당시 대표적인 월간 문예지인 『문예』에 「영랑의 서정시」라는 글을 발표한 것이다.

그는 정지용과 김영랑이 『시문학』지를 통해 같이 활동했는데, 정지용이 대단히 높은 평가를 받은 데 비해 김영랑은 너무나 부당한 평가를 받았다고 아쉬움을 드러냈다. 그는 그 이유가 정지용은 감각 중심의 시를 썼고, 김영랑은 정서 중심의 시를 쓴 데 있다고 보았다. 얼핏 생각하면 감각은 순간적이고 정서는 지속적이어서 정서 표현의 시가 대중들에게 지속적인 관심을 끌 것이라고 생각하기 쉬운데 서정주는 오히려 이것을 반대로 해석했다. 즉 1930년대로부터 1940년대에 이르는 현대적 문화 현상은 느긋하게 정서에 침잠하는 분위기가 아니라 순간적인 감각에 휩쓸리는 상황이라고 판단한 것이다. 그 시대를 살아간 청년들이 관능적이요 감각적이요 기교적이었기에 때문에 정지용의 시에 매력을 느꼈다는 것이다. 김영랑은 한국적인 '정서의 지속'을 차분하게 펼쳐냈기 때문에 대중의 관심을 끌지 못했고 '감각의 선수'인 정지용 같은 인기를 얻을 수 없었다고 보았다.

그러나 시의 가치로 보면 김영랑은 정지용보다 더 우위에 놓인다고 평가하였다. 김영랑의 시는 고유의 한글을 구사하여 한국적 정서를 날줄과 씨줄로 삼아 아름다운 직물을 엮어 냈기 때문이다. 김영랑의 시는 오래도록 변치 않는 정서의 세계를 창조한 것이다. 그래서 "지용의 것은 대부분이 알쏭달쏭한 박래품의 모조에 가깝다면 영랑의 것은 또 순전한 조선산의 모시나 명주 삼팔이다. 눈에 선뜩 그 직조의 기교가 드러나진 않지만 이 가늘게 짜진 명주는 충분히 올과 날이 바르고, 보드랍고 윤기가 있고 또 뜨시기까지 하다"고 김영랑 시의 가치를 직물에 비유하여 서술했다. 여기서 더 나아가 기술자(장인) 같은 태도로 시를 쓰는 정지용에 비해 김영랑은 태중에 아이를 키우는 임산부와 같은 자세로 시를 쓴다고 비교했다. 정지용의 감각적 기교와 김영랑의 정서적 지속성을 '장인'과 '산부'로 비교한 것이다. 요컨대 서정주는 현대시사에서 높은 평가를 받아 온 정지용 이상으로 김영랑의 시가 개성적인 가치를 지니고 있음을 역설한 것이다.

서정주의 김영랑에 대한 이러한 옹호의 발언이 문단에 호응을 일으킬 겨를도 없이 6·25가 터지고 피난을 가지 못한 김영랑은 폭격을 맞아 1950년 9월 29일에 사망했다. 생사를 다투는 통에 시인의 죽음에 신경 쓰는 사람은 없었다. 1950년 12월 5일에 발행된 『문예』 전시판 속간호 별지에 전상 사망자로 시인 김영랑의 이름이 나왔을 뿐이다. 그런데 서정주는 이 책에 「곡 영랑선생」이란 추도문을 실었다. 서정주는 추도문에서 김영랑의 시가 "겨레를 대표하는 한 개의 민족 정서의 이름"으로 남기를 염원한다고 적었다. 이것은 그의 가슴에서 우러난 진심의 발언이었을 것이다.

서정주는 대중 독자들에게 소외되어 있었던 강진의 시인 김영랑을 중앙 문단에 부각시키고 그 시의 가치를 세상에 알리는 데 매우 큰 역할을 했다. 박용철이 김영랑을 시단에 등장시키고 호화로운 시집을 간행하여 중앙 문단에 끌어들이는 역할을 했다면, 서정주는 시문학파 시인 김영랑을 민족 정서를 섬세하게 표현한 일급의 민족시인으로 부상시키는 역할을 했다.

김영랑 시의 옹호자로서 서정주의 역할은 여기서 그치지 않았다. 1962년 12월 『현대문학』이 기획한 작고 시인 회고 특집에 서정주는 「영랑의 일」을 썼다. 그는 이 글에서 김영랑의 시를 이해하는 데 중요한 단서가 되는 '촉기燭氣'라는 말을 소개하고 있다. 이 말은 김영랑이 서정주에게 창을 들려주며 이중선李中先 소리의 특징을 설명한 용어로, "같은 슬픔을 노래 부르면서도 그 슬픔을 딱한 데 떨어뜨리지 않고 싱그러운 음색의 기름지고 생생한 기운을 말하는 것"[9]이라고 풀이되어 있다. 서정주는 이 촉기가 "설움에 짓눌려 있던 역경살이 속에서

---

[9] 서정주, 「영랑의 일」, 『현대문학』 1962년 12월호, 228면.

도 잃지 않아야 할 삶의 윤기" 같은 것이라고 말하면서 「끝없는 강물이 흐르네」를 예로 들어 "여기 흐르는 정서의 칠칠한 촉기야말로 그의 시정신의 가장 중요한 것"이라고 강조했다. 슬픔에 억눌리지 않는 삶의 윤기를 살려 낸다는 점에서 그는 김영랑의 시가 대단한 저력을 지니고 있다고 보고, "어느 혹독한 가뭄, 어느 혹독한 환란, 어느 혹독한 중압의 역경에 놓여서도, 민족 정서의 청순한 한 샘을 고갈시키지 않을 만큼, 센 힘을 가졌던 그는 사실은 희세稀世의 시의 장사壯士인 셈이다"[10]라고 단언했다. 이 발언은 김영랑의 시가 아름답고 여린 정서에 머문 것이 아니라 역경을 넘어서는 힘을 지녔다는 점을 강조한 최초의 평가이다. 이로써 김영랑 시를 새롭게 볼 수 있는 시각이 제시된 것이다.

---

10 위의 글, 230면.

2부

현대 비평론의 탐색

8

고석규의「윤동주의 정신적 소묘」

윤동주의 정신적 소묘

고석규

아주 캄캄한 시간 속에서 무한 내전內戰을 피할 수 없을 때 의식
은 한층 절대적 반항에 가까운 것이다.

- R . D. Renéville[1]

1

시집『하늘과 바람과 별과 시』는 1940년에서 45년에 걸친 우리 문
학의 가장 암흑기에 마련된 것이다. 전 50여 편의 유고시는 거의 표백
적인 인간 상태와 무잡한 상실을 비쳐 내던 말세적 공백에 있어서 불
후한 명맥을 감당하는 유일한 '정신군精神群'이었었다. '두려움'을 청

---

1 롤랑 드 르네빌(1903~1962). 프랑스의 시인이자 평론가.『견자 랭보』(1929),『시적 체험, 언어의 내밀
한 불꽃』(1938) 등의 저서를 출간.

산하기 위한 내면 의식과 이미지의 이채로운 확산, 그리고 심미적 응결과 우주에의 영원한 손짓은 그의 28년 생애를 지지한 실존이었으며 겨레의 피비린 반기에 묻힌 대로 그 암살된 시간 위에 종식하는 날까지 그의 '정신의 극지'로 말없이 옮아가며 불붙는 사명에서 떠나지 않았던 것이다. '부재자'에 대한 위협이 암흑적 영역으로 문을 열었을 때, 거기서 윤동주는 무한 행렬의 한 사람이 되어 지변地邊도 변화도 없는 거리를 눈과 입과 귀를 막고 그대로 걸었다. 영원의 해결이란, 절대의 소산消散이란 이미 부정 이전에 있어야만 할 것이었다.

누가 그에게 아름다운 잔을 바쳤으며 비정의 합창을 그에게 불러준 것인가.

2

시인 윤동주는 처음 '시종始終'에 대한 회의에서 자기 도주를 발견하였다. 1939년에 적은 글 가운데에 "차라리 성벽 위에 펼친 하늘을 쳐다보는 편이 더 통쾌하다. 눈은 하늘과 성벽 경계선을 따라 자꾸 달리는 것인데 이 성벽이란 현대로서 캄풀라지한 옛 금성禁城이다. …… 이제 다만 한 가닥 희망은 이 성벽이 끊어지는 곳이다"[2]라는 부분이 있다. 세계적 외연 속에 하나의 궤적을 그리며 달리는 무한 직선을 발견하였을 때 그의 모든 생동을 은폐한 "옛 금성"은 무한 직선의 피안에서 끝내 열리지 않는 것이었다. 무한 직선은 회귀의 원을 그리고 원의 '붕괴적 양상'이란 바랄 수 없는 것이어도 푸른 하늘의 매혹을 그는 단념치 않았던 것이다.

---

2 윤동주의 산문 「종시終始」 인용.

"나는 아마도 진실한 세기의 계절을 따라 하늘만 보이는 울타리 안으로 뒤쳐 역사 같은 포지션을 지켜야 합니다."[3] 세계는 하나의 정경으로써 시종의 의미를 통일하고, 원의 동일적同一的 배회徘徊 위에 더 나갈 수 없는 거리의 절망에 저립한 것이었다. 모든 외연적 관람에서 퇴영한 그는 일찍이 "당신은 나를 영원히 쫓아 버리는 것이 정직할 것이요"[4]라든가 "세기의 초점인 듯 초췌한"[5] 탄생의 비극에서 부정 정신의 해소를 은근히 바란 듯하다.

무엇이 전면으로 비쳐 오는 체념의 빛깔을 엷게 한 것이며 오히려 순밀純密한 수용적 감성의 대립을 면할 수 없게 하였는가. 그가 바라본 세계 양상이 정경적이었을 때 하늘과 땅, 우주의 전야全野는 일층 추상적인 아름다움으로 설정된 것이었다. 따라서 세계는 '정경적情景的 허무'의 대명사가 되었다.

손금에서 맑은 강물이 흐르고 맑은 강물 속에는 사랑처럼 슬픈
얼굴.

_「소년」의 일부

조그만 인어·나
달과 전등에 비쳐

한 몸에 둘 셋의 그림자
커졌다 작아졌다.

_「거리에서」의 일부

3 시「한란계」.
4 산문「달을 쏘다」.
5 산문「별똥 떨어진 데」.

초기에 씌어진 20여 편의 동요와 더불어 이 소박한 서정의 관조는 비실재에 대한 황홀과 투시로써 더욱 미화된 하나의 정경이었다. 그리고 그러한 정경의 중심에서 그는 언제나 자기 스스로의 조응과 영상을 반사해 내는 직관의 추출을 게을리하지 않았던 것이다. 여기에 있어서 시간이란 다만 미래적 기점에서 파악되는 연달은 흐름이었다. 영원한 유동 의식이 미화의 표현이었다. 아니 세계의 판단이었다. 시종적 회의에서 비롯한 윤동주의 미래적 세계상이란 '아름다움'과 연합한 '정경 의식'이었음을 새삼 알게 되는 것이다. 서정은 부정 정신의 해소를 목적한 것이다. 허무의 기억적 요청을 점점 해소치 않는 것으로 되었다.

3

시인 윤동주의 정신 속에 내재된 허무적 정경 의식 또는 아름다움을 생각하는 경우, 그러한 의식은 하나의 중추적 발현이 아니었던가를 다시금 반문하는 것이다. 의식은 대체로 체험에 있어서의 총파악의 집결을 뜻하는 것이므로 모든 공간과 시간의 초한계超限界에서 말하자면, 비형태적 지속 속에서 이루어진 것이며 존재와의 조우에서 어떤 분열된 의미를 더욱 더 촉진하는 것이 될 것이다.

이러한 전제가 가능할진대 윤동주의 "그윽한 유무幽霧"[6]란 어디까지나 자기의 침식을 방임하였던 하나의 상태로부터의 반향을 뜻하는 것이며 가장 아름답게 침식되는 생명의 소모에서 느껴지는 이상적 부감俯瞰은 그대로의 한 정경이며 어딘지 '병의 의식'에서 발현된 것

---

6 시 「꿈은 깨어지고」.

이었다. 따라서 정경은 병의 의식에서 영사된 전체라 보는 것이 타당할 것이며, 이 병이란 신음보다 피로에 가까운, 혼탁치 않으며 선명 일색의 "성내서는 안될 병"이었으며 그의 회복을 다만 파멸적으로 기도하는 불가지한 이상異常을 말하는 것이었다.

> 살구나무 그늘로 얼굴을 가리고 병원 뒤뜰에 누워 젊은 여자가 흰옷 아래로 하얀 다리를 드러내 놓고 일광욕을 한다. 한나절이 기울도록 가슴을 앓는다는 이 여자를 찾아오는 나비 한 마리도 없다. 슬프지도 않은 살구나무 가지에는 바람조차 없다. 나도 모를 아픔을 오래 참다 처음으로 이곳에 찾아왔다. 그러나 나의 늙은 의사는 젊은이의 병을 모른다. 나한테는 병이 없다고 한다. 이 지나친 시련, 이 지나친 피로, 나는 성내서는 안 된다. 여자는 자리에서 일어나 옷깃을 여미고 화단에서 금잔화 한 포기를 따 가슴에 꽂고 병실 안으로 사라진다. 나는 그 여자의 건강이 아니 내 건강도 속히 회복하기를 바라며 그가 누웠던 자리에 누워 본다.
>
> _「병원」 전문

이 대표적 시를 통하여 우리는 그가 찾아간 병원이 얼마나 한적한, 정지된 공간이었는가를 "슬프지도 않은 살구나무 가지에는 바람조차 없다"에서 짐작할 수 있으며 무한 가책에 시들어 가는 자기 건강을 위하여 앓는 자리로만 옮아 눕는 그의 파멸적 회복을, 더 나아가선 "나한테는 병이 없다"는 바로 그러한 병을 의식하였을 때의 그의 불가지적 동의를 어찌 회의적 감동으로만 받아들일 것인가. 그에게 있어서 병이 존재치 않는다는 정신의 이중적 부정은 존재치 않는 병을 더 확실히 존재케 하는 불가지적 동의의 실재를 밝힐 수 있는 커다란 증거이다. 이리하여 부재자는 존재하는 것이며 부재자[7]에 대한 '혼약

적昏約的 시종侍從'을 그가 각오한 것이다. 전적全的 부재자에 그는 동의[8]
한 것이었다.

4

    …… 밤은 많기도 하다.

                         _「못 자는 밤」 일부

"나는 이 어둠 속에서 배태되고 이 어둠 속에서 생장하여 아직도
이 어둠 속에 그대로 생존하나 보다"[9] 부재자에 대한 혼약적 시종!
그에게 있어서 생명의 인접은 진실로 밤이 돌아오는 그때였다. 치열
한 밤의 물결에 휩싸여지는 때, 소리 없는 비상飛翔과 교응交應을 그는
얼마나 완전히 지각한 것인가. 그러한 가감적可感的 전개는, 그러한
지속적 공간은, 밤은 한 상태이며 부재자의 존재를 증명하는 것이었
다. 이리하여 윤동주는 밤의 향도嚮導를 전폭으로 수태한 최초의 시
인이 되었다.

    이제 창을 열어 공기를 바꾸어 들여야 할 텐데 밖을 가만히 내
    다보아야 방 안과 같이 어두워 꼭 세상 같은데 비를 맞고 오던 길
    이 그대로 빗속에 젖어 있사옵니다.

                       _「돌아와 보는 밤」의 일부

---

7 원문에는 '주재자'라고 되어 있으나 '부재자'가 문맥에 맞는다.
8 원문에는 '동일'이라고 되어 있으나 '동의'가 문맥에 맞는 말 같다.
9 산문 「별똥 떨어진 데」.

바깥과 방 속이 어두운 포옹에 일치하였을 때 그의 행적은 미래 이상으로 그를 괴롭힌다. 낮의 연장을 피하며 밤을 영접하는데도 투명한 심령은 최초로 돌아갈 것을 한사코 시도하며 자기 추방을 엿보는 '안'의 절규를 그는 숨기지 못했다. "오로지 밤은 나의 도전의 호적好敵이면 그만이다."[10] 울분을 씻을 바 없는 이 순간이 격리된 우주에의 비상을 위해 수없는 시늉을 계속하는 동안 "꼭 세상 같은"[11] 지속적 공간만은 차츰 그의 위치와 대립해 나가는 것이며, 치밀어 오는 방의 용도를 응시하면 할수록 이 시간에는 부재자의 존재가 더 또렷한 것이었다.

거 나를 부르는 것이 누구오

가랑잎 잎파리 푸르러 나오는 그늘인데
나 아직 여기 호흡이 남아 있소
한 번도 손들어 보지 못한 나를
손들어 표할 하늘도 없는 나를

어디에 내 한 몸 둘 하늘이 있어
나를 부르는 것이오.

일이 마치고 내 죽는 날 아침에는
서럽지도 않은 가랑잎이 떨어질 텐데……

나를 부르지 마오.

_「무서운 시간」의 전문

---

10 산문 「별똥 떨어진 데」.
11 시 「돌아와 보는 밤」.

이 비탄은 자기 호흡을 느끼는 것과 어떤 비약을 폐기하지 못하는 내부의 저항이 수없는 충동에서 자꾸 도주하는 것이다. 밤의 의식은 이리하여 어깨를 짚고 숨결을 다투는 부재자의 캄캄한 미로에서 공포의 열렬한 추방과 같이 훤히 번져 가는 것이었다. 의식의 형성은 의식의 조준에서 깊은 심연을 그에게 내면화시켰으니 '누구'는 하나의 실재로서 충분히 점유되는, 반대로 무엇이 그와의 교전을 피할 수 있게 하며 그와의 충동을 버리는 것이었던가. 자기 생명의 처소를 지적하여 부재자에의 무저항적 저항을 위하는 대신 부재자는 생명의 시간적 연장을 감시하기 위한 제 요망을 나타내고 모순과 함께 한 청년의 인내는 이때부터 스스로의 죽음을 예상케 되었다. "서럽지도 않은"은 아침에 선선히 그는 부재자 앞에 자기를 양도할 것을 다짐한 것이다. 갈등은 이리하여 절정에서 그의 허리에 검은 비단을 돌리게 하고 강경히 포박된 그의 압력은 시의 새로운 형상을 지배한 것이었다. 부재자의 닫힌 자세! 이때부터 그의 시편에는 '상喪의 빛깔'이 일반으로 치돋는 것이었고 모든 진전은 그와의 결탁에서 이루어졌으며 그 자신의 파멸적 회복은 점점 광록鑛綠의 바탕으로 삭아지는 것이었다.

다들 죽어 가는 사람들에게
검은 옷을 입히시오

다들 살아가는 사람들에게
흰옷을 입히시오

그리고 한 침대에
가즈런히 잠을 재우시오

_「새벽이 올 때까지」의 일부

여기에서 그는 죽음과 삶을 흑백으로 나눈 끝에 그 두 가지를 한 자리에 눕힐 수 있는 생사 공액共軛의 자의식을 확신한 것이다. 가지런히 자는 두 사이를 흰옷 입은 채 자기는 어떻게 보면 방황하고 파수를 보고 웃고, 울고 있는지도 몰랐다. 그리고 그러한 밤은 너무나 지루한 흐름이었던 것이다. "아무도 없고 정적만이 군데군데 흰 물결에 푹 젖었다."[12] 부재자에 대한 혼약적 시종이 자기를 배리하는 최후까지 그의 위장 없는 비극성은 무서운 틈입闖入의 시간과 체결締結에서 생명의 초려焦慮를 밖으로 자꾸 뿌려 던지는 것이었다.

내가 오래 기르던 여윈 독수리야
와서 뜯어먹어라 시름없이

너는 살찌고
나는 여위어야지

_「간」 일부

프로메테우스의 신화는 최고조의 분열과 침식을 오히려 유일한 존재적 감정으로 전하는 것이다. 「바람이 불어」, 「슬픈 족속」, 「한란계」 등을 아울러서 상의 표현이라 할 것 같으면 「태초의 아침」, 「십자가」, 「사랑의 전당」 등은 그가 바라던 신화적 '이적'을 노래한 것이었다. "극단과 극단 사이에도 애정이 관통할 수 있다는 기적적 표본에 지나지 않는 것"[13]으로의 허무적 분신分身을 그리고 그러한 운명의 바다로 향하여 윤동주는 서서히 떠나가고 있었다.

---

12 시 「달밤」.
13 산문 「별똥 떨어진 데」.

5

윤동주의 시에는 밤의 천체적 심미를 그림 이상으로 복사하고 있다. 초기의 시상들이 순환적 자연과의 관조에서 출발하여 마침내 하늘의 경이와 심미를 상징한 것은 일층 승화된 '순수 근저'에로 그의 정경이 옮아간 뒤였다. 인간 윤동주에 있어서 밤은 우주와의 교류이며, 부재자와의 응시이며, 대화의 연속이었다. 그는 대부분의 시를 이러한 밤의 인상과 의식의 주변에서 결정한 것이니 그것은 그에게 내재한 투명 의식이 암흑적 정경 속에서도 충만한 까닭이었다. 이들은 앞에서와 같이 그의 전 작품에 불가결한 이면二面을 각기 형성하면서 전자가 환원적 귀의의 희망이었던 것과 후자의 기반적羈絆的 귀속의 절망을 서로 융합케 하는 심오한 조화로서 나타났다.

한편, 이 대립은 끝없는 밤의 흐름 속에서 그를 높이 싼 전면적 우주와 그를 둘러싼 부재자의 영상과의 이중 경험으로서 헤아릴 수 없는 '심연'의 개재介在를 또한 제시한 것이었다. 심연은 우주, 즉 본래의 자연과 부재자, 즉 의식의 자연과의 절충에서 말하자면 소산消散과 응고, 투명과 암영의 중간에서 그에게 동일적 배회를 지속시킨 것이다. 심미적 우주에 반하여 위협적 부재자의 인식은 점점 유동하는 심연의 충적에서 이상한 포용 상태를 이루는 것이었다. 세계의 지침은 그 방향으로 존립할 수 없는 변화의 피안에서 마지막 유괴를 목 놓아 부른다.

> 가슴속에 하나둘 새겨지는 별을
> 이제 다 못 헤는 것은
> 쉬이 아침이 오는 까닭이오
> 내일 밤이 남은 까닭이오

아직 나의 청춘이 다하지 않은 까닭입니다.

_「별 헤는 밤」 일부

가을 하늘은 드높고 가을 하늘의 별바다는 찬란한 영연靈筵과도 같다. 저마다 혹성들은 닿을 수 없는 거리에서 그들의 좌숙座宿을 지키며 무한의 향연을 베풀고 있는 것이다. 이름도 없는 그들을 다 헤일 듯한 욕망이란 최초의 미련과 귀의의 슬픔으로 몇 번이나 두절된 것인데 길지 않는 밤의 종단終端을 그는 점점 두려워하는 것이었다. "아침이 오고" "내일 밤이 남고" "청춘이 다하지 않는 까닭"이란 아침의 공포와 내일 밤의 기대와 내 청춘의 생명감이 하나의 파약으로 어쩔 수 없이 끌려가는 상태에의 거부였다. 마지막 고뇌였다.

그러나 성좌의 의의는 무수한 형상의 반짝임과 무수한 거리의 연결을 잃지 않는 초월적 율동으로 무한격간無限隔間에 울려올 뿐이었다.

별 하나에 추억과

별 하나에 사랑과

별 하나에 쓸쓸함과

별 하나에 동경과

별 하나에 시와

별 하나에 어머니 어머니

_앞의 시

이와 같은 회상에는 모두가 기억의 노예로 남은 것들이며, 겸손히 사라진 운명의 얼굴들이며, 양지의 동물들이며, 전원과 신비에 울고 간 고독한 시인들의 이름이며, 가장 헌신적 애정이었던 어머님의 이름이다.

그러나 이네들은 너무나 멀리 있습니다. 별이 아슬히 멀듯이……

_앞의 시

그 무형하고 무성無聲한 율동을 인식함에 있어서 목숨의 상적傷跡이란, 불사의 따뜻한 손짓이란…… 천체에의 심미는 끝내 결별의 조응이었다. 가장 신랄한 운명의 절선이었다. 그리고 영토의 울음이었다.

따는 밤을 새워 우는 벌레는
부끄러운 이름을 슬퍼하는 까닭입니다.

그러나 겨울이 지나고 나의 별에도 봄이 오면
무덤 위에 파란 잔디가 피어나듯이

내 이름자 묻힌 언덕 우에도
자랑처럼 풀이 무성할 게외다.

_앞의 시

이상 두 절은 훨씬 뒤에 다시 구상된 것으로 전하여지는데 이와 같은 감흥적 최후는 이제 심미가 심미 자체로 소멸하여 버릴 수 없는 것과 같이 영원의 회귀를 비는 우주적 신념에 거의 근접한 것이었다. 시「별 헤는 밤」은 언어적 음악과 회화적 구현에 있어서 가장 완벽한 작품의 하나다. 현해탄을 건너가는 마지막 전야[14]는 이렇게 아득한 절명의 예운豫云이었으며 순정의 발로였던 것이다.

---

14 「별 헤는 밤」은 1941년 11월 5일에 창작되었다.

40여 행의 울음은 '인간 투영'의 비장한 손짓과 정신 조국에의 겹사이며, 영원적 해후를 목적하는 피 묻은 '개시'를 고별하는 것이었다.

6

윤동주는 살았다. 무명無明 지역의 탄생에서 무명 지역의 죽음으로……. 그러나 그가 떠나간 정신의 극지는 얼마나 먼 피안에서 자꾸 멀어져 간 것인가. 영원히 고갈된 눈으로 바라보면 "황혼은 바다가 되어"[15] 아니 세계는 바다가 되어 불붙는 것인데 까맣게 저무는 것인데 또 다른 고향은 여기에서도 보이지 않는 깃발로 흔드는 것이었다.

고향에 돌아온 날 밤에
내 백골이 따라와 한 방에 누웠다.
어둔 방은 우주로 통하고
하늘에선가 소리처럼 바람이 불어온다.

어둠에 곱게 풍화 작용하는
백골을 드려다 보며
눈물짓는 것이 내가 우는 것이냐
백골이 우는 것이냐
아름다운 혼이 우는 것이냐

지조 높은 개는

---
15 시 「황혼이 바다가 되어」.

밤을 새워 어둠을 짖는다.
어둠을 짖는 개는
나를 쫓는 것일 게다.

가자 가자
쫓기우는 사람처럼
백골 몰래
아름다운 또 다른 고향에 가자.

_「또 다른 고향」의 전문

　세계 정경의 "동지섣달에도 꽃과 같은 얼음 아래서"[16] 그는 부재자
와의 동반을 영원히 파악한 것이며 저 절정의 공백으로 저 회귀원의
붕괴적 양상으로 소리 없이 스쳐 가야만 했다.

　쟁쟁錚錚한 야적夜寂은 무한 시공에의 길을 여는데 어찌하여 '백골'
은 따라와 함께 우는 것이며 또 밖에서 "지조 높은 개가 어둠을 짖
는"것인가. 끝내 트여 올 새벽을 동주는 믿었던가. 어느 세상의 여
명을 그는 믿었던가. 그리하여 아름다운 고향의 문은 열리는 것인가.
무엇이 한 인간의 실재를 지속케 하였으며 그의 '처열凄烈한 이유'를
시로써 적게 하였는가. 세기의 공백 지대에 떨어져 간 28년의 피 묻
은 자국은 그 어느 날 불명한 '신전'에서 아름다운 꽃으로 새로 필 것
이었다.

　윤동주 그는 희박적 우주에의 부단한 대결로 말미암아 끝내 제명된
젊은 수인囚人이다. 우리들은 아무런 체계도 수립도 없이 무한 행렬을
기피하지 않았던, 그의 무자비한 내전을 어떤 정신적 의미에서 이야

---

16 『하늘과 바람과 별과 시』(정음사, 1948)에 실린 정지용의 서문.

기할 더 많은 자리를 사양치 말 것이다. 나는 단숨에 적어 버린 나의 소묘가 더욱 충실한 앞날에 이르기를 몇 번이나 생각하며 이 장의 끝을 내린다.

- 1953. 9. 16.

(『초극』, 삼협문화사, 1954. 6.)

폐허 위의 불꽃

1950년 6·25가 나자 삼천리금수강산은 싸움터가 되었다. 6·25 때 미처 피난을 가지 못했던 사람들도 1·4 후퇴 때에는 저마다 봇짐을 싸서 남으로 밀려들었다. 항도 부산은 피난민으로 북새통을 이루었다. 6·25 전에 함흥에서 월남했던 의사 고원식은 부산에 정착하여 병원을 열었다. 그의 외아들 고석규도 홀로 월남하여 우여곡절 끝에 아버지를 만나 부산대학교 국문학과에 입학하였다. 고석규는 대학에 입학하자마자 시와 평론을 썼다. 전쟁의 폐허 속에 그를 이끈 것은 문학의 내밀성과 철학의 관념성이었다. 남루하고 비천한 현실 저편에 문학과 철학이 펼쳐 놓은 영원한 관념의 바다가 출렁이고 있었다. 바다의 위안을 얻을 수 있었던 것은 아버지가 마련해 놓은 수천 권의 장서 덕분이었다. "말세적 공백"에 처한 스물두 살의 문학청년은 윤동주에게서 자신의 분신을 보았고, 그의 시에서 불멸의 꽃을 발견하였다. 따라서 그가 윤동주에 대해 글을 쓴 것은 거의 운명적인 일이었다.

고석규는 1953년 9월 16일 윤동주에 대한 소묘를 "단숨에 적어" 버렸다고 썼다. 진정 그러했을 것이다. 그는 이미 윤동주의 시와 산문을 거의 다 외우고 있었다. 윤동주에게서 얻은 존재론적 공감이 거의 폭발할 지경에 이르렀을 때 정신적 소묘의 글이 분수처럼 솟아올랐다. 그러나 그의 글은 읽기 쉬운 감정의 표백이 아니라 난해한 관념의 성채였다. 이것은 그의 무잡한 일본어 독서 체험, 완숙되지 않은 한글 문장 구사력, 젊은 문학도의 관념 성향에서 기인한다. 다소의 난해성에도 불구하고 우리는 그가 윤동주에게서 무엇을 발견하였으며, 그 발견한 내용이 어떠한 가치를 지니는가를 이해할 수 있다.

1948년 1월 30일 무명 시인 윤동주의『하늘과 바람과 별과 시』가 간행되었으나 그의 시에 관심을 갖는 사람은 거의 없었다. 항도 부산에 정착한 함흥 출신의 문학청년 고석규만이 윤동주의 시에 존재론적 전율을 느끼며 단도직입적인 상징적 문체로 윤동주 시의 정수로 파고 들었다. 피할 수 없는 운명의 노역처럼 윤동주의 "정신의 극지"를 탐사한 것이다. 쓰지 않으면 못 배길 내심의 요구에 의해 윤동주에 대한 기념비적 노작이 처음으로 탄생한 것이다.

서두에 르네빌(R. D. Renéville)의 글을 인용했는데, 당시 국내에 거의 알려지지 않은 르네빌의 글을 인용한 것만 보아도 그의 방대한 독서 편력을 엿볼 수 있다. 이 인용문은 윤동주의 정신을 함축하면서 동시에 고석규 자신의 내면을 암시하고 있다. 아주 캄캄한 시간 속에서 무한한 내전을 감행한 사람이 윤동주였고 고석규 자신이었다. 그들은 이상이 괴멸된 상실의 시대에 불후의 명맥을 찾으려 했고, 두려움에서 벗어나기 위해 내면 의식과 이미지의 확산에 전념했다. 동병상련의 처지에 있었기에 고석규는 자신의 분신을 바라보듯 윤동주의 내면을 들여다볼 수 있었다.

그는 우선 윤동주 시의 순수한 서정성, 정경의 아름다움에 관심을 보였다. 절망의 상황 속에서 윤동주는 어떻게 이렇게 아름다운 정경 미학을 창조했던 것일까? 그는 윤동주의 정경 미학이 '병의 의식'에서 투사된 것이라고 진단했다. 그래서 「병원」을 통해 윤동주의 내면을 이해하려는 시도를 벌였다. 자신에게는 분명 병이 있는데 의사는 병이 없다고 하는 이 이중적 모순에 초점을 맞추고 병이 없다고 할 때 그의 병은 더욱 확실해진다는 역설을 발견했다. 그의 말을 빌리면 이것은 "존재치 않는 병을 더 확실히 존재케 하는 불가지적 동의"에 해당한다. 이것은 존재하지 않는 것을 존재한다고 믿는 것이니 부재자의 존재를 인정하는 것이다. 이 글에서 '부재자'는 절대적 존재, 신의 의미로 사용되었다. 윤동주는 이 부재자에 대해 "혼약적昏約的 시종侍從"을 각오한 것이라고 고석규는 적었다.

"혼약적 시종"이란 무엇인가? 출처도 알 수 없는 이 말을 뜻풀이도 없이 그는 돌연히 사용했다. 이 말의 뜻을 짐작할 수 있게 하는 것은 그가 인용한 윤동주의 산문 「별똥 떨어진 데」에 나오는 다음 구절이다. "나는 이 어둠 속에서 배태되고 이 어둠 속에서 생장하여 아직도 이 어둠 속에 그대로 생존하나 보다." 이것을 두고 그는 다시 "부재자에 대한 혼약적 시종!"이라고 강조했다. 어둠 속에 태어나 어둠 속에 살면서도 부재자가 어딘가 존재한다고 믿고 그 부재자에 대해 절대적 순종을 약속하는 것. 이것을 그는 '혼약적 시종'이라고 명명한 것이다. 윤동주의 정신이 바로 그러하다고 본 것인데, 이것은 고석규 자신의 내면 풍경이기도 하였을 것이다. 시대의 어둠 속에서 그는 보이지 않는 문학과 철학의 진실에 절대적으로 순종할 것을 스스로 다짐했던 것이다.

어둠 속에 살면서도 부재자에 대한 절대적 지향을 그대로 간직한 윤동주는 또 어떠한 내면의 모습을 보여 주었는가? 부재자에게 자신을 바치겠다고 했으니, 「무서운 시간」에서 어느 아침에 서러운 마음 없이 부재자에게 자신을 양도할 것을 다짐했고, 「새벽이 올 때까지」에서 생사에 구애받지 않음을 암시했고, 「간」에서 무서운 틈입의 시간 속에 생명의 고뇌가 지속됨을 노래했다. 이러한 경향을 고석규는 "상의 빛깔"이라고 명명했다. 죽음의 음영, 소멸의 기미라는 뜻이다.

고석규는 이러한 밤과 죽음의 논의에서 방향을 돌려 윤동주 시의 이중적 측면에 관심을 보인다. 윤동주의 초기 시는 정경의 미학을 보여 주었고, 또 어떤 시는 밤의 천체 미학을 보여 주었다. 어둠 속에서 부재자에게 자신을 바치겠다고 한 윤동주에게 이러한 정경에 대한 경이와 심미는 어디에서 온 것인가. 그것은 "그에게 내재한 투명 의식이 암흑적 정경 속에서도 충만한 까닭이었다"고 했다. 요컨대 그의 내면에 희망과 절망이 이중적으로 존재하면서 서로 융합하는 심오한 조화가 나타났다고 본 것이다. 이러한 이중적 의식이 소산과 응고, 투명과 암영 사이에서 배회하는 모습을 지속케 했다고 보았다. 이것 또한 윤동주 시의 핵심을 포착한 날카로운 지적이다. 그는 이러한 이중적 요소가 「별 헤는 밤」에 어떻게 나타나는지 자세히 분석했다. 별 헤는 밤의 아름다움과 추억의 애틋함을 표현한 이면에 밤의 종식과 청춘의 파탄에 대한 두려움이 교차하고 있음을 구명했다. 그래서 "천체에의 심미는 끝내 결별의 조응"이었으며, "가장 신랄한 운명의 절선"이었고, "영토의 울음"이었음을 밝혔다. 「별 헤는 밤」에 대한 이러한 절절한 평설은 윤동주 시 연구의 선구적 성취로 우리 모두가 높이 받들 만하다.

고석규는 「또 다른 고향」을 인용하며 윤동주에 대한 조사 형식으로 글을 마무리 지었다. 아무런 준비도 체계도 갖추지 않고 암흑의 시대에 무한한 내전을 감행했던 윤동주의 정신을 잊지 말아야 한다고 강조하면서 윤동주의 피 묻은 고뇌가 불멸의 신전에서 아름다운 꽃으로 피어날 것을 기대하는 마음으로 끝을 맺었다. 윤동주는 그의 말대로 한국시사의 아름다운 상징으로 되살아나 불멸의 전당에 자리 잡았다. 스물둘의 나이에 스물여덟에 죽은 윤동주를 애도했던 고석규는 그로부터 5년 후 스물일곱의 젊은 나이로 느닷없이 세상을 떠나고 말았다. 이 또한 운명에 속하는 일이었는지 알 수가 없다.

9

조지훈의「현대시의 문제」

현대시의 문제

조지훈

1. 현대에 대하여

우리는 현대란 말의 뜻을 명확히 알지 못한다. 또 시에 대한 생각도 반드시 한결같지는 않다. 그러면서도 현대시를 쓴다는 것은 자못 우스운 일 같기도 하다. 허나 실상은 현대란 말의 뜻을 모른다는 것과 현대를 모른다는 말은 애초에 다른 것이요, 시에 대한 생각이 다르다는 것과 시를 창작한다는 것도 아무런 관계가 없는 일이다.

우리는 현대란 말이 하나의 시대 개념임을 안다. 따라서 그것은 시간 개념이라는 것도 안다. 시간 개념이기 때문에 그만큼 자기 한정과 자기 인식이 명료하지 못하다. 설사 우리가 현대란 시대의 전칭적全稱的 개념을 안다고 하더라도 그 현대의 시대정신에 대한 특칭적特稱的 의미에 대해서는 아무도 논단할 수는 없는 것이다. 이러한 현대의 개념으로써 자기 한정되는 현대시의 제 문제는 현대 그 자체의 난제를 그대로 자기 안에 받아들이지 않을 수가 없는 것이다.

도대체 현대는 시간 개념으로 얼마나 한 길이를 가지는 것일까. 그 상한과 하한은 어디쯤 될 것인가. 우리는 다만 역사가 끊임없는 현대의 연속이란 것밖에 더 잘 알 수는 없는 것이다. 시간 개념으로서의 현대는 현재를 포함하고 그를 기점으로 하여 소급한 최근의 얼마 동안이라는 어감을 우리에게 줄 따름이다. 이런 뜻에서 현대는 현재의 과거적 의미에 불외不外한다. 그러나 시대정신으로서의 현대는 항상 현재를 포함한, 현재를 기점으로 해서 전망하는 미래라는 생각을 우리에게 주고 있다. 이런 뜻에서 현대는 또 현재의 미래적 의미에 불외한다고 할 수 있다. 이와 같이 현대의 양의兩義를 종합하는 계기로서의 '현재'는 현대가 고대나 근대와 같이 역사적 시대에 대한 개념임에 비해서 이는 과거나 미래에 대한 시간의 한 양상이다. 그러나 '현재'가 얼마만한 시간의 양을 지니는지 우리는 모른다. 원자과학의 발달은 일 초의 억 분의 일(?)을 헤아릴 수 있으리라는 신문 기사를 본 것 같으나 이와 같은 시간의 계량으로도 현재는 영원히 측정될 수 없는 정신의 한 양상인 것이다.

현재가 과거를 포함하고 미래를 잉태한 것임은 라이프니츠라든가 베르그송 같은 많은 철학자가 그 중요한 의미를 인정한 바 있지만, 우리는 이러한 현대를 다시 특수한 의미로 파악하여 '찰나(Ksana)'라는 말을 생각할 수도 있다. '찰나'는 불교 경전에서 시간의 양을 헤아리는 단위로 팔리 불교와 북방소전北方所傳에 이설이 있지만 보통으로는 '극단시極短時' 곧 '순간'의 뜻으로 쓰이는 말이다. 키르케고르에 의하면 '순간'은 본래 시간의 원자가 아니고 영원의 원자라고 한다. 이와 같은 의미의 현재 곧 '찰나'로서의 현재는 단순한 현재가 아니라 영원인 것이다. 현재 그것은 '영원의 지금'인 것이다. 그러므로 모든 시간은 이 '영원의 지금'의 자기 한정에 불외한다고 할 것이다. 과거와 미래가 현재에 동시 존재적인 현재―이 '영원의 지금'은 시에다 철학적 의미를 주는 것이다.

시에는 현대라는 게 따로 없다. 오직 '영원의 지금'이 있을 따름이다.

우리가 일상에 쓰는 '현대'라는 통념에는 두 가지 뜻이 있다. 어느 일정한 시대인時代人 당자의 입지에서 본 '당대의 뜻으로서의 현대'와 일정한 정신사의 체계 위에서 보는 '근대의 계기자繼起者로서의 현대'가 그것이다. 단군이 웅녀에게서 탄생되었다는 것이 그 시대의 과학이듯이 호머의 시대는 그들의 현대요, 실존주의가 사르트르의 철학이듯이 한국동란의 시대는 우리의 현대인 것이다. 그러면 과학 정신으로 일컬어지는 이른바 '근대'의 다음에 온 '현대'는 무엇인가. 근대정신의 몰락은 누구나 선고할 수 있으나 현대정신의 생탄은 아무도 말할 사람이 없다. 현대는 아직 정립된 내용이 없는 혼돈한 1950년대의 단순한 현대일 따름이다. 시대정신이 없고 커다란 사조가 없는 것은 현대의 성격은 될지언정 현대의 정신은 아닌 것이다.

그러면 생탄할 현대, 생탄해야 할 현대는 이상理想 내용으로 어떠한 특징을 가질 것인가. 중세의 종교정신, 근대의 과학정신의 지양으로서 혹은 예술정신이라 할 수도 있다. 또는 신학과 문학과 과학을 3대 기간으로 하는 새로운 철학이 이에 대치될 수 있다고 할 수도 있다. 우리는 현대가 다만 휴머니즘의 고조기라는 것밖에 더 세언細言할 수가 없는 것이다. 새로운 시대정신은 언제나 휴머니즘의 새로운 변환의 각도를 거점으로 하기 때문이다. 중세의 '신'이나 근세의 '과학'이 모두 그 출발의 구심에서 벗어나 교회와 기계에로 원심의 경향을 띠었을 때 그다음에 오는 시대정신은 근세나 현대가 다 이 인간에의 환원이라는 구심력을 그 첫 내용으로 삼지 않을 수 없었던 것이다.

시대정신이라는 '시계추'의 운동은 신본주의와 물본주의라는 진폭의 좌우 극한 사이를 오고 가는 인본주의의 역학이기 때문이다. 중세 말의 교권이라는 경향에서 인간 중심에로 끌어온 휴머니즘은 그 힘을 과학정신에서 빌려 왔기 때문에 그 힘의 타성은 인간주의의 중심에서 다시 유물사관 또는 메커니즘으로 표현되는 물본주의의 극한에 이르지 않았던가. 니체의 신의 사망 선언과 마르크스의 유물사관은 이부동복異父同復의 유복아遺腹兒로 근대 일가의 몰락을 예고하였고, 이의 귀추는 근대정신의 골육상잔으로서 독소전[1]이라는 사상전으로 단락되었다.

인간주의의 부활로서의 민주주의의 승리 속에 편승한 계급 독재주의의 잔명殘命은 원자 과학의 진전으로 더불어 현대의 여명 직전―'근대'의 마지막 심야에 와 있는 것은 아닐까. 불안과 위험의 철학, 부조리와 실존의 윤리는 바로 이러한 시대 현실이 낳은 성격일 뿐 새로운 현대를 영도할 수 있는 현대는 아니란 말이다. 새로운 현대는 그 '휴머니즘'에의 구심의 동력을 '윤리'에 두지 않을 수 없을 것이다.

'휴머니즘'은 '현재'와 마찬가지로 과거와 미래를 포함한다. '영원의 지금'과 같이 신성神性과 물성物性의 종합의 계기자이다.

1차 대전 전후戰後의 현대―현대라는 이름으로 집착되어 풍화風化하는 현대는 현대가 아니다. 현대는 과거에 있는 게 아니라 항상 미래로부터 상승하기 때문이다.

---

1 獨蘇戰. 제2차 세계대전 중 독일과 소련 사이에 일어난 전쟁. 조지훈은 이것을 군국 제국주의와 공산주의와의 사상전으로 파악했다.

2. 현대시에 대하여

'현대시'라는 말에는 두 가지 뜻이 포함되어 있다. 현대시라는 개념은 '현대의 시'라는 뜻과 '현대적 시'란 뜻이 어울려서 이루어진 것이란 말이다.

'현대시'를 '현대의 시'라고 보는 것은 시를 현대적 의의의 측면에서 파악한 말이니 과거의 시에 대비되는 개념으로서 의의를 지닌다. 그러므로 현대의 시는 과거의 시에서 계기되어 미래의 시에로 변성하는 것이요, 과거의 시에서 미래의 시에로 변성한다는 것은 현대의 시가 과거의 시로 변성되어 미래의 시에로 계기되는 것이라는 말이 된다. 이렇게 생각하면 현대시는 과거의 시에 대비되는 개념이 아니라 도리어 과거의 시의 계기자로서 현대에 있는 시 일반의 통칭 개념이 되지 않을 수 없다.

'현대시'를 '현대적 시'라고 보는 것은 시를 유형적 의의의 측면에서 파악한 말이니 '고전적 시'에 대비되는 개념으로서 의의를 지닌다. 고대의 시라 하여 다 고전적 시가 아닌 것과 마찬가지로 현대의 시라 해서 다 현대적 시라 부를 수는 없다. 왜 그러냐 하면 고전적 시는 고대의 시이면서 영구히 전범이 될 수 있는 시요, 현대적 시는 현대의 시 속에서도 성격적으로 현대적이라 이름 지어 부를 수 있는 제 요소를 특성으로 하는 시이기 때문이다. 그러나 고대는 시간적으로 오랜 동안을 연속하는 사이 그 고전적 성격의 발전을 인지할 수 있으므로 고전적 시란 말의 의미도 비교적 명료히 규정할 수 있으나, 현대는 시간적으로 짧을 뿐 아니라 그 짧은 시간이 각각으로 미래를 향하여 변전되고 있기 때문에 현대적 성격의 파악은 보는 사람에 따라 달라서 현대적 시란 의미는 현대를 특성적으로 표현한 시라는 정도의 추상적 규정을 더 넘을 수가 없는 것이다.

이런 의미에서 고전적 시가 장구한 시간의 경과 속에 그 보편적 전형성의 규범을 이루는 데 비하여 현대시는 급격한 환경의 착란 속에 그 시대적 유형성을 부조浮彫하는 것이라 할 수 있다.

　현대라는 개념은 단순히 한 시대의 특수한 유형을 표하는 개념만이 아니기 때문에 현대시 속에는 현대적 시뿐 아니라 과거의 시의 유산이 동시 공존하고 있어서 무엇이 현대적이요 현실적이냐 하는 문제는 귀일될 수 없는 것이다. 더구나 고전은 영구히 새로운 생명을 지니는 것이며 현대의 시는 그 전체가 현대의 소산이므로 현대 안에 생존하는 이상 어느 것 하나 현대적인 세련을 거치지 않을 수 없기 때문에 현대에 살고자 하는 이상 현대적 적응은 불가피한 것일 수밖에 없다. 그러나 현대의 시라 해서 전부가 현대의 시세時勢에만 적응하려는 시가 아니기 때문에 현대의 시는 고전적 성격도 지니려고 한다. 그러므로 현대적 시는 넓게는 현대에 존재하는 시의 성격적 통칭 개념이기도 하고 좁게는 현대의 시 속에 있는 한 유파로서 현대주의 시 곧 모더니즘 시와 동의어로 볼 수 있다. 그러나 현대적 시는 어감으로 봐서 후자 곧 '모더니즘' 시에 더 많이 통한다 할 수 있다.

　현대시는 고대시를 계승하며 고대시를 부정하는 '현대의 시'이며 고전시에 항거하면서 새로운 고전을 형성하려는 '현대적 시'여야 한다. 그러므로 현대시는 어느 것이나 현대성—모더니티를 존중해야 한다. 그러나 현대성의 지말枝末의 일면을 고집하는 모더니즘을 경계해야 한다. 모더니티의 과도한 존중 곧 편중이 모더니즘에의 전락의 첩경이요, 모더니즘은 고전이 될 수가 없다. 모더니티의 과도한 경계 곧 증오가 매너리즘의 함정이요, 매너리즘도 고전이 되지는 못한다. 시詩는 '시時'! 되풀이하면서 항상 새로운 천도天道의 순환이 바로 시의 법이다. 모더니티! 그것은 영원한 자의 자기표현의 시대적 모습이다.

3. 현대주의에 대하여

'현대주의' 이른바 모더니즘은 공동의 기치는 있어도 특정의 내용은 없다. 단순한 시대적인 것이요, 신흥 유파적인 예술 운동의 총칭이다. 1차 대전 전후 프랑스를 중심 무대로 한 전위예술과 그 아류 및 영국, 독일, 이탈리아의 새로운 시파詩派 운동을 통틀어 모더니즘이라 부르지만 모더니즘의 내용은 현란한 분파의 각종 이즘을 그 안에 지니고 있다. 그러므로 모더니즘은 기성 권위에 대한 반항 의식의 공동전선에 붙인 이름이라고 보는 것이 오히려 타당하다. 18세기의 고전문학 정통파에 대한 새로운 반동으로서 낭만주의적 문예가 '근대파'란 이름으로 모더니즘이었으며, 로마 교회 내의 교회종의敎會宗義와 교권에 관한 사상을 현대사상계에 적응 해석하려는 경향을 총칭하여 '현대주의'라 한 것은 1907년 9월 8일 발포發布의 법왕회장法王回章에서 비롯되었다 한다.[2] 이렇게 보면 모더니즘은 어느 때 어느 곳에서나 볼 수 있는 '전통파'와 '시대파'의 길항에서 '시대파'를 지칭하는 말이 되는 것이다. 그러므로 모더니즘은 예술의 진보를 위하여 반드시 있어야 할 것이지만 모더니즘 그 자체는 자신을 정립할 수 없다. 정립하자면 전통파가 되는 경우에만 가능하다. 모더니즘은 전통파에 모더니티의 세련과 자극을 주는 데 가치가 있을 뿐 그 자체는 변화는 있어도 진보는 없는 법이다.

모더니즘은 새롭다는 것이 그 생명이다. 만일 모더니즘이 혁명적 의욕을 상실했다 하자. 그것은 모더니즘도 아무것도 아닌 낡은 권력으로 타락할 수밖에 없는 것이다. 소화하지 못하더라도 새로우려는 움직임이 쉬어서는 안 되고 쉬지 않고 새롭기 위한 움직임만 지속하

---

2 1907년 로마 교황 비오 10세가 현대주의 신학을 부정하는 회칙을 내린 것을 말한다.

는 동안은 완성에 이르기는 어려운, 이것이 모더니즘이 지닌 근본적 약점이다.

그러면 모더니즘이 표방하는 바 새롭다는 것은 무엇일까. 첫째 기성 생활 형식이나 사고 형식의 타성에 반발하여 새로운 생활 형식, 사고 형식에 부응하는 것이 안목이겠는데 이렇게 되면 새로운 생활 형식과 사고 형식의 변화를 어떤 쪽으로 이끌어야 하는가에 따라서 새로움의 내용은 절로 달라지게 된다. 그러므로 현재 있는, 또 있으려 하는 생활 형식에 부응한다는 것도 일종의 기성 형식의 타성에 추수한다는 결과에 도달하는 것이다. '새로움'은 시간의 형식 위에 그것을 기저로 하는 관념이기 때문에 '낡은 것'의 대어對語로써 시간적 경과 속에서 남 먼저 낡아 가는 자이기 때문이다. 이 말은 모더니즘이 영원히 새롭기 위해서는 전통을 기저로 하는, 전통과 합작의 방향으로 나아가야만 새로운 전통이 될 뿐 아니라 낡으면서도 항상 새로울 수 있는 생명을 지닌다는 말이다. 그러나 이렇게 되면 모더니즘은 그 본래의 의의를 상실하게 된다. 모더니티만이 전통의 형식에 세련을 줄 따름이다.

새롭다는 것이 모더니즘이라면 육당이 최초에 쓴 신시는 그 당시 충분히 모더니즘이었다. 그러나 육당의 시는 우리의 현대시의 길을 열었을 뿐 우리 시의 고전은 이루지 못했다. 이상의 몇 편 시가 또 충분히 모더니즘이었다. 그러나 이상의 시도 우리의 현대시에 하나의 자극을 주었을 뿐 고전이 될 수 없는 시들이다. 고전이 못 되어도 그들의 업적을 찬양해서 마땅하다. 다만 그들 시가 문학사의 자료로서만 의의가 있다는 데 서글픔이 있는 것이요, 그 이유가 모두 그들이 시작을 오래 계속하지 않은 탓이지만, 그보다 더 중요한 것은 전통의 수립이라든가 전통에의 환원의 노력이 그들에게 없었던 탓이다.

육당이 최초의 신시를 발표한 1909년 11월은 마리네티가 '미래파 선언'을 발표한 9개월 뒤였다.[3] 이 우스운 비교는 모더니즘의 풍토 곧 전통의 바탕에 대한 시사를 주고 있다. 만일 우리의 모더니스트들이 이러한 우리 시의 낙후성을 지적하여 자신의 진부성을 옹호하는 방패를 삼는다면 이는 모더니즘의 배리背理로서 보수주의에 떨어질 것이다. 왜 그러냐 하면 오늘의 우리 시는 육당 당시의 정신사적 후진성에 자각한 내부 혁명이 아니고 세계시의 선구선상先驅線上에 병진할 것을 깨달아야 할 국제적 참가의 시기이기 때문이다. 구미의 50년 전 모더니즘을 우리나라에 없는 것이라 해서 새롭다고 자처한다면 차라리 모더니즘을 스스로 포기하여 마땅할 것이다. 이상의「오감도」도 이런 의미에서는 결코 새로운 것이 아니었으나 오늘의 모더니스트보다는 나은 데가 있었다.

바로 말하면 오늘 이 땅의 모더니즘은 기성 권위에 반항하는 문학적 정열이 약하고 그 공동전선이 너무 단조하다. 의욕이 강렬하기는커녕 너무 안이해서 이른바 전통파에 주는 자극과 기여가 전연 없다. 부질없는 변명과 비루한 공격 이전에 자가 반성이 먼저 있어 마땅하다. 우리는 실상 모더니즘을 고의로 폄하려는 자가 아니라 도리어 그 흥륭을 커다란 관심으로 주시하고 기대하는 자이기 때문이다.

낭만주의자들은 한때 중세를 모더니즘으로 삼으려 하였다. 지나간 날의 어느 것이라도 우리는 현대에 이끌어다 충분히 모더니즘으로 삼을 수가 있다. 그러므로 민족적 전통이라는 이 요소 하나만으로도 우리의 이때까지의 현대시가 세계의 시에 충분히 모더니즘으로 대두할 수 있다는 말이다. 이 점에 있어 오늘의 이 땅 모더니즘의 대체 경향은 이를 만일 번역하여 해외에 소개하는 경우가 있다면 우리 모더니즘이 얼마나 온실적 낙후적 존재인가를 인식하게 할 것이다.

---

3 최남선의 「해에게서 소년에게」는 1908년 11월 『소년』 창간호에 실렸고, 마리네티의 미래파 선언은 1909년 2월 20일의 일이다. 최남선의 시 발표를 1909년으로 오인했기 때문에 서술에 착오가 생겼다.

모더니즘은 영원한 야당으로 혁명가의 의욕을 지녀야 한다. 서구의 모더니즘이 아직도 공산주의를 탈출하는 공동선언서 하나를 다시 발표하지 않은 것은 서글픈 일이다. 그들의 정신사적 낙후의 증거가 아니겠는가. 우리의 모더니즘이 30년래의 일본을 통해서 들어온 서구적 아류의 모더니즘을 준순逡巡하여 현대주의의 진수를 궁행하는 노력은 보이지 않고 현대파주의現代派主義에로만 떨어져 가는 것은 맹성해야 할 일이 아닐 수 없다.

(『시연구』 제1집, 1956. 5.)

중용의 시각에서 본 모더니티

해방 공간에서 좌파의 공리적 정치적 문학론에 맞서 순수시가 시의 정도임을 분명하게 주장한 사람은 조지훈이다. 그는 한문 수학을 통해 얻어진 단단한 문장 구사력과 이기 철학에 바탕을 둔 영남 유학의 사상적 토대를 갖추고 있었다. 그러한 토대 위에서 순수한 시정신은 시류의 격동 속에 흔들리지 않고 변하면서도 변하지 않는 영원히 새로운 것이라고 주장했다. 그는 이와 기, 본질과 현상을 이원적으로 구분하지 않고 그 양자가 합일되는 것이며, 그 합일이 가장 순정하게 이루어지는 것이 시라고 보았다. 현상이 곧 본질이며, 특수가 곧 보편이라는 명제를 시에 끌어들여 "인간 의식과 우주 의식의 완전 일치의 체험이 시의 구경究竟"이라는 주장을 내세웠다.

일견 관념적으로 보이는 이 진술은 해방 공간에 솟아오른 가장 독창적인 시론이다. 인간과 우주를 합일하는 것이 시라면 시는 이념이나 시대를 포용하면서 동시에 그것을 초월하는 자리에 놓인다. 조지훈은 도저한 합일의 시학으로 유물변증법에 바탕을 둔 조잡한 경향시론을 넘어서고자 한 것이다. 해방 공간에서 이처럼 독창적이고 견고하고 확정적인 자기 시론을 갖추고 있던 문인은 조지훈밖에 없었다. 그는 일제 강점기에서 해방기에 이르는 시인 중 가장 논리적인 분석력을 지닌 시인이었다.

조지훈은 1947년 봄부터 여름까지 중앙방송의 요청으로 문화 강좌 시간에 시의 창작과 감상에 대한 강의를 진행하였다. 그 방송 원고를 정리하여 1949년에 서정주, 박두진과 공저한『시 창작법』(선문사)에 일부를 수록했고, 1953년에 피난지 대구에서『시의 원리』(산호장)라는 제목의 책으로 출간했다. 1959년 신구문화사에서 재출간한『시의 원리』서문에서 그는 해방 공간의 혼탁 속에서 "당시 횡행하던 유물사관의 횡포에 대한 비판"을 겸한 이 저서의 의의는 적지 않았다고 적었다. 해방 공간에서 6·25 전쟁기에 이르기까지 이 시론은 우파 문학의 정신적 지주 역할을 한 것이다.

『시의 원리』와는 별도로 그는 현대시에 관한 산문을 적지 않게 발표했는데 그중 하나가 「현대시의 문제」이다. 이 글은 현대시의 개념과 특성을 설명한 것인데 매우 논리적인 서술 방식을 취하고 있다. 그는 일반적으로 사용하는 현대라는 말에 두 가지 뜻이 있다는 점에 주목한다. 우리들이 살아가는 당대를 뜻하는 현대라는 말과 시대 개념으로서 고대, 중세, 근대 다음에 오는 현대의 개념이 있다.

후자의 현대 개념은 서구에서 포스트모더니즘이 등장한 1960년대 이후 '근대 이후'의 개념이 제기되면서 본격적으로 등장한 것으로, 1950년대 한국의 상황에서 "근대의 계기자로서의 현대"를 논하는 것은 매우 선진적인 일이었다. 그만큼 그것은 논의의 실체를 확보하기 어려운 일이기도 했다. 그래서 조지훈은 근대의 다음에 올 현대에 대해서는 아직 정립된 내용이 없다고 진단하였다. 그러면서도 그는 근대나 현대가 "인간에의 환원이라는 구심력"을 갖는다는 점에서 일치하며, 새로운 현대는 "휴머니즘에의 구심의 동력을 윤리에" 둘 것이라는 타당한 견해를 제시했다. 이어서 현대는 마르크스의 유물사관이나 니체의 니힐리즘을 넘어선 단계가 될 것이라는 주장을 폄으로써 세계사에 대한 정밀한 이해를 드러내고 있다.

조지훈은 현대시라는 말에도 현재 창작되는 시라는 뜻의 현대시와 '고전적 시'와 대비되는 개념으로서 '현대적 시'라는 두 가지 개념이 있다고 보았다. 시대 개념으로서 현대의 개념이 정립되지 못한 상태이니 '현대적 시'라는 것도 사실은 실체가 없는 공허한 개념이다. 진정한 의미의 현대적인 시라면 "장구한 시간의 경과 속에 그 보편적 전형성의 규범"을 내포한 '고전적 시'를 문학적 유산으로 삼고 현대라는 시대의 특수성을 새롭게 수용한 시가 되어야 할 것이다. 그렇게 되면 그것은 전통과 현대성을 종합한 올바른 의미의 현대시가 된다. 여기서 조지훈은 고전의 계승을 무리하게 내세우지 않고 "고대시를 계승하며 고대시를 부정하는 현대의 시", "고전시에 항거하면서 새로운 고전을 형성하려는 현대적 시"를 주장한다. 그는 현대적 시의 한 경향인 모더니즘에도 관대한 태도를 보였다.

현대시에서 "모더니티"의 의의를 인정하되 모더니티의 과도한 편중도 안 되고 모더니티의 과도한 경계도 곤란하다는 태도를 취했다. 일종의 중용의 시학을 내세운 셈인데 이것은 당시 모더니즘이 문학의 새로운 기류로 상승하는 상황에서 취할 수 있는 가장 바람직한 태도이다. 그는 보수주의자이면서도 전통을 무리하게 내세우지 않았고 모더니티를 부정하지 않았다. 오히려 문학의 새로움은 늘 모더니티를 추구하는 데서 나타났다고 하면서 시의 시대적 변화는 "천도의 순환"이며, "영원한 자의 자기표현의 시대적 모습"이라고 긍정하였다. 이러한 중용적 관점은 1950년대의 중견 시인으로서 매우 보기 드문 소중한 자세였다.

그는 모더니즘과 모더니티를 구분하여 모더니즘은 새로움을 추구하는 현대적 시의 경향으로 보고 모더니티는 전통의 형식에 새로운 변화를 주어 또 다른 전통을 창조하는 신생의 동력으로 보았다. 전통을 기저로 하여 새로운 전통을 창조할 때, 그것은 낡은 것 같으면서도 항상 새로운 생명을 지닌다고 본 것이다. 모더니즘은 새로운 전통과 새로운 생명을 추구하기 위해서 "영원한 야당으로 혁명가의 의욕을 지녀야 한다"고 했다.

그러나 1950년대 한국의 모더니즘은 조지훈이 보기에 경박한 유행조류를 답습하고 있었다. 그래서 조지훈은 당시의 모더니즘에 대해 "기성 권위에 반항하는 문학적 정열이 약하고 그 공동전선이 너무 단조하다. 의욕이 강렬하기는커녕 너무 안이해서 이른바 전통파에 주는 자극과 기여가 전연 없다"고 비판했다. 일본을 통해 들어온 서구 아류의 모더니즘에서 머뭇거릴 것이 아니라 "현대주의의 진수를 궁행하려는 노력"을 보여야 한다고 지적했다.

이것은 당시 모더니즘에 대한 비판 중 가장 정당한 것이었다. 새로운 것만을 추구해서 경박한 것이 아니요, 서구의 박래품이라서 안이한 것이 아니다. 반항과 혁명의 의욕이 약해서 걱정인 것이다. 반항과 혁명의 열정이 제대로 타오르려면 전통의 기저에 든든한 뿌리를 내려야 한다. 전통의 실체를 제대로 알 때 "현대주의의 진수를 궁행하는" 진정한 모더니티가 창조된다고 조지훈은 믿었다. 보수주의 논객 중 이러한 중용의 자세를 견지한 시인은 소지훈이 거의 유일했다.

10

유종호의 「한국의 파세틱스」[*]

한국의 파세틱스 −소월을 위한 노트

유종호

시인론을 한 번 멋지게 쓰고 싶다. 그러면서도 통 엄두를 못 내고 있다. 결정적인 얘기를 할 수 있기에 앞서 정리해야 할 자신의 부분이 너무나 많다. 따라서 훨씬 뒤엣일이라고 늘 여겨 오는 터다. 이번 김소월에 대해서 쓰려고 생각하니 이런 생각은 더욱 간절해진다. 너무나 친숙한 작품들이라서 무엇인가 꼬집어서 얘기를 하자니 더욱 막연해진다. 실로 오랜만에 『소월시초』의 먼지를 털고 뒤져 보았으나 별수가 없다. 하루 이틀쯤의 생각으로 무슨 결정적인 얘기가 되어질 것 같지 않다. 해서 이번 기회엔 소월의 주변을 배회해 보는 소월을 위한 노트 정도로 책責을 면해 볼까 한다.

소월이 오늘날 광범위한 독자층에서 누리고 있는 위치란 정히 국민시인의 그것이다. 국민시인이라고 하면 얼핏 애국시의 작자처럼 들리

---

[*] 『유종호 전집』(민음사. 1995)에는 「한국의 슬픔」으로 변경되었다. 전집 수록본을 참고하여 일부 어구를 바꾸었다.

기가 십상이지만, 가장 많은 독자를 거느리고 많은 애송을 받고 있으면서, 그 이름이 친숙해 있다는 점에서 그를 우리의 국민시인 내지는 민족시인이라고 부르는 데 이의를 신청할 사람은 별반 없을 것이다. 사실 많은 사람들에게 소월이란 이름은 그대로 한국의 뮤즈처럼 돼 있다. 그러면 왜 하고많은 시인 중에서 유독 소월이 국민시인의 복된 자리를 누리고 있는 것일까? 이 비밀을 파헤쳐 본다면 자연 시인으로서의 소월의 면모가 뚜렷해지지 않을까 한다. 본고에서는 주로 이러한 관점에서 소월의 이모저모를 생각해 보고자 한다.

민족시인

요즈음 좀 뜸해졌지만 한때 이런 언설이 횡행한 적이 있었다. 즉 서정시를 위해서는 한 사람의 괴테나 한 사람의 셸리로 족하다는 것이다. 이런 얘기는 시에서의 자칭 진보주의자들에 의해서 고창되었다. 세계의 역대 문학을 전통으로 의식하면서, 자신의 위치를 시작의 실제에서 자각한다는 의미에서, 혹은 동일한 주제에 대한 반복의 후렴으로 끝나지 않겠다는 시인의 자의식의 입장에서 본다면, 이런 언설은 충분히 일리 있는 말이다. 그러나 괴테나 셸리의 조국에서도 이러한 언설은 반론의 여지가 많겠지만, 괴테나 셸리의 이방인인 우리에게는 특히 가당치 않은 얘기다. 될 수만 있다면 우리도 한 사람의 '한국의 괴테'쯤을 갖는 것이 좋겠기 때문이다. 특히 그것이 언어의 미묘한 기능을 활용해야 하는 시의 분야에서는 간절한 요망이 될 수 있는 것이다. 가령 똑같이 향수를 노래한 작품이라도 그것이 우리말로 완벽한 표현을 얻은 것이 있다면, 우리는 노스텔지어를 테마로 한 어떠한 외국의 걸작 시보다도 우리말로 된 작품에 혈연적인 애착심과

친근감을 느끼게 될 것이다. 또 쉽사리 입술에 오르내리게 될 것이다.

이것은 속담 같은 데서도 감지할 수가 있다. 외국의 속담 같은 것을 읽어보면 우리는 인간 지혜 아니 세속 지혜의 보편성에 다시 한 번 감탄하게 되는 법이지만, 사실 우리의 것과 똑같은 모럴을 교시하는 서양 속언을 얼마든지 예거할 수가 있다. "빈 달구지 소리가 더욱 요란하다"에 해당하는 것에는 "Empty vessels make the most noise", "Full vessels give the least sound", "Still water runs deep" 등등 다양하다. "하늘이 무너져도 솟아날 구멍이 있다"와 유사한 것에는 "Every law has a loophole(모든 법률에는 도망할 구멍이 있다)", 혹은 "쥐구멍에도 볕들 날이 있다"와 비슷한 것에는 "Fortune visits everyone once(행운은 누구에게나 한 번은 찾아온다)"가 있다. 위에 든 속언은 지시 내용은 비슷하고 뉘앙스는 다르지만, 지시 내용이나 뉘앙스가 완전히 동일한 것도 있다. "No news is good news(무소식이 희소식이다)" 같은 것이 그 대표적인 예라고 하겠다.

그런데 여기 부박한 한 청년이 있어 모든 지혜를 독점한 듯 지나치게 설친다고 치자. 눈살을 찌푸리는 방관자가 내심 혼자서 중얼거릴 때, "텅 빈 그릇이 제일 큰 소리를 낸다" 하기보다는 우리말의 "빈 달구지 소리가 더욱 요란하다" 하는 것이 보다 실감 있는 표현이며 또 격에 어울린다. 또 그렇게 나오기가 십상이다(이 경우 "Empty vessels make the most noise"라고 원어로 중얼거릴 수 있는 사람이라면 문제가 조금 달라진다). 이것을 달리 말해 본다면 서양 속언에 똑같은 지시 내용을 가진 "텅 빈 그릇이 제일 큰 소리를 낸다"는 말이 있든 말든, 우리에겐 우리대로의 "빈 달구지 소리가 더욱 요란하다"는 말이 필요하며 유용하다는 뜻이다. 우리의 생활감정에 밀착된 우리 나름의 표현이 필요하다는 것이다. 이러한 사정은 무엇을 말하는고 하니 모든 정황에 있어 사람들은 감정이나 의식의 표현을 모국어로 실천하고 있으며, 따라서 당연히 모국어의 표현에서 더욱 친밀감을, 조화감을 감득하게 된다는 것을 말해주고 있다.

이와 같이 동일한 지시 내용이라도 모국어에 밀착된 표현에서 더욱 친밀감을 느끼게 되는 사정은 극히 보편적인 비근한 인간 정감을 표현한 시가의 경우 더욱 절실하다. 이렇게 해서 어느 국민이든 한 사람의 국민시인을 소유하기를 희구한다. 안심하고 거기에 자기 정감의 토로를 의탁할 수 있는 모국어의 시인을 희구한다. 소월이 오늘날 이 나라에서 국민시인의 위치를 차지하게 된 것은 우선 아쉬운 대로 국민시인을 소유하고자 하는 희구가 이 겨레에게도 있었기 때문이다. 국민시인을 희구하는 염원이 소월이란 과녁에 맞아떨어진 것은 소월로서는 차라리 행복의 우연일지도 모른다.

만인의 시

"시는 만인에 의해서 만들어져야 한다"는 로트레아몽의 말이 있다. 한 사람의 발언을 문맥에서 발췌하여 인용할 때 발언자의 진의가 다소 피해를 입는다는 것은 세상의 상례이지만, 이 말은 현대시인에게는 충분히 경청할 만한 경고적 의미가 있다. 로트레아몽의 시가 과연 만인에 의해서 만들어진 시냐 하는 것은 반론의 여지를 남겨주고 있지만, 현대시의 지나친 독자와의 괴리, 밀교적인 자아 중심주의를 접하고 많은 사람들은 새삼스레 이 말을 음미하곤 하였다. 그것은 어쨌든 소월의 작품을 접하고 먼저 느끼게 되는 것은 그것이 만인에 의해서 만들어진 시라는 사실이다. 이때의 만인이 한국어 사용인의 만인임은 물론이다. 한 사람의 민족시인을 희구하는 민중의 염원이 소월에게 낙착되었다는 가장 큰 이유가 바로 이 점에 있지 않을까 한다.

소월의 경우 그 '만인'의 포섭이 과연 시인의 명예이냐 하는 점은 별 문제겠지만.

만인의 시라고 규정할 수 있는 소월 시의 첫째 특성은 그 제재의 보편성에 있다. 인간 정한의 가장 비근한 토로로 그의 시는 일관되어 있다. 별리의 페이소스, 먼 곳에 있는 '임'에의 연가, 그리고 인간 상정常情인 회한, 운명에의 원망, 이렇게 비근하고 보편적인 상想이 그의 시의 핵심 부분을 이루고 있다. 시에 대해서 별다른 조예가 없는 사람들이 "시란 이런 것이다" 하고 막연히 생각하고 있는 시의 개념과 딱 들어맞는 것이 소월의 세계다. 시의 원시적[1] 상태, 시 세계의 첫 관문, 이것이 소월의 시 세계다. 시의 세계로 순례를 떠나는 나그네에게 첫 관문에 서서 안내역을 맡고 있는 것이 이를테면 소월의 진면목이다.

소월 시의 둘째 특성은 그 발상 형식의 소박성에 있다. 정감의 솔직한 토로, 소피스티케이션은 거의 찾아볼 수가 없다. 그의 우수작의 하나라고 볼 수 있는 「예전엔 미처 몰랐어요」를 읽어가면서 검토해 보기로 하자.

> 봄가을 없이 밤마다 돋는 달도
> 예전엔 미처 몰랐어요
>
> 이렇게 사무치게 그리울 줄도
> 예전엔 미처 몰랐어요
>
> 달이 암만 밝아도 쳐다볼 줄은
> 예전엔 미처 몰랐어요

---

1 『유종호 전집』에는 '원초적'으로 교체되었다.

이제금 저 달이 설움인 줄은
예전엔 미처 몰랐어요

　우선 모를 데가 전혀 없다. "예전엔 미처 몰랐어요" 하는 감회는 인간 누구나가 몇 번이고 경험하게 되는 상정이다. 그것을 한 점 부끄러움도 없이 진정 그대로 토로하고 있다. 여기엔 이해를 위한 우회의 길이 있을 여지가 없다. 독자들은 그저 직정에 감염되면 그만이다. 이 부끄럼성 없는 소박한 발성은 「옛 이야기」, 「임의 노래」, 「임에게」, 「닭소리」, 「해가 산마루에 걸리어도」, 「자나 깨나 앉으나 서나」 등 일련의 연가에서 유감없이 발휘되어 있다. 분명 일본의 아쿠타카와 류노스케(芥川龍之介)라고 기억되는데 어디선가 이런 말을 했다. 자기가 쓴 문장은 설령 자기가 태어나지 않았다 하더라도 누군가가 필연 썼을 것임에 틀림이 없다고. 아쿠타카와 글의 경우 그의 말이 타당한지의 여부는 모르지만 소월의 경우엔 이런 말이 그럴싸하게 들린다. 소월이 태어나지 않았더라도 신시 초기에 누군가가 분명 소월 시의 세계와 유사한 시 세계를 표현하였으리라. 사실 소월의 일련의 '임'의 노래가 시의 원초적 상태라는 사실과 소월이 비교적 신시 초기의 시인이라는 사실에는 뜻 깊은 함수관계가 있다 할 것이다.
　이만하면 시의 일반 독자에게 크게 호소한 소월 시의 비밀은 대충 명백해졌으리라고 믿는다. 그러나 시의 원시적 상태를 시 세계로 포착했다는 사실이 소월의 시인적 위치를 과소평가하는 요인이 되어서는 결코 안 된다. 한 사람쯤 꼭 필요한 시인이라는 이유에서뿐만 아니라 비근한 정감의 직정적 음률화는 범용한 시인이 엄두도 못 낼 만큼 형성되어 있기 때문이다. 「예전엔 미처 몰랐어요」와 같은 직정적 음률화의 아름다움을 생각해 보라. 더구나 그것이 신시 초기의 저 자갈밭을 배경으로 하여 이루어졌다는 사실을 상기할 때 우리의 감탄은 커진다. 오늘날의 하이브라우 시인들은 이러한 구절을 유행가의 구절쯤 처럼 타박할는지도 모른다. 하지만 시대사조나 시대감각의 변화가 민첩하면서도 다양했던—발전 단계에 있는 후진 사회에서 이러한 변화는 템포가 빠르다—우리 사회에 이러한 시구가 30여 년의 풍상을 겪고도 오히려 퇴색하지 않았다는 것은 여간 대견스러운 일이 아니다. 오늘날 참신미를 자랑하고 있는 시인의 구절이 지금부터 30여 년의 풍상을 겪고도 그대로 참신미를 뽐낼 수 있을 것인지—이 점에 관해서 필자는 적이 회의적이다.

행복한 일치

제재의 보편성, 그리고 평이한 가락, 이러한 시의 원시적 상태가 소월로 하여금 민족시인이 되게 한 태반이 되었음은 명백하지만, 거기에는 보다 깊은 사정이 있다. 생각건대 그것은 소월에게 구현되어 있는 민족의 페이소스의 유로 때문이 아닐까 한다. 이를테면 소월의 애조에서 이 겨레가 한국의 페이소스의 방출구를 찾고 있는 것이다. 여기에는 약간의 설명이 필요하다.

소월은 여지껏 민요시인이라는 에피세트를 들어왔다. 위에서 필자가 불러 본 국민시인 내지는 민족시인보다도 상당히 격하되어 있는 민요시인이란 에피세트는, 소월을 한국 현대시의 주류에서 얼마간 경원하는 듯한 인상을 준다. 물론 민요시인이라고 부르는 데는 타당성이 충분히 있다. 4·4조나 7·5조나 4·5·3의 민요적인 가락이라든지 민요에 등장하는 지명이 빈번히 나오는 거라든지 하는 게 그것이다. 「진달래꽃」, 「산」, 「삭주구성」, 「접동새」, 「장별리」, 「팔벼개 노래」, 「길」, 「왕십리」 등에는 그 민요적 가락 이외에도 "영변에 약산", "정주 곽산",

"삼수갑산", "평양에 대동강", "진두강 가람가", "삼천리 서도", "남포", "영남의 진주", "금강의 단발령" 등의 지명이 나온다. 이외에도 "천안의 삼거리", "이편에는 함양, 저편에는 담양", "인천에 제물포" 등의 구절이 숱하게 나온다. 그리고「초혼」을 제외한 거의 모든 수작들—소월의 작품치고서—은 이 계열에 속하는 작품들이다. 그러나 중요한 것은 이 외관상의 문제가 아니다. 민요의 가락을 이용하면서 그는 민요에 얽힌 서민의 정한을 그대로 재생시키고 있는 것이다. 감상感傷이란 말이 있다. 또 서정이란 말이 있다. 리리컬한 것을 옹호하는 사람들이 흔히 서정 비감상론非感傷論을 편다. 혹은 저급한 서정시를 탄할 때에 감상론을 내세우기도 한다. 소월의 가품佳品의 비조悲調에는 "감미한 눈물에 탐닉하는" 감상 취미는 없다. 거기에 있는 파세틱한 가락은 자신의 팔자에 대한 몸서리치는 원망과 한으로 이루어진 것이다.

> 두루두루 살펴도
> 금강 단발령
> 고갯길도 없는 몸
> 나는 어찌 하라우.
>
> 　　　　　　　　　_「팔벼개 노래」

> 오다 가다 야속하다.
> 아하 삼수갑산이 날 가둡네.
>
> 　　　　　　　　　_「삼수갑산운」

　"바드득 이를 갈고 죽어볼까요" 하는 구절도 있지만 이런 의미에서「한오백년가」나「수심가」속에 얽힌 이 겨레의 페이소스, 즉 자기 운명에 대한 기막힌 원망이 그대로 소월의 정한으로 직결되어 있는 것이다.

대체로 우리의 민요는 청승맞은 것이 많다. 창으로 나오는 「한오백년가」 같은 것은 아주 악을 쓰는 청승이다. 지독한 원망, 발악적인 청승이다. 나는 이 청승을 감상과 어떻게 구별할 수 있는 것인지 모른다. 다만 거기에 이 겨레 서민들의 "이를 바드득 가는" 소름 끼치는 정한을 감지하고 그것이 한가한 애완이 아니라 보다 생활감정에 밀착된 것임을 느낄 수 있을 뿐이다(유행가에도 그렇고 보면 구성진 게 많다. 필자는 군대 생활 중의 오락 시간에 특히 농촌 출신의 장정들이 압도적으로 많이 슬픈 노래를 애창한다는 사실을 보고 흥미 있게 생각한 적이 있었다). 요컨대 원망, 하소, 푸념, 신세타령, 팔자 한탄 이러한 한국의 페이소스는 기박했던 이 겨레의 역사 속에서 빚어진 운명적인 오열이었다. 소월이 민족시인의 위치를 차지하게 된 큰 요인은, 소월의 개인적인 정한과 이 겨레의 민족적 정한인 한국의 페이소스가 행복한 일치를 보이고 있다는 점일 것이다. 이런 의미에서도 소월은 가장 한국적인 시인이다. 여기서의 한국적이란 그러나 전통적이란 의미보다도 기질적이란 의미를 내포하고 있는 것이지만.

이외에도 소월의 이름을 파퓰러하게 만든 현상적인 소인이 많이 있다. 그의 작품이 많이 가곡화된 것도 그런 것이지만, 무엇보다도 중요한 것은 이미 오래전에 고인이 되었다는 사실일 것이다. 필자는 이 말을 단순한 시니시즘으로 농_弄하는 것은 결코 아니다. 고인이 되었다는 사실로 한몫을 단단히 본 재인才人이 둘이 있으니, 하나는 서관西關의 변방에서 실의의 일생을 마친 우리들의 소월이요, 또 한 사람은 서울의 도심지에서 재롱을 피우다가 이역에서 객사한 이상이다. 그들이 대조적인 문학적 마스크를 가지고 있다는 것을 생각할 때 미소케 하는 바가 있다.

고향의 갈미봉

사람들은 흔히 자기가 옳다고 생각하기 때문에서가 아니라, 자기가 제출하였다는 단 하나의 이유 때문에 자기 의견을 고집하는 수가 많다. 혹은 남과는 다른 의견을 내세우기 위해서 짜장 이설을 내세우길 좋아한다. 사상이란 그저 넥타이와 같은 것이라고 말한 철인이 있지만, 그는 필연 이러한 사정을 빈정댄 것이리라. 소월에 관한 한 그가 정한의 시인이었다는 것과 그의 시의 대부분이 미완성품이란 통설을 나는 그대로 믿고 싶다.

잠깐 얘기가 빗나가지만 한국의 현대시를 얘기할 때 빼놓을 수 없는 한 사람만을 들라고 한다면 필자는 정지용을 내세우는 데 주저하지 않는다. 그는 한국에서 시란 언어로 만들어진다는 기발할 것도 없는 평범한 진리를 열렬히 의식하고 그것을 실천한 최초의 시인이었다. 그 완성도에 있어, 그리고 그 후의 시인들에게 끼친 영향력에 있어서 그의 공로는 절대적인 바가 있다. 그의 출현이 없었더라면 아마 한국의 현대시는 10~20년의 지각을 면치 못했을 것이다. 한국의 현대시사에 그는 획기적인 에포크 메이킹을 지었다. 흔히들 시문학파의 공적으로 돌리지만 실상은 지용의 개인 플레이였다. 다른 동인들의 존재는 그에 비해서 너무나 미미했고 또 영랑을 더 높이 평가하는 사람들도 있지만 이것은 가당치 않은 얘기다. 스케일도 훨씬 좁지만 「모란이 피기까지는」 한 편을 제외하고는 영랑이야말로 소월 못지않게 미완성품만을 남긴 시인이다. 어쨌든 정지용에 이르러 한국의 현대시는 최소한의 불가결한 시학의 확립을 보게 되었고 또 완벽에의 의지를 적극적으로 보여 주기 시작했다.

소월은 이러한 기본적인 시학이 확립되기 이전의 신시 초기의 자갈밭에 구르고 있는 희한한 옥돌이었다. 기본적인 시학이 없었기 때문에 그는 자신의 정한을 민요의 가락에 의탁하였다. 그러나 그것이 안이한 편승이 아니었음은 미완성품 속 처처에 꿰어져 있는 구슬들이 입증하고 있다. 그 자신의 시학이 없었기 때문에 그는 그 후의 시인들에게 별다른 영향을 끼치진 못했다. 이런 의미에서 그는 한국 현대시의 주류에선 얼마간 동떨어진 외로운 갈미봉일지도 모른다. 그러나 그는 우리의 고향에 자리 잡고 앉아서, 고향을 사랑하는 사람들, 고향에 진저리를 내는 사람들, 고향을 등진 사람들, 이 모든 사람들로 하여금 문득문득 뒤를 돌아보게 하는 구정久情의 갈미봉이다.

그 제재에 그 정형

소월의 시는 물론 평소에 접할 기회가 많았다. 그러나 그의 시집을 펼쳐 들고 처음부터 끝까지 대충 훑어본 것은 필자에게는 그러니까 십여 년 만의 일이다. 재통독하고 나서 새로운 감회를 맛본 바가 있다. 소년 시절 솔직히 말해서 나는 이 조선시대쯤의 기생 이름 같은 김소월의 시를 별로 좋아하지 않았다. 아니 좋아하지 않았다고 하면 어폐가 있겠지만, 가령 정지용의 시에 경도하였던 만큼 그의 시를 사랑해 본 적은 없었다. 「팔벼개 노래」 같은 것은 뭐 그의 대표적인 시는 아니지만 어쩐지 호감이 가면서 그의 이름에서 오는 인상과 결부시켜 제멋대로 「팔벼개 노래」의 주인공 같은 시인이라고 생각했다.

  조선의 강산아
  네가 그리 좁더냐
  삼천리 서도를
  끝까지 왔노라

집 뒷산 솔밭에
버섯 따던 동무야
어느 뉘집 가문에
시집가서 사느냐

두루두루 살펴도
금강 단발령
고갯길도 없는 몸
나는 어찌 하라우

　이러한 구절은 지금 읽어 보아도 절창이다. 하지만 그 옛 가락 투가
어딘지 못마땅하였는데 지금은 이것이 더 정답게 울린다.

홀로 잠들기가 참말 외로와요.
맘에는 사무치도록 그리워와요.

이리도 무던히
아주 얼굴조차 잊힐 듯해요.

벌써 해가 지고 어둡는대요.
이곳은 인천에 제물포, 이름난 곳,
부슬부슬 오는 비에 밤이 더디고
바다 바람이 춥기만 합니다.

다만 고요히 누워 들으면
다만 고요히 누워 들으면

하이얗게 밀어드는 봄 밀물이
눈앞을 가루막고 흐느낄 뿐이야요.

「밤」이라는 시다. 옛날엔 이런 소녀적인 애상물이 질색이었다. 이런 시에선 어떤 혐오감마저 맛보면서 거들떠보지도 않았다. 그런데 이상하다. 지금은 읽힌다. 좋은 시라고 생각은 안하지만 혐오감 없이 그냥 읽힌다. 자신이 생각해 보아도 희한한 일이다.

오늘날 소위 내용과 형식을 판별해서 내용이라는 것을 속사연, 형식을 그것을 담고 있는 봉투처럼 생각하는 사람은 거의 없을 것이다. 그러나 편리를 위해서 제재와 형식의 투로 구분해서 얘기한다. 소월의 시를 재독하고 나서 다시 한 번 느낀 것은 내용과 형식을 구분해서 얘기하는 것이 얼마나 불합리하냐 하는 것이었다. 사실 한 번씩 생각해 보라. 소월의 정한과 그 민요적인 가락은 떼려야 뗄 수 없는 불가분의 관계에 있다. 소월의 정한은 그러한 정형률이 아니면 표백될 수가 없을 것이요, 그러한 정형률엔 다른 제재가 있을 수 없을 것이다. 또한 소박한 것, 진실한 것은 언제나 가슴을 울릴 수가 있다는 것도 소월의 시가 주는 교훈이다. 정확히 말하면 소월의 시는 이 땅의 하이브라우들에겐 별다른 사랑을 받지 못할 것이다. 그러나 그에겐 광범한 독자가 있다. 오늘날 우리가 많이 목도하게 되는 로우브라우에게도 하이브라우에게도 다 같이 배척당하는 시인의 비극을 그는 초월했다.

끝으로『소월시초』에서 제일 감회 깊게 읽은 것은, 소월의 산문, 그의 편지였다.

지사는 비추悲秋라고 저는 지사야 되겠사옵니까마는, 근일 몇 며칠 부는 바람에 베옷을 벗어 놓고 무명것을 입고 마른 풀대 우거진 들가에 섰을 때 마음이 어쩐지 먼 먼 어느 시절에 산 듯하여 지금은 너무나 소원하여진 그 나라에 있는 것같이 좀 서러워지옵니다.

제가 구성 와서 명년이면 10년이옵니다. 10년 동안에 산천은 변함이 없어도 인사人事는 아주 글러진 듯하옵니다……

「예전엔 미처 몰랐어요」가 그대로 돈타령으로 직결된 이 시인의 심경에서 지사도 못 되는 주제에 나 또한 "비추"함은 어인 까닭인가. 필자는 김광균의 「노신」을 읽으면서 마음을 달래었다.

(『현대문학』1960. 12.)

감수성과 문체의 조화

지금까지 검토한 시론을 일별해 보면 각기 다른 비평적 개성을 드러내고는 있으나 비평의 기본 요소들이 조화를 이룬 모범적인 비평문을 찾기에는 어려운 점이 있다. 비평이란 작품의 의미를 해석하고 장단을 평가하여 그 결과를 독자에게 설득력 있게 전달하는 행위이다. 따라서 비평가에게는 문학적 감수성과 비평적 분석력과 논리적 사고력과 뛰어난 문장력이 갖추어져 있어야 한다. 이 여러 가지 요소를 두루 갖추고 있는 시론가는 1950년대까지 한국 문단에 없었다고 해도 과언이 아니다. 개성적인 문체를 구사하기 위해서는 수준 높은 한글 문장 구사 능력이 필요한 법인데 1950년대에 그러한 능력을 제대로 갖춘 문인은 드물었다. 해방 후 한글 교육을 받고 정식으로 대학을 졸업한 전후 세대에 의해 비로소 한글 문장다운 문장이 구사되면서 시비평의 새로운 장이 열렸다. 그 서두에 놓인 비평가가 유종호이다.

김소월론인 「한국의 파세틱스」는 논리적인 엄격성을 내세우지 않고 수필처럼 시작하고 있지만, 그때까지 나온 어느 소월론보다도 논리적인 구성을 보이고 있다. 김소월은 많은 독자들의 애호를 받는 국민시인의 자리에 있는데 김소월이 그렇게 복된 자리에 놓인 이유는 무엇인가. 이렇게 논지를 서두에 분명히 밝히고 여러 가지 측면에서 그 이유를 해명해 가고 있다.

우선 소월의 시는 우리 생활감정에 밀착된 모국어의 표현에 수완을 보였기 때문에 독자들에게 친밀감을 주어 국민시인의 자리에 놓이게 되었다고 밝혔다. 다음 장에서는 더욱 세부적인 문제로 들어가 소월의 시가 만인에게 사랑을 받는 이유로 세 가지 요소를 지적했다. 그것은 제재의 보편성, 발상 형식의 소박성, 원초적 형상의 포착 등 세 가지이다. 요컨대 평이한 가락으로 인간의 보편적 감정을 진술하고 소박하게 표현했다는 것이다. 이 점을 실감나게 전달하기 위해 그가 한 말은 50년 전의 설명인데도 소월 시에 딱 들어맞는 생동감을 유지하고 있다. "시에 대해서 별다른 조예가 없는 사람들이 '시란 이런 것이다' 하고 막연히 생각하고 있는 시의 개념과 딱 들어맞는 것이 소월의 세계다"라는 구절이 그것이다. 김소월의 시는 시에 대한 사전 정보 없이 읽어도 누구나 시라고 인식하고 시의 맛을 느끼게 되는 것이 틀림없는 사실이다. 필자도 시가 무엇인지 모르던 어린 시절 「진달래꽃」을 읽고 가슴이 뭉클하였는데 그것이 시적 감동에 해당한다는 사실은 나중에 공부를 좀 더 하고서야 알았다.

이 세 가지 요소를 제시한 다음에 그는 다시 두 가지 요인을 덧붙였다. 하나는 기구하게 살아온 한국인의 슬픔과 정한을 제대로 표현했다는 것이다. 말하자면 소월의 시가 한국인의 "슬픔의 방출구" 역할을 했다는 것인데, 그러면서도 그 작품이 감상에 빠지지 않은 점을 조심스럽게 지적했다. 또 하나는 그냥 스쳐 가는 어투로 오래전에 고인이 되었다는 사실을 지적했다. 말하자면 재능 있는 시인이 일찍 세상을 떠남으로써 대중들에게 더 깊이 인각되었다는 뜻이다. 여기서 유종호는 비평가다운 감각이 담긴 재미있는 비교를 하는데, 이 대목에서 그의 독특한 문체가 빛을 발한다. 그는 "고인이 되었다는 사실로 한몫을 단단히 본 재인이 둘이 있으니, 하나는 서관의 변방에서 실의의 일생을 마친 우리들의 소월이요, 또 한 사람은 서울의 도심지에서 재롱을 피우다가 이역에서 객사한 이상이다"라고 썼다. 소월을 이야기하는 자리에 이상을 끌어옴으로써 이상에 대한 자신의 부정적 관점을 간접적으로 드러내고 있다.

그의 독특한 문체가 더욱 빛을 발하는 대목은 그다음 장인 '고향의 갈미봉'이다. 고향의 갈미봉은 김소월 시의 위상을 비유한 표현이다. 갈미봉은 전국 도처에서 흔하게 접하게 되는 전형적인 산 이름이다.

대수롭지 않은 갈미봉을 누구도 소중하게 쳐다보지 않는다. 그러나 고향에 뿌리내리고 고향을 사랑하는 사람들, 또는 고향을 떠났다가 고향에 돌아온 사람들은 정다운 갈미봉의 모습에 위로를 받고 안식을 얻는다. 김소월의 시는 한국인에게 바로 그런 심정적 역할을 한다는 것이다. 이런 점에서 그는 소월의 시를 "신시 초기의 자갈밭에 구르고 있는 희한한 옥돌"이라고 평가했다.

이러한 시사적 위상을 설명하는 부분에서 그는 매우 중요한 사실을 언급했다. 그것은 당시 월북 시인으로 규정되어 금기시되던 시인 정지용에 대한 논평이다. 한국의 근대시를 이야기할 때 빼놓을 수 없는 한 사람의 시인이 정지용이고, "시란 언어로 만들어진다는 기발할 것도 없는 평범한 진리를 열렬히 의식하고 그것을 실천한 최초의 시인"이 정지용임을 단호히 지적했다. 여기서 비평가 유종호의 시적 지향과 비평적 관점이 분명히 드러난다. 현대시다운 현대시가 쓰여진 것은 정지용부터고, 정지용의 기본적 시학이 확립되기 이전에 나타난 드문 옥돌이 김소월이었던 것이다. 그 옥돌이 민족의 정한을 표현하는 데 최선의 역할을 하였음을 여러 각도에서 분석했다.

끝부분에서는 그의 주관적 경험으로 돌아가 소월 시에 대한 개인적 독서 체험을 솔직하게 드러냈다. 과거에는 정지용의 시에 경도되었기 때문에 김소월 시에 호감을 갖지 않았으나 나이가 들면서 그의 시에 공감하게 됐다고 된다고 고백했다. 다시 한참 세월이 지난 지금은 김소월의 시에서 더 깊은 감흥을 느낄지 모른다. 그러나 20대 중반의 유종호는 김소월의 시에 전폭적인 지지를 보내지는 않았다. 그러면서도 마무리 부분에서 중요한 측면을 지적했다. 소월의 정한의 세계와 민요적 가락이 긴밀하게 호응을 이룬 불가분의 관계에 있다는 사실을 지적한 것이다. 지금은 상식에 속하는 이 사실이 학문적으로 구명되는 데 그 후 10년의 세월이 필요했다. 문학적 직관의 선구적 예지를 엿볼 수 있는 대목이다.

　마지막 단락은 소월의 애절한 편지 한 구절을 소개하면서 문학인으로서의 유종호를 그대로 노출했다. 소월의 슬픔을 자신의 슬픔으로 끌어안으면서 김광균의 「노신」을 읽으며 마음을 달래었다고 말했다. "시를 믿고 어떻게 살아가나/서른 먹은 사내가 하나 잠을 못 잔다"라는 독백에 마음을 달래는 한 문학인의 모습이 떠오른다. 이로써 문학적 감수성과 개성적 문체가 호응을 이룬 비평문의 전범을 대하게 되는 것이다. 그의 비평은 전후의 황막한 자갈밭에 놓인 희한한 옥돌이었다.

11

송욱의 「정지용 즉 모더니즘의 자기 부정」[*]

정지용 즉 모더니즘의 자기 부정

송욱

1.「앨쓴 해도海圖」의 모더니즘

과거의 시에는 리듬이 있었다. 그러니까 리듬이 없는 것이 새로운 시다. 또한 과거의 시는 음악적이었다. 그러니까 새로운 시는 음악성을 부정하고 회화성만을 인정해야 한다……. 이러한 소박하고 단순한 생각에서 출발한 것이 이 나라의 모더니즘이었다. 그리고 기림이 밝혀 놓은 이러한 구호와 경향을 '예술로서' 구체적으로 보여 준 시인은 바로 정지용이다. 이 때문에 기림은 시인 지용에게 대하여 탄복하기를 꺼리지 않았던 것이리라. 기림은 지용의 작품을 "완미에 가까운 주옥 같은" 것이라고 평하였다(김기림 저『시론』, 83면, 「1933년 시단의 회고」).

---

[*] 송욱이 발표한 글의 제목은 「한국 모더니즘 비판」이고 이 글은 '1. 김기림 즉 모더니즘의 구호'와 '2. 정지용 즉 모더니즘의 자기 부정'이라는 두 장으로 구성되어 있는데 여기에서는 뒷부분만 제시했다.

그러면 위에서 말한 기림의 지용에 관한 평가가 얼마나 정확한 것인가를 밝히기 위해서 우리는 지용의 작품을 살펴보아야 한다.

바다 2

바다는 뿔뿔이
달어날랴고 했다.

푸른 도마뱀 떼같이
재재발렀다.

꼬리가 이루
잡히지 않었다.

흰 발톱에 찢긴
산호보다 붉고 슬픈 생채기!

가까스루 몰아다 부치고
변죽을 둘러 손질하여 물기를 시쳤다.

이 앨쓴 해도에
손을 싯고 떼었다.

찰찰 넘치도록
돌돌 굴르도록

회동그란히 바쳐 들었다!

지구는 연닢인 양 오므라들고…… 펴고……

이 작품은 바다가 주는 시각적 인상의 단편을 그야말로 "가까스루 몰아다 부치고", "변죽을 둘러 손질하여 물기를 시쳤다"고 할 만큼 '앨쓴 해도'이다. 또한 거의 아주 짧은 산문을 모아 놓은 작품이기도 하다. 그는 왜 이렇게 시를 썼을까? 오로지 순간이 주는 시각적 인상만으로 작품을 구성한 것은 무슨 까닭인가? 이는 그가 감정을 드러내지 않는 것이 현대성이라고 생각하였기 때문이리라(그리고 이것은 어느 정도 올바른 태도이기는 하다). 매우 조심스럽게 순수한 감각적 인상만을 다루면 이처럼 정서의 표현을 상당히 회피할 수 있다는 사실을 우리는 이 작품에서 배울 수 있다. 또한 감각적 인상만을 노렸기 때문에 그는 짤막한 산문을 모아 놓을 수밖에 없었을 것이다.

지용 자신이 한 말이 생각난다.

> 안으로 열하고 겉으로 서늘옵기란 일종의 생리를 압복시키는 노릇이기에 심히 어렵다. 그러나 시의 위의는 겉으로 서늘옵기를 바라서 마지않는다.
>
> _정지용, 「시의 위의」, 『문학독본』, 196면.

> 감격 벽이 시인의 미명이 아니고 말았다. 이 비정기적·육체적 지진 때문에 예지의 수원이 붕괴되는 수가 많았다.
>
> _동상, 197면

실상 그는 겉으로 써늘한 시를 쓰기 위하여 정서를 피하고 이런 작품을 썼다. 그가 감격을 싫어한 것은 이 작품이 충분히 밝혀 준다. 그렇지만 슬프게도 그는 이 작품에서 그가 바라고 있는 '예지의 수원水源'을 표현하지는 못하였다! 감각의 인상만을 아무리 훌륭하게 표현해도 이것만으로는 예지가 드러나지 않는 까닭에……. 그리고 이 작품의 마지막 연은 매우 훌륭한 것이기는 하지만.

> 푸른 도마뱀 떼같이
> 재재발렀다.

> 찰찰 넘치도록
> 돌돌 굴르도록

이런 구절에서 위의를 느낄 수 있는 사람이 누가 있으랴. 사실 그가 '언어 개개의 세포적 기능을 추구하는'(정지용 저, 「시와 언어」, 『산문』, 108면.) 시인이었다는 것을 인정하더라도 그의 언어는 주로 시각적 인상만에 어울리는 것이 많았다. 그러므로 그의 언어가 보여 주는 묘기는 때로는 위신이 없는 '재롱'에 떨어지기도 했다.

> 山水 따러 온 신혼 한 쌍
> 앵두같이 상기했다.

> 돌뿌리 뾰죽 뾰죽 무척 고부라진 길이
> 아기 자기 좋아라 왔지!
>
> _「폭포」, 『백록담』에서

혹은 재롱이 작품의 내용을 이루고 있는 동시 비슷한 것도 있다.

해바라기 씨를 심자.
담모롱이 참새 눈 숨기고
해바라기 씨를 심자.

누나가 손으로 다지고 나면
바둑이가 앞발로 다지고
괭이가 꼬리로 다진다.

_「해바라기 씨」, 『정지용 시집』에서

2. 서정시와 종교시

그러나 그는 때로는 정서를 위주로 한 작품을 쓰기도 했다. 이런 드문 예로서는 『정지용 시집』에 실린 「향수」와 시집 『백록담』에 나오는 「소곡」이 있다. 이 두 작품은 종래의 서정시를 좀 더 세련시킨 것이라고 볼 수 있을 만큼 정서에 가득 차 있는 듯한 효과를 드러낸다. 그리고 매우 흥미 있는 사실은 그가 이러한 작품에서는 '연속하는 리듬'을 사용하며, '짧은 산문의 모임'이라는 늘 애착을 가지고 있었던 형태를 등지고 있다는 것이다. 이는 바로 '연속하는 리듬'이 정서의 표현에 얼마나 없지 못할 것인가를 밝혀 주는 사실이기도 하다.

그러면 작품 「향수」를 소개한다.

넓은 벌 동쪽 끝으로
옛이야기 지줄대는 실개천이 회돌아 나가고
얼룩백이 황소가
해설피 금빛 게으른 울음을 우는 곳

— 그곳이 참아 꿈엔들 잊힐 리야.

질화로에 재가 식어지면
뷔인 밭에 밤바람 소리 말을 달리고
엷은 조름에 겨운 늙으신 아버지가
짚벼개를 돋아 고이시는 곳

— 그곳이 참아 꿈엔들 잊힐 리야.

훌륭한 시인이었던 지용은 결국 시각적 인상이나 이와 어울리는
감각적 언어만으로는 표현할 수 없는 심각한 경험을 하게 되었다. 그
는 '청춘이 다한 어느 날' 절망과 슬픔을 겪은 나머지 천주교 신자가
되었다. 종교가 베푸는 구제 없이는 벗어날 수 없는 깊은 비애를 그는
「불사조」에서 다음과 같이 표현한다.

비애! 너는 모양할 수도 없도다.
너는 나의 가장 안에서 살었도다.

너는 박힌 화살, 날지 않는 새
나는 너의 슬픈 울음과 아픈 몸짓을 지니노라.

너를 돌려보낼 아모 이웃도 찾지 못하였노라.
은밀히 이르노니—「행복」이 너를 아조 싫여하더라.

너는 짐짓 나의 심장을 차지하였더뇨?

비애! 오오 나의 신부! 너를 위하여 나의 창과 웃음을 닫았노라.

이제 나의 청춘이 다한 어느 날 너는 죽었도다.
그러나 너를 묻은 아모 석문도 보지 못하였노라.

스사로 불탄 자리에서 나래를 펴는
오오 비애! 너의 불사조 나의 눈물이여!

_전문

    작중 화자는 자기의 '심장을 차지한' 슬픔이기에 오히려 '창과 웃음을' 닫고 신부처럼 이러한 슬픔에 대하려고 결심한다. 그리고 이러한 슬픔은 '청춘이 다한 어느 날' 죽는 것이며, 또한 사람이 살아 있는 한 항상 불사조처럼 부활하는 것—즉, 인간존재의 핵심에 있는 슬픔이라는 뜻이다. 그리고 이러한 슬픔은 종교만이 덜어 줄 수 있는 것이기에 그는 천주교에 들어갔으리라.

    실상 지용의 작품 중에서 어떤 '생각'을 지니고 있는 것은 『정지용 시집』의 제4부에 있는 이 「불사조」를 비롯한 아홉 편뿐이다. 내가 생각을 지닌 작품이라고 한 뜻은 이러한 작품의 주제가 종교를 지향하는 인간의 슬픔과 기쁨이라는 매우 깊고 넓은 것이라는 말이다. 그러나 그는 이러한 깊이가 있고 훌륭한 주제를 다룰 때에도 바다의 시각적 심상을 표현할 때와 꼭 같이 '짧은 산문의 모임'을 사용하였다. 그는 이처럼 '리듬이 없어야' 새로운 시라는 생각이 강한 사람이었던 모양이다.

    이 때문에 「불사조」를 읽고 우리가 느끼는 것은 슬픔의 단편이며 인간존재의 뿌리에 깃들어 있는, 즉 지용의 표현대로 "심장을 차지한", 심각한 '비애의 율동 그 자체'가 아닌 것이다! 이는 그가 '리듬'이라는 음악적 마력을 무시한 까닭이다. 그는 '불사조와 같은 인간존재의 어쩔 수 없는 비애'라는 훌륭하게 실존적일 수 있는 주제를 위하여 새로운 언어형식을 창조하지는 못하였다. 오히려 그는 이 새로운 주제를 자기로서는 이미 '매너리즘'이 된 낡은 형식에 맞추려고 애를 썼다. 그래서 아깝게도 그의 종교시는 우리의 지성과 감각과 정서를 모두 휩쓸 수 있는 위대한 작품이 되지 못한다. 다만 부분적으로 훌륭한 구절이 끼어 있을 뿐, 작품 '전체'로 보면 그리 깊고 강렬한 효과를 나타내지 못한다.

> 오오 알맞은 위치! 좋은 우아래!
> 아담의 슬픈 유산도 그대로 받았노라.
> _「나무」의 제3연

「나무」라는 작품의 이 두 줄만 보더라도 둘째 줄은 훌륭하지만 이 종교시에까지 스며든 첫째 줄의 '재롱' 때문에 그 효과가 거의 상쇄되고 있다. 그는 '리듬'과 등지고 그 대신에 '재롱'이나 단편적이며 시각적인 인상만을 사용하려고 했다. 그 결과는—특히 주제가 종교적인 경우처럼 심각한 때에는—훌륭한 시상을 도막쳐 놓는 비극에 떨어지고 말았다. '리듬'의 위력은 매우 과학적인 비평가 I. A. 리처즈조차 지성을 통해서는 설명할 수 없다고 생각할 만한 것이었다(제4장 5「합리화된 충동과 인간기계론」 참조).

즉 아주 단편적인 소재조차 통일시키고 매우 평면적인 표현에도 입체감을 주는 것은 '리듬'을 비롯한 시의 음악성일 것이다.

3. 모더니즘의 자기 부정

그는 종교적 세계를 항상 주제로 삼을 수는 없었다. 아마 그것이 자기의 기술을 마음껏 발휘할 수 있는 주제가 아니라고 생각한 때문이리라. 이것은 첫째로 그의 형식이 융통성 내지는 보편성이 없는 것이었고(오로지 시각적 심상의 표현만을 노리며 비롯된 것이기 때문에), 둘째로는 그가 새로운 주제를 위하여 새 언어형식을 만들어 내는 대신에 자기가 이름을 떨치게 된 성공한 작품의 형식에 어울리는 주제를 골라서 작품을 쓴 까닭이다. 그는 주제가 매우 제한된 시인이었다.

위에서 말한 것을 뒷받침하기 위하여 바다의 시각적 인상을 위주로 하거나 혹은 상당히 많이 사용한 작품을 추려 보자. 우선『정지용 시집』에서 「바다」1·2, 「해협」, 「다시 해협」, 「갑판 위」, 「선취」. 그리고 바다는 아니지만, 「호수」1·2, 「호면」, 「풍랑몽」1·2. 또다시 「바다」1·2·3·4·5. 다음에 후기 시집『백록담』에도 「선취」, 「별」.

이국풍만으로 모더니즘이 이룩될 수 없듯이 바다의 시각적 심상만으로 현대시가 뻗어 나갈 수는 없다. 결국 지용은 다음과 같은 시를 쓰고 말았다.

비

돌에
그늘이 차고

따로 몰리는
소소리 바람

앞섰거니 하여
꼬리 치날리여 세우고

종종 다리 깟칠한
산새 걸음걸이.

여울지여
수척한 흰 물살,

갈갈히
손/가락 펴고

멎은 듯
새삼 돋는 빗낯

붉은 닢 닢
소란히 밟고 간다.

　이 작품은 거의 구체적인 자연의 묘사만으로 이루어진 것이다. 그러나 이것은 이미 현대시의 세계는 아니다. 그는 한시와 흡사한 세계로 돌아간 것처럼 보인다. 하지만 이 작품을 한시의 관점에서 보더라도 여운 혹은 신운을 맛볼 수 없는 빈약하고 메마른 작품이다. 두보의 작품을 읽고 이 작품을 대하면 이러한 시를 동양의 시 세계라고 하는 것은 동양적 시 세계에 대한 더할 수 없는 모욕이 될 뿐임을 누구나 깨달을 수 있으리라. 두보는 자연과 사회와 정치와 종교를 종합한 작품을 썼던 것이다!

그리고 이 작품에 나타난 지용의 언어 사용법을 살펴보아라! 그는 우리말을 한문으로 잘못 생각하고 있는 것이다. 한문은 표의문자(물론 표음문자적 요소도 있기는 하다), 즉 '의미의 그림'인 상형문자다. 그러나 우리 한글은 표음문자다. 상형을 지닌 한자의 장점은 매우 간단한 한문의 문장법(syntax)을 보충할 뿐더러 오히려 이러한 장점과 간단한 문장법은 아울러 한시의 여운과 신운을 빚어냈다. 하지만 표음문자인 우리말에서 지용처럼 한시를 모방하여 짧고 간단한 문장법을 사용한다면 이는 한문의 '단점'(현대적인 안목으로 보면 지나치게 간단한 문장법은 확실히 단점이다)과 우리말의 '단점'을 합친 우스꽝스런 결과밖에 되지 않는다. 뿐만 아니라, 한문은 문법적 요소가 다만 낱말의 위치에 따라 결정되는 '고립어'지만 우리말은 문법적 요소가 음상에 나타나는 (예를 들면 조사) 교착어에 속하는 것이다.

그런데 한자는 한 글자 속에 여러 개념을 응결시키고 있으며 이 응결체인 한자가 결합하면 매우 풍부한 뜻을 반향할 수 있으나 우리말은 같은 내용을 (교착어인 까닭도 있고 해서) 긴 문장과 복잡한 문장법을 통해서 표현할 수밖에 없다. 그리고 긴 문장과 복잡한 문장법은 반드시 '연속하는 리듬'을 통해서만 음악화 혹은 시화할 수 있는 것이 아닌가(한시를 우리말로 번역할 때에도 우리말과 한문의 이러한 차이를 의식하고 우리말의 특징이 장점이 되도록 이용해야 할 것이다. 슬프게도 이러한 의식을 지니고 한 한시의 우리말 번역이 별로 없다. 따라서 한시 영역이 더욱 참고가 되는 놀라운 결과가 되기도 한다)!

지용 자신도 작품 「비」와 같은 형식만으론 20세기에 시를 계속해서 쓸 수 없는 것을 알 만큼 훌륭한 시인이었다. 그래서 그는 다음과 같은 형식도 시험해 보았다.

伐木丁丁이랬거니 아람도리 큰솔이 베혀짐즉도 하이 골이 울어
멩아리 소리 쩌르렁 돌아옴즉도 하이 다람쥐도 좃지 않고 묏새도

울지 않어 깊은 산 고요가 차라리 뼈를 저리우는데 눈과 밤이 조
히보담 희고녀!

_「장수산 1」의 첫 구절,『백록담』

여기서 우리는 '하이'가 되풀이되고 의성어 '쩌르렁'이 끼어서 좀
'리듬'과 비슷한 것을 느끼지만 형식은 산문에 가깝고, 그 내용은 이미
현대시의 세계가 아닌 것을 알아차릴 수 있다. 이러한 작품을 그 형식
과 언어의 사용법으로 보아 '산문시'라고 할 수는 있겠지만 그것은 슬
프게도 현대의 산문시는 아니다. 결국 기림이 '완미에 가까운' 작품을
냈다고 한 지용의 모더니즘은 완전히 백지로 돌아가고 말았다!

지용은 새롭고 훌륭한 시를 썼지만 그 주제가 매우 제한된 것이었
기 때문에 그 표현 형식도 현대시의 주제를 휩싸기에는 매우 폭이 좁
은 것이었다. 그래서 그가 시의 수사에 고심하면 할수록, 그리고 예술
가로서 정진하면 할수록 현대시의 세계로부터 완전히 물러가는 모순
에 빠지고 말았다.

지용과 기림은 모두 현재에 살 수 있는 과거를 살리지 못했으며, 또
한 새로운 시가 전통을 변화시킨다는 의식이 박약했다. 지용은 기림
보다 더욱 전통을 알고 있었다. 그러나 그는 전통을 변화시키지는 못
했으며 초기에는 전통을 아주 등지고, 후기에는 전통에 그냥 안주하
고 말았다.

한국의 모더니즘은 내면성의 표현에 아직 성공하지 못했다(이는 지
용의 「바다」와 보들레르의 「바다」를 비교해도 알 수 있다). 그래서 이국풍이나
시각적 인상을 위주로 하는 피상적인 사이비 모더니즘이 되었다. 이
는 보들레르에서 비롯한 상징주의와 같은 내면화의 훈련을 겪지 못한
탓이다. T. S. 엘리엇이나 기욤 아폴리네르와 같은 참된 모더니스트는
상징주의를 흡수하고 넘어선 시인들이었다. 그리고 이 나라의 모더

니즘이 구호와 감각에 그쳤기 때문에 지금도 '전통을 변화시키지 못하는' 사이비 전통주의의 시, 즉 복고주의 시가 번창하는 것은 일리는 있다고 하더라도 슬픈 노릇이다.

(『사상계』 1962. 10.)

역사의식의 착종

영문학자이자 시인인 송욱이 월간 『사상계』에 「시학평전」을 연재한 것은 1962년 3월부터다. 그는 "문학 배경을 비교하는 안목으로 한국시인의 입장에서"라는 부제를 달고 1962년 3월부터 1963년 3월까지 장장 13회에 걸쳐 야심찬 기획물을 연재하였다. 그리고 바로 이어서 이 글을 단행본으로 출판하였다. 이 기획은 당시의 상황에서 세인의 관심을 끌기에 충분한 요소를 지니고 있었다. 세계문학이 본격적으로 도입되는 1960년대의 사회적 분위기 속에서 한국문학의 위상을 비교문화적 차원에서 점검해 본다는 일은 시대적 요청 사항이기도 했다. 그래서 월간 『사상계』도 그에게 지면을 적극 할애해 주었을 것이다.

동서의 시론과 문학을 비교해 보겠다고 했지만 주로 영미권과 프랑스 문학을 논했고, 그 사이사이에 한국의 문학 작품을 간략히 언급하는 데 그쳤다. 그가 거론한 한국문학의 예는 황진이의 시조, 김소월의 시론인 「시혼」 등에 불과했다. 그가 한국의 문학 작품을 본격적으로 거론한 것은 7장인 「한국 모더니즘 비판」에서 김기림, 정지용의 시를 비판한 것과 11장인 「유미적 초월과 혁명적 아공我空」에서 타고르의 시와 비교하여 한용운의 시를 극찬한 것이 전부다. 한용운 서술 부분에서 그는 모처럼 목소리를 높여 "우리는 일생을 민족 운동에 바친 혁명가의 우렁찬 목소리를 듣는다"고 감탄하면서 한용운의 시가 있는 나라에서 "시인이 된 것을 행복하게 생각한다"고 고백했다. 이것이 시발점이 되어 그는 한용운 시 전체를 탐구하는 불발의 노력을 벌여 『님의 침묵 전편 해설』(1974)을 완성하였다.

그러나 「한국 모더니즘 비판」에서는 김기림과 정지용의 시를 비판하는 것으로 일관했다. 한국 모더니즘 시를 비판의 도마 위에 올려놓은 것은 영문학자인 그가 감당하기 쉬운 제재였기 때문이었을 것이다. 그는 아주 자신만만한 태도로 김기림과 정지용의 시를 눈 아래 두고 고압적인 자세로 비판했다. 김기림을 비판한 골자는 김기림이 리처즈의 이론을 잘못 파악했다는 것, 엘리엇의 모더니즘이 지닌 전통의식과 내면성을 제대로 파악하지 못했다는 것, 그의 시 역시 이것이 결여되어 있었기에 경박한 외국풍을 따르는 것이 모더니즘이라고 착각했다는 것 등이다. 김기림에 대한 이러한 비판은 어느 정도 수긍할 만한 대목도 있다. 그러나 정지용에 대한 비판은 정지용 시의 핵심을 비켜간 채 김기림의 경박성과 조각난 산문 투를 그대로 추종한 시인이 정지용인 것처럼 몰아붙이고 있어서 받아들이기 어렵다.

그는 우선 정지용의 「바다 2」를 예로 들어 이 작품이 운문을 포기하고 아주 짧은 산문 도막을 모아 놓았다고 지적하면서, 이러한 현상은 "순간이 주는 시각적 인상만으로 작품을 구성"했기 때문에 나타난 것이라고 보았다. 요컨대 감정을 직접적으로 드러내지 않는 것이 모더니티라고 생각하고 정서 표현 대신에 감각적 인상을 전면에 내세웠다는 주장이다. 이러한 판단에 모순은 없다. 다만 송욱은 한국시의 역사적 전개 속에서 정지용의 시를 읽는 태도를 갖지 못했을 뿐이다. 엘리엇을 거론하면서도 엘리엇처럼 전통과 역사의식의 토대 위에서 작품을 읽는 훈련을 하지 못했던 것이다.

정지용의 시가 새롭고 개성적이라고 말하는 것은 1920년대의 무절제한 감정 분출의 시대 뒤에 정지용의 시가 나타났다는 문학사적 측면에서 그 의미를 평가한 것이다. 1920년대 김소월의 시와 1930년대 정지용의 시를 읽을 때 감지되는 차이와 거기서 확인되는 정지용 시의 새로움을 올바로 파악할 수 있어야 정지용 시에 대한 온당한 평가가 도출될 수 있다. 김소월의 시를 두고 유사한 말을 민요조의 가락으로 늘어놓은 것만을 시로 알았다고 비판하는 것이 잘못된 발언이듯, 정지용의 시를 두고 짧은 산문 도막을 모아 놓은 것을 모더니즘 시로 알았다고 말하는 것도 잘못된 지적이다. 더군다나 정지용의 소박한 유머가 담긴 시구를 예로 들어 정지용이 시론에서 언급한 '시의 위의'를 느낄 수 없다고 하며, 그의 언어 묘기가 위신 없는 재롱에 떨어졌다고 평가한 것은 매우 악의적인 사실 왜곡이다.

이런 감각성 위주의 작품보다 그가 다소 호감을 보인 것은 『정지용 시집』에 실린 「향수」와 『백록담』에 실린 「소곡」 같은 작품이다. 이 작품이 시에 가까워 보인다고 판단한 것은 "연속하는 리듬"을 지니고 있기 때문이다. 그가 말하는 연속하는 리듬이 무엇을 의미하는지 그는 정확히 언급하지 않았다. 송욱의 창작 시를 통해 미루어 보건대 유사한 어구의 반복과 일정한 음절의 반복에서 환기되는 운율미를 "연속하는 리듬"이라고 지칭한 것 같다. 정지용이 모처럼 깊이 있는 주제를 다루기 위해 시도한 종교시도 "리듬이라는 음악적 마력"을 무시했기 때문에 새로운 언어형식을 창조하지 못하고 짧은 산문 모임과 재롱에 그치고 말았다고 비판했다. 그의 말대로 정지용이 짧은 산문 형식에 집착했다면, 그는 연속하는 리듬에 집착한 것이다. 이렇게 상극적인 자리에 놓여 있으니 정지용의 시가 송욱에게 긍정적으로 비칠 리가 없다.

송욱에 의하면 김기림이 이국풍을 모더니즘으로 착각했듯이 정지용은 시각적 심상을 모더니즘으로 착각한 것이다. 모더니즘에서 벗어난 후기의 『백록담』 시편 중 2행 1연 시는 우리말을 한문으로 착각하여 리듬을 등졌기에 실패한 것이고, 「장수산 1」 같은 산문시는 리듬 비슷한 것은 느껴지지만 형식이 역시 산문에 가깝고 내용이 예스러운 것이기에 현대시의 성취로 보기 어렵다고 판단했다. 이런 점에서 그는 "지용의 모더니즘은 완전히 백지로 돌아가고 말았다!"고 단언했다.

송욱은 연속하는 리듬에 집착하여 시를 제대로 볼 수 있는 눈을 상실했다. 감각적 인상에 경도된 초기의 시건, 신앙의 자세를 드러낸 종교시건, 자연의 여백미를 조성한 후기의 2행 1연 시건, 정신의 자세를 암시하려 한 「장수산」류의 의고체 산문시건, 정지용의 시가 리듬을 배반한 적은 없다. 정지용의 시에는 시각적 외형률이 전경화되지 않았을 뿐이지 분명 리듬이 살아 움직이고 있다. 그리고 정지용에게 정작 중요한 것은 리듬이 아니라 당시 우리나라 시에 부족했던 감각적 형상성의 창조와 언어적 조형미의 완성이었다. 언어와 형식과 내용의 조화를 통해 한 편의 시가 탄생한다는 평범한 사실을 목표로 삼아 다각적인 노력을 기울인 것이 정지용의 시다.

정지용의 시가 정신적 심연의 탐구로 나아가지 못한 것은 사실이지만 거의 황무지와 다름없는 불모의 상황에서 시의 원론성에 뿌리를 두고 현대시의 첫 장을 열어 보인 과거의 시인에게 현재의 관점에서 너무 많은 기대를 건 것 자체가 역사의식의 부재를 드러내는 일이다. 한국문학의 역사적 전개 속에서 1930년대 문학을 조감하는 역사의식이 송욱에게는 부족했다. 엘리엇을 아무리 많이 읽어도 그것을 자신의 것으로 육화하지 못하면 이렇게 낭패를 보는 것이다.

12

김현의 「상상력의 두 경향」

상상력의 두 경향

김현

오늘날 한국에서 쓰여지고 있는 시평의 양태는 퍽 다양하고 다기하고 다채롭다. 시가 나타난 틀의 천착에서부터 문화의 한 패턴으로써의 시의 이해에 이르기까지 시를 논하는 범위는 전에 비해서 퍽 정교해지고 확대되어 있다는 느낌이다. 시에 있어서의 인식과 의미가 차지하는 역할에 관한 최근의 이해 방식 역시 그 방식의 편차를 인정한다 하더라도 가치 있는 것임에 틀림없다. 그럼에도 불구하고 시평이 보여 주는 혼란은 광범위한 것처럼 생각된다.

그 혼란은 시를 비평의 대상으로 삼을 때 분기되는 네 개의 범주를 한 글 속에 혼동함으로써 야기되는 듯이 보인다. 장 이티에[1]는 『발레리의 시학』[2]에서 시평의 대상을 다음의 넷으로 나누고 있다. 맨 처음 작업은 시의 본질을 탐구하는 것이다. 그것은 시의 생동적 조건,

---

1 Jean Hytier(1899~1983), 미국에서 활동한 프랑스 문학자.
2 Jean Hytier, 『La Poétique de Valéry』, Paris, Armand Colin, 1953.

시의 입장에서 본다면 내적 조건인 시의 틀을 이해하고 천착해 내려는 노력이다. 한국시의 경우로 문제를 한정시킨다면 한국시의 정형은 어떤 것이고, 소리형은 무엇이며, 운율은 어떠한가, 모음과 자음의 질감은 어떤 형태로써 나타나는가, 그러한 모든 것은 한국 음악과 어떤 연관을 맺고 있는가 하는 등등의 문제를 탐구해 나가는 것이 첫 번째 작업, 우리가 시 미학 연구라고 부를 수 있는 것의 내용을 형성한다.

두 번째의 작업은 예술적 창조의 내용을 연구하는 것인데, 이것은 미학자의 작업이라기보다는 심리 분석자의 일에 더욱 가깝다. 왜냐하면, 창조적 행위의 분석은 작품을 산출한 사람에게 혹은 그것을 읽는 사람에게 되돌아가 그들의 심리를 분석하는 것을 의미하게 되기 때문이다. 그렇기 때문에 이 작업은 시 미학의 영역에서보다 작품에 유효한 발언을 하지 못하게 되는 수가 있다. 이 작업은 작품보다는 시에 표백되어 있는 개인, 혹은 더 추상화된 표현을 빌면 심적 기능 부분에서 보다 더 많은 성과를 올린다. 퍽 합리적인 것 같지만 사실상으로는 애매모호한 표현인 예술 심리학, 종교 심리학, 언어 심리학 같은 요즘 유행되는 어휘들은 그 탐구의 영역이 "의식 속에 위치한 레알리테, 결과적으로는 이 의식이 관련을 맺고 있는 대상의 밖에 있는 레알리테"라는 것을 항상 상기시켜 주지 않으면 안 된다. 이런 관점에서 본다면, 예술 대상, 즉 시는 의식이 그걸 창조하느냐 혹은 의식이 그 결과에 지배를 받느냐 하는 것에 의한, 의식과의 이중의 연관을 가진다. 모든 예술 심리학은 본질적으로 창조자의 심리 분석과 향유자의 그것이라는 이중적 성격을 띤다.

세 번째의 작업은 사회적 사실인 작품을 통한 미학적 경향의 전파를 연구하는 일인데, 그것은 사회학의 영역과 퍽 밀접한 관계를 맺는다. 이렇게 시의 분석은 시 미학, 시인 심리학, 독자 심리학, 그리고 시적 전이 사회학이라는 네 부분의 이해를 통해 완성된다. 이티에의 이러한 주장은, 그의 전개 방식이 1930년대의 구조론자들에게 많은 도움을 얻고 있다는 등의 사족을 붙이지 않더라도 퍽 명쾌한 듯이 보인다. 한국시평의 혼란은 이 모든 것을 혼동하여 한 번에 묶어 버리려는 노력의 소산이라고 생각할 수 있을지 모른다.

이티에의 주장을 좀 더 발전시키면 좋은 시를 한두 편 발표한 시인이 반드시 우수한 시인인 것은 아니다라는 결론도 나온다. 시 미학적 탐구의 결과로써 판정된 우수한 시가 저열한 창조적 능력을 보여 주는 시인에 의해서 우발적으로 나타날 수가 있기 때문이다. 그러나 나의 의도는 이런 시 분석의 네 분야를 답사하려는 것이 아니다. 우리에게는 퍽 소홀히 되어 온 분야인 시인 심리학 중의 한 진형적인 문제인 상상력을 몇 시인을 통해 이해하고자 하는 것일 따름이다. 물론 이 시론은 이티에의 말대로 "작품에 대해서 유효한 발언을 할 수 없게 될지도 모른다"는 위험을 전제로 하고 있다.

상상력은 동적 이미지를 산출하는 능력과 형태적 이미지를 산출하는 능력의 둘로 나누어질 수 있다. 물론 이 말은 상상력이 개념화와는 다르다는 것을 전제로 하고 있다. 개념화는 정확한 가치를 그 내역에 갖고 있지만 상상력은 "추상적 가치를 살(生)" 뿐이다. 그렇기 때문에 형태적이건 동적이건 그것은 추상적 가치만을 얻을 따름이다. 가령 너도밤나무라는 이미지를 상상력이 떠올릴 때, 그것은 나무 형태를 한, 그 개인의 감정 속에 융화되어 있는 어떤 것에 불과하다. 그러나 그 나무가 개념화되면 그것은 '무슨 과의 무슨 속이다'로 정확한 가치를 획득한다. 예술에 있어서는, 그러므로 항상 추상적 가치가 선행하는 상상력이 작용한다. 시의 해석이 다양한 것은 바로 이 때문이다.

동적 이미지와 형태적 이미지는 상상력이 나타나는 두 패턴이다.

두 패턴으로 상상력이 작용하는 것은 과거의 흔적에 의한 것인 듯하다. 상상력이 동적 이미지를 통해 나타나는 경우와 형태적 이미지를 통해 나타나는 경우는 다른 과거의 집적을 필요로 한다. 형태적 이미지를 통해 상상력이 작용하는 경우는 일반적으로 개인의 생활과 밀접한 관련을 맺고 있다. 특히 생활에 필요한 이상의 물건들을 소유해 본 사람이나 생활에 필요한 만큼의 물건을 소유해 보지 못한 경우에 특히 그렇다. 생활에 필요한 만큼의 물건들만으로 채워진 생을 살아가는 경우에는, 그것들은 오랜 세월 동안 그것을 사용한 사람의 의식 속에 녹아 혈육의 일부를 구성한다. 그러나 그 이상이나 이하를 산 사람들에게는 물건이란 감정을 자극하는 애완물이 아니면 신경을 건드리는 자극적인 필수물이다. 그러한 물건들의 모습은 그런 사람들의 정신 깊숙이 인각되어 하나의 콤플렉스를 형성한다. 그런 사람들에게 과거란 세간이 많은 집과 같은 것이다. 그 집 속에 그들은 과거의 흔적들을 배열해 놓고 그 흔적의 형태를 모든 것의 원형으로 생각한다. 지금의 모든 것은 과거의 그 흔적으로 귀환한다. 그런 의미에서 이 사람들에게는, 지금이란 과거의 한 환영에 지나지 않는다. 그것은 현재화된 과거이다. 지금 마시는 한 잔의 차와 과자는 옛날의 그것의 모사이며, 여기 있는 유리병은 옛날 다락방에 있던 사기병의 한 변이이다. 지금의 어떤 것은 반드시 과거의 어떤 형태와 결합한다. 그 과거의 깊숙한 곳에는 흔적의 원형 같은 것이 숨겨져 있다. 그 원형은 과거를 배열한 집이며 경험의 한 극점이다. 모든 경험이 그 원형으로 귀환하여 과거의 형태를 이룬다는 점에서 우리는 그것을 형태적 이미지라고 부를 수 있다.

반대로 우리가 동적 이미지를 산출하는 상상력이라고 부르는 경우에 있어서는 경험의 극점이 형태를 얻고 나타나지 않는다. 그것은 정신의 안벽을 격렬하게 스쳐 지나간 '어떤' 힘에 의해 자극될 뿐이다.

이렇게 상상력이 작용하는 경우란 대부분 생활에 필요한 만큼의 물건을 소유하고 있고 필요한 만큼의 정신적 만족을 취할 수 있었던 사람에게 나타난다고 생각된다. 육체적으로, 정신적으로 어느 정도의 만족을 얻을 수 있을 때는 물건이란 있어도 좋고 없어도 좋은 것에 속한다. 그때에는 다만 정신의 안벽을 스쳐 가는 감정의 질감만이 문제된다. 생활은 그들에겐 콤플렉스를 형성시켜 주지 않는다. 다만 자기가 제어할 수 없는 정신의 내밀한 밀실을 스쳐 지나가는 것만이 그들의 콤플렉스를 형성한다. 형태적으로 이미지를 구축하는 버릇이 있는 상상력을 소유한 사람들이 있었던 단계에서 없었던 단계로, 없었던 단계에서 있었던 단계로 변화하고 전이됨으로써 생활의 콤플렉스를 느끼는 것과는 반대로, 동적으로 이미지를 구축하는 상상력을 소유한 사람들은 그러한 전이의 단계를 거치지 않고 계속 살아옴으로써 생활에 콤플렉스를 느끼는 것보다는 오히려 형이상학적이고 질적인 것, 정신을 구속하는 어떤 힘에 콤플렉스를 느낀다. 그들에게 있어선 과거란 현재화된 그것이며 그들에게 중요한 것은 현재의 위치이다. 하나의 예를 들면, 형태적 상상력은 가령 난다는 것을 파악할 때, 우선 자기가 경험했던 어떤 것, 어렸을 때의 다락방에서 쥐고 놀던 장난감 비행기나 혹은 전쟁터에서 본 B29의 폭격 광경을 추출해 낸다. 그러나 동적 상상력은 그것을 '위대함의 초월'로서 파악한다.

이러한 논리는 고전적 프로이트 해석자에 의해 즉각적인 반발을 야기시킬지 모른다. 모든 인간을 과거의 어느 한 점에 모으려는 노력을 열심히 해내는 그들은 동적 상상력의 작용을 감수하는 사람들에게서도 그런 것을 찾으려 할 것임에 틀림없다. 물론 그럴 수 있다. 그 두 경향의 어느 것에서나 과거의 흔적을 찾아낼 수 있다. 그러나 한 가지 조심해야 할 것은 우리는 작품을 선행시켜서 그것을 해내지 않으면 안 된다는 데에 있다. 개인의 자서전을 뒤지고 분석하여 그들의 경험의 원점을 찾아서 작품에 적용시키려는 태도는 저 희랍의 침대 도적[3]을 상기시킬 염려가 있다. 적어도 견강부회하지 않기 위해서는 작품에 나타난 바에 의거하는 길밖엔 없다. 그러므로 나의 태도는 시 작품을 프로이트의 정신분석의 전거로 삼지 말고, 시 작품을 통해서 개인 심리학을 연구하는 데 심리 분석의 도움을 받자는 데에 있다.

이 두 경향을 신인들의 작품에서 추출해서 설명해 보기로 한다. 구태여 신인들을 분석 대상으로 삼는 것은 논리의 황당무계함을 얼버무려 버리려는 의도에서가 아니라, 그들은 아무런 편견 없이 바라볼 수 있기 때문이다. 형태적 상상력이 가장 강하게 작용하는 경우를 우리는 최하림, 김화영, 이승훈 등에서 찾아볼 수 있다. 이 중에서 가장 뚜렷한 형태를 소유하고 있는 것은 김화영과 이승훈이고, 최하림의 경우는 퍽 흥미 있는 변주를 보여 준다. 이 세 사람의 경험의 극점은 물론 서로 다르다. 김화영의 경우에는 여자, 적고 젊고 정다운 비누 냄새를 풍기며 동정녀 마리아 같은 여자의 응고이며, 이승훈의 경우는 오이디푸스 콤플렉스의 대상으로서의 어머니이며, 최하림의 경우는 가난이다.

김화영의 경우는 그런 여자의 상실과 밀접한 관계를 맺고 있다. 그의 최초의 시인 「과원果園」[4]과 「사진」이 전부 과거의 여자들을 대상으로 하고 있다는 점은 퍽 흥미 있다. 「과원」에서의 주절主節의 시제는 전부 과거이지만 그 과거형의 동사가 필요로 하는 명사군들이 대부분 현재의 의미를 띠고 있다는 것도 역시 흥미 있다. 그에게 있어서 여자가 있었던 곳은 항상 밝고 명랑하고 유연하다. 그 곳은 "머나먼 고향의 과목밭"이며, "아침의 욕실"이며, "라이보리"밭이며, "눈이 부시는 현관"

---

3 그리스 신화의 프로크루스테스Procrustes. 사람의 키가 침대보다 짧으면 몸을 잡아 늘리고, 길면 침대 길이에 맞춰 몸을 잘라 버렸다.
4 1964년 김화영의 「세대」 신인상 등단작이다.

이다. 그 여자는 「겨울 영가靈歌 2」에서 보여지는 "옥양목 적삼의/흰 고름 잡고/흔들리는 나의 요람/어머니, 나는 잠이 와 슬픈 잠이 와"를 참조하면 어머니인지도 모르고, 「봄밤의 가족」의 "하아…… 누이는" 운운의 구절을 보면 누이인지도 모른다. 여하튼 그의 모든 이미지는 그 여자로 집중한다. 과거가 아름다웠기 때문에 현재의 공동이 더욱 크게 드러난다. 그의 시에서 여자를 묘사하고 노래하는 부분이 아닌 모든 것은, '비워 가는', '고단한', '저승같이 머나먼', '외로운', '허기진', '비릿비릿', '앓는', '사라진', '소모한', '기진한', '연착하는', '슬픈' 등의 형용사나 관형사구의 보조를 받아 쓸쓸한 느낌을 더욱 조성시킨다. 그 여자를 가장 잘 표상한 것이 「두 개의 빈 의자」에 보인다.

> 떨리며 뻗어 가는 손을 향하여
> 내부에 난만하여
> 잡히지 않게 흔들리는
> 벼랑의
> 꽃.

그 꽃을 찾을 수 있지만 '잡을' 수는 없다는 점에서 그는 항상 "셔츠 바람의 외로운 사내"이다.

이승훈의 경우는 오이디푸스 콤플렉스의 전형적인 예를 제공한다. 그의 이런 태도는 「경험의 처음」의 "엄마의 목소리는/안방에서 나를 부르고"라는 구절에 나타나 있다. 이 시는 엄마에 대한 어리광으로 가득 차 있는데, 그 엄마는 그의 욕망의 좌절을 대변한다. "시간의 푸른 해안으로/배들은 떠나고/어리둥절한 시대의 흑판에/난 엄마의 얼굴을 그리며 운다", "엄마/라고, 난 햇살 비치는 방에서/초원에서/부르며 목이 메었다"라는 시구는 "엄마/난 잠이 와"의 체념 상태와 밀접히 결합되어 '차단된 원망'과 '부끄러운 성'을 확인시켜 준다. 이 어머니라는 이미지는 그러나 그에게서 예술적인 환치를 얻어 초기에는 바다로, 다음에는 헛간, 지하실, 빈방, 거울 등의 이미지로 나타난다. 말하자면 획득할 수 없는 것의 유일하고 절대적인 지주인 어머니는 들어갈 수 없는 것, 난파된 것으로 표상된다. 그의 바다는 항상 겨울 바다이며, 시인은 육지에서 그 바다를 볼 뿐이다. 그 바다는 대부분 눈보라가 치는 바다다. 「눈」이라는 시에서는 바다에 떨어지는 눈이 자기의 욕망의 상징으로 사용되고 있다. 최근의 몇몇 시편들, 특히 언어의 난파에 대한 것 역시 그렇게 이해된다. 즉 언어는 어머니의 모상이다. 사물 역시 그러하다. 쥘 수 없는 모든 것이 어머니의 모상으로 나타난다. 그런 그의 태도는 「경고」의 셋째 연에 극명히 나타나 있다.

> 달아난 목에서
> 흐르는 피가
> 경험의 뜨락을 물들인다.

최하림의 경우는 전이의 퍽 좋은 증거다. 그가 생활의 흔적을 직접적으로 보여 주는 것은 그의 유일한 동시인 「인사」에 나오는 "긴 담을 돌고/긴 담을 돌고 가면/소슬 같은 대문"이라는 구절뿐이다. 그 뒤의 그의 모든 시는 '기근과 굶주림'의 표현이다. "수면엔 수없이 얼굴이 지고/참을 수 없는 기근을 견디며 그 메마름이 기르는 산이 자리한/아직은 주어지지 않는 사막의 가장 쓸쓸한 포호/대지의 아사와 몰락을 딛고 서는/아아 내 인식의 아이여", "행로가 끝나는 창백한 지점에 우리들의 비극한 기아여", "더 많은 행로와 기근이 지켜 선 사막에서 무엇을 기다릴까/우리들의 빈 단지여/남아 있는 보물의 불행이여"—이렇게 그는 도처에서 가난과 기아, 참을 수 없는 기근을 노래한다. 그 노래의 정반대편에 "푸르디푸른 벽에 감금한 꽃잎은 져 내려 바다의 분홍빛 몸을 얼싸안고/직물의 무늬같이 부동不動으로 흐르는/ 기나긴 철주를 빠져나와, 우리들은 모두 떠오른다", "희고 긴 비단" 등의 유려하고 화사한 이미지들이 자리한다. 이 두 군의 이미지는 한 편의 붕괴를 전제로 한다. 그리고 그에 있어 독특한 것은 이 가난과 기아, 붕괴의 계단을 내려와 도달한 이 절망적 공허를 형이상학적으로 파악하려는 노력이다. 말하자면, 그의 기근과 기아는 존재자의 근본적 양태이다. 그 기아는 그의 '인식의 아이'인 셈이다. 그 가난과 빈곤을 통해 존재자의 가장 비통한 측면, 도대체 왜 우리는 태어난 것이냐 하는 의문이 보여진다.

> ① 아무런 이유도 놓여 있지 않은 공허 속으로 어느 날 아이들이
>   쌓아 버린 언어. 휘영휘엉한 철교에서는 달빛이 상처를 만들
>   며 쏟아지고 때 없이 걸려진 거기
>   나는 내 정체의 지혜를 흔든다.
>   _「빈약한 올페의 회상」

> ② 태초가 온전한 허무였는데, 어찌하여 우리들은 이 끔찍한 불행
>   으로 태어났느냐. 허비대다 보면 창백한 빛깔이 응사해 오고
>   빛깔보다 무정한 우리들은 스스로의 노을에서 뼈 속을 태운다.
>   _「피닉스의 깃의 반추」

이러한 아주 본질적인 문제에 대한 그의 질문, 그 "끈적끈적한 행위의 추적" 혹은 "한 어두운/밤의 모의"는 아무런 대답도 듣지 못한다. 다만 우리는 "한 마리의 달팽이가 몸을 태우며 하얀 흔적을 남기고 기어간 황원"만을 알아낼 따름이다.

이렇게 이 세 시인의 경우에는 형태적 상상력이 작용한다. 모든 것은 과거의 한 극점으로 모이고 그 주위에 배열된다. 우리가 이 세 시인의 작품을 통해서 알아낸 것의 역이 반드시 그런 과정을 겪었으리라고 확신할 수는 없다. 다만 그러리라고 짐작할 따름이다.

상상력이 동적으로 작용하는 경우를 우리는 이성부, 강호무, 정현종 등에게서 알아볼 수 있다. 그들의 큰 특징은 앞에서도 말한 바와 같이 과거의 칙칙한 심연이 보이지 않는다는 데에 있다. 이성부의 경우에도 그의 시에서 보여지는 것은 생활의 칙칙함이지, 과거의 칙칙함은 아니다. 이미지를 구축해 나가는 과정에서도 그들은 과거의 어떤 극점, 경험의 원형을 생각지 않고 있다. 물론 이런 것 외에 그들의 시적 태도는 퍽 다르다. 이성부의 경우에는 생활의 칙칙함에 대한 계속적인 분노가, 강호무의 경우에는 우연의 극대화가, 정현종의 경우에는 정신의 높은 유희가 보여진다.

정현종의 경우에 항상 문제되는 것은 그의 의식의 자유분방한 흐름이다. 의식의 자유분방한 흐름, 혹은 상상력의 순간적인 작용이 초현실주의자들에게서 보여지는 우연의 확대와는 퍽 다르게 그의 시에서는 느껴진다.

왜 신의新衣를 입고 나간 날의
검은 비 있지
나의 신의와 하늘의
검은 비가 헤어지고 있는 걸
알고 있지.
알지 문득 깬 저녁잠 끝의
순수 외로움의 무한 고요.

_정현종,「여름과 겨울의 노래」

이 시구에서 우리는 거의 연결되리라 생각지는 못했던 두 개의 이미지가 "알고 있지/알지"라는 의문 반어법을 통해 교묘하게 이어지고 앞의 '새 옷과 검은 비'의 이미지가 곧 뒤의 "저녁잠 끝"으로 옮겨진 것을 알아낸다. 중요한 것은, 그러나 그러한 전이가 형태를 나타내는 이미지와 이미지의 충돌로써 이루어지지 않고 감정의 표백으로 이루어졌다는 사실에 있다. 그의 의식에서는 두 개의 이미지가 동시에 충돌하는 것이 아니라 상상력을 통해 응고되지 않은 상태로 결합된다. 그의 상상력은 사물을 형태화된 순간에 파악하는 것이 아니고 질감으로 파악한다. 그러한 질감은 물론 높은 정신의 단련을 필요로 한다. 질감이란 자칫하면 녹아 버리기 쉬운 아이스크림 비슷한 것이기 때문이다. 바로 그렇기 때문에 그의 시의 대부분은 호소체 아니면 회화체로 씌어져 있고, 한국시에선 퍽 어려운 모호성과 이국정조가 고급한 정도로 높여져 있다. 가령 단어 하나하나는 그 독자적인 탄력을 저버리지 않고 딴 단어와의 긴장을 유지한다.

> 그대 불붙는 눈썹 속에서 일광日光
> 은 저의 머나먼 항해를 접고
> 화염은 타올라 용약勇躍의 발끝은 당당
> 히 내려오는 별빛의 서늘
> 한 승전勝戰 속으로 달려간다.

「화음」이라는 제목이 붙은 시의 이 한 우수한 구절은 동적인 상상력의 작용을 '일광·당당·서늘' 등의 어휘를 통해 보여 주고 있다. 사실 그 세 말들은 교묘한 르제rejet[5]를 통해 고무공같이 툭툭 튀고 있는데

---

5 한 행의 시구가 다음 행으로 이어지는 형태(=enjambement).

그것은 다른 이미지의 충돌에서 오는 탄력과는 퍽 다른 것처럼 생각된다. 충돌은 두 개의 이미지가 동시에 서로 작용하지만 이런 유의 병렬은 순간순간의 통찰에 의한 나열이기 때문이다. 그의 상상력은 순간순간 사물과 감정을 포착하고 향락한다. 그렇기 때문에 그에겐 과거를 나열한 집이 필요 없다. 집이란 그에게 구속이기 때문이다. 모든 것은 그의 상상력 속에 용해되어 그 질감만을 보여 준다. 그 질감이 수학적인 정확성을 배반한다는 의미에서 그는 상상력의 찬란한 성 속에 있는 것이지만, 그 관념의 성의 상상력이 현실 속으로 계속 전이되는 것을 방해하지 않는다는 점에서 그는 높은 정신의 단련술사인 셈이다.

강호무의 경우는 퍽 기묘한 예를 보여 준다. 그의 어휘의 대부분은 형태적 이미지의 잔재를 보여 준다. 「관목棺木 3」을 예로 들면 첫 연에서 우리는 "그윽한 물소리에 끌려 길 잃은, 새의 나릿한 발에 감긴 불후不朽의 안사安死"를 읽고 그의 상상력을 자극하는 내적 경험의 극점을 파악할 어떤 예감을 느낀다. '그윽한'이라는 형용사에서 과거에의 집착을 우리는 알아내고 "불후의 안사"라는 행에서 우리는 어떤 자의 죽음이 그의 상상력의 안벽에 자리 잡고 있음을 예감한다. 그러다가 우리는 "다막多幕의 설계와 여행지에 대한 그리움이, 굵은 빗방울이, 후두두 떨어지는 소리"라는 파괴적인 시구를 만난다. "다막의 설계와 여행지에 대한 그리움"이라는 시행에서 우리는 앞 연에서 파악한 과거의 경험의 극점으로 되돌아가려는 시인의 상상력을 훔쳐본다. 그 순간에 그의 상상력은 잔인하게 우리를 배반하고 콤마를 찍고 "굵은 빗방울"을 보여 준다. 그 빗방울은 그러나 경험의 극점에 배치된 사물의 딴 이름이 아니다. 그것은 우연히 조립된 어휘이며 그의 상상력이 경험의 뜰 안으로 돌아가려는 순간에 걸려 넘어진 돌멩이이다. 그리움은 이 연에서는 굵은 빗방울이다. 그래서 그리움은 후두두 떨어진다. 그다음 연에서 우리는 다시 과거의 뜰 안으로 되돌아가려는 그의 상상력과 부딪친다. 새의 출현이다. 다시 새의 죽음이다. 이 새의 죽음은 "해초海草의 의자"와 결부되고 "물결무늬로 아른거리"는 나뭇잎들을 통해서 풍성한 계절을 상기시킨다. 그 바로 다음에 폐활량계라는 어휘가 보인다. 그때 우리는 죽음의 내역이 폐와 관계있음을 알아낸다. 그 폐의 소유자는 "끝까지 버텨야 하는 약속의 아픔에 찔려"라는 행을 거치면 자기라는 것이 은연중에 암시된다. 이렇게 분석해 보면 그의 경험의 극점은 자아의 죽음의 예감이라는 것이 밝혀진다. 이런 경험의 극점은 그것이 자아의 예감이라는 점에서 타인을 항상 전제로 하는 형태적 상상력을 배제한다. 경험의 원초적인 장소로 가려는 그의 상상력은 그곳이 자아의 내부이며 그 내부마저 예감으로 파악될 뿐이지 피 흘리며 뜨락을 물들일 정도로 격렬하지 못하다는 점에서 항상 멈칫대며 흔들거린다. 말을 바꾸면, 그의 상상력은 형태적인 상상력을 추구하는 순간을 향락하는 동적 상상력이다. 그것은 매우 변태적이어서 우리는 자칫하면 그의 상상력을 형태적인 것으로 파악할 우려가 있다. 그 형태가 항상 예감의 질감을 보여 준다는 것은 퍽 주목할 만한 일이다. 그것을 우리는 우연의 극대화라고 부를 수 있을지 모르겠다. 우연이라는 게 항상 상상력의 순간적인 예감을 전제로 한다는 점에서 말이다.

이성부는 순간적인 예감이나 순간적인 향락으로써 상상력을 발동시키는 것이 아니라, 순간적인 비판의 지주로써 상상력을 불러일으킨다는 점에서 정현종과 강호무의 경우와는 퍽 대조적이다. 그의 초기작인 「열차」에서 보여지는 정지하지 않고 계속 움직이는 의식을 표상하는 듯이 보이는 '열차'는 "영원한 것에, 가장 가까운 것이/그저 질주라 말하면서/나의 건너를 제거하여" 간다. '나의 건너'란 퍽 애매모호한 이 표현은 "손댈 수 없는 저 자유"를 부정하는 모든 것을 나타내는 모양인데, 여하튼 그가 영원한 것에 가장 가까운 것이 질주라고 생각했다는 것은 그의 동적 상상력을 보여 주는 가장 좋은 예증처럼 생각된다. 그 질주 속에서는 모든 것이 "의문으로 출렁이는 바다"이며 그 바다를 시인은 '통찰'로써 분석하지 않으면 안 된다. 그의 시의 여기저기서 보여지는, "나의 한갓 원인은/늦게 기상하고, 이 공간을 두려워하고 안정성이 없는, 먼저에 대한 시민들의 성화에 있다"(「백주」), "가장 치열했던 봄날의 과오 속에서"(「백주」), "아픔 가까이서"(「열차」), "전에 말했던 것을 되풀이하는 태도 속에/나의 몇 가지 맹점이 있다"(「이 공동의 아침에」), "배신처럼 사라지는 노을빛 진력"(「소모의 밤」) 등등의 자기비판은 그 질주의 도정에서 얻어진 것임에 틀림없다. 그 모든 것은 비록 '소모의 밤'에 지나지 않는다 하더라도 '우리들의 양식'임에는 틀림없다. 그는 「이 공동의 아침에」에서 "아아 우리들의 기도는/마침내 어디쯤에서 실현될 것인가"라고 묻고 있는데, 비판이 항상 동적인 상상력을 요구하는 것이란 점에서 '마침내'란 부사는 어색한 것임에 틀림없다. 열차가 정지하면 그것은 고철에 지나지 않고 자아가 비판을 중지하면 사람이란 육괴에 지나지 않는다. 그때 우리들의 식량은 썩어 버릴 것임에 틀림없다.

이렇게 시인의 상상력을 두 종류로 나누어 버리는 것은 심한 개념화가 되어 버릴 염려가 있다. 그럼에도 불구하고 몇몇의 신인들을 통해 상상력의 두 경향을 추출해 보려 한 나의 의도는 상상력이라는 것이 한 상태가 아니며 인간존재 바로 그것이라는 것을 밝히려는 데 있었다. 상상력이란, 동적 상상력은 말할 것도 없이 형태적 상상력까지도, 상태라기보다는 인간존재 자체의 한 변형이다. 그것은 계속 변하고 자신을 조절한다. 동적 상상력은 자아의 표정 아래, 형태적 상상력은 경험의 극점을 배경으로 그렇게 한다.

물론 이 조그마한 글은 퍽 조급한 시도에 지나지 않는다. 인식과 지각의 문제, 고전적 프로이트류의 분석에 대한 정확한 대처, 집단적 무의식과의 연관 같은 것이 여기서는 도통 밝혀져 있지 않기 때문이다. 또한 왜 하필이면 예 든 여섯 명만이 시인이 되었고 우리들은 그렇지 못했느냐는 질문에는 충분한 대답을 들려줄 수 없는 형편이다. 나로서는 우리나라에서 거의 등한시되어 온 시인 심리 분석의 한 양태를 보여 주는 것만으로 만족할 수밖엔 없다.

(『사계』 2호, 1967)

지성적 논리의 매력

"4·19는 우리의 첫사랑이었다."(조지훈)라는 말이 아름다운 것처럼 "나는 늘 4·19 세대로 사유한다"(김현) 라는 말은 매혹적이다. 김현이 4·19를 맞은 것은 대학에 갓 들어온 1학년 1학기 때였다. 대학 신입생으로 4·19를 겪었음에도 불구하고 그는 4·19가 주는 정신적 아우라 속에 평생을 보내려 했다. 정신의 자유로 정치의 자유를 얻을 수 있다는 문학적 이념이 4·19 정신 안에 내장되어 있다고 믿었기 때문이다. 정치적 담론의 파장이 문학의 영역보다 더 넓게 확산되기 시작한 1980년대 이후 자유 추구의 경향은 상당한 난관에 봉착하게 된다. 4·19 세대로서의 문화적 실천조차 상당한 제약을 받던 40대 중반 이후 그의 건강은 급격히 나빠졌고, 1990년 6월 49세의 나이로 세상을 떠남으로써 4·19적 사유의 비평은 종언을 고한다. 그런 점에서 "나는 늘 4·19 세대로 사유한다"라는 말은 그의 운명을 예고한 것이기도 했다.

조숙한 천재답게 대학 3학년 때 평론으로 등단하고 시와 평론을 함께 쓰던 김현은 시간이 지나면서 평론가로 자리를 잡게 되는데, 평론가로서 뚜렷이 자신을 내세운 글이 바로 이 글이다. 장 이티에의 책에서 이론의 근거를 찾아 당대의 시 작품을 대상으로 상상력이 작동하는 양상을 검토한 작업이다. 시의 분석은 크게 시 미학, 시인 심리학, 독자 심리학, 시 전파 사회학 등 네 영역으로 나눌 수 있는데, 한국의 시 비평이 이 네 범주를 혼동하는 것이 문제라고 비판하면서, 자신은 시인 심리학 중 특히 상상력의 문제를 검토하겠다고 자신의 논지를 뚜렷이 밝혔다. 이처럼 이론의 근거를 밝히고 자신의 논지를 뚜렷이 내세운 다음 작품을 비평하는 방식은 당시의 상황에서 흔한 일이 아니었다. 그의 문장은 미문이 아니었지만 상당히 정확한 논리를 구사한다는 점에서 거의 독보적인 자리에 놓였다. 그는 논리가 명확했고 문장이 정확했으며 시를 읽는 데 있어서도 대단히 정밀한 분석력을 발휘했다.

그는 상상력을 형태적 상상력과 동적 상상력으로 나누고 그 둘이 어떤 특징을 지니는가를 설명했다. 이것은 분명 작가 심리학에 바탕을 둔 작업이지만, 정신분석학의 입장과는 다른, 당시로서는 아직 검증되지 않은 가설을 도입한 것이다. 과거의 사물에 집착을 보이는 시인은 그 사물에 대한 기억이 콤플렉스로 작용하여 현재의 어떤 대상을 과거의 흔적으로 받아들이게 됨으로써 과거의 형태를 반영한 이미지를 상상한다는 것이다. 여기에 비해 동적 이미지에 관심을 보이는 시인은 과거의 사물보다 자신의 내면을 스쳐간 감정의 질감에 민감한 반응을 보이며 현재의 상태에서 정신을 구속하는 힘에 콤플렉스를 느낀다. 이 두 가지 상상력에 대한 설명은 다소 모호한 점이 있다. 그러나 그 추상적 모호함은 시를 분석하는 과정에서 상당 부분 해소된다. 이것이 김현 비평이 갖고 있는 최대의 강점이다. 그는 작품 분석의 섬세함을 통해 이론의 난점을 극복해 갔다.

김현은 사태를 편견 없이 바라보기 위해 신인들의 작품에서 실례를 찾아보겠다고 밝히고, 형태적 상상력이 나타나는 예로 최하림, 김화영, 이승훈의 시를 들었다. 김화영은 여자, 이승훈은 어머니, 최하림은 가난에 경험의 초점이 집중되는데, 최하림에게는 색다른 전이가 나타난다고 보았다. 그는 이 세 시인의 시구 일부만 인용하면서도 각 시행이 지닌 이미지가 여자, 어머니, 가난에 집중된다는 것과 그것이 형태적 상상력에 속한다는 것을 요령 있게 설명했다. 김현의 탁월한 재능이 발휘되는 곳은 최하림 시의 변주를 설명하는 대목이다. 최하림의 시는 가난과 기아와 기근을 노래하면서도 다른 한쪽에 유려하고 화사한 이미지를 배치하고 있는데, "이 두 군의 이미지는 한편의 붕괴를 전제로 한다"고 밝혔다. 분명 외국어 번역문 투에 속하는 이 문체는 김승옥 소설이 터뜨린 감수성의 혁명 못지않게 젊은 세대에게 급속도로 번져 문체의 변혁을 이루게 했다. 김현은 더 나아가 최하림의 형태적 이미지가 '존재자의 근본적 양태'를 탐색하는 방향으로 나아가고 있음을 밝혔다. 이것은 형태적 상상력이 동적 상상력으로 전환하고 있음을 암시한 것이다. 이처럼 그는 섬세한 시 분석의 결과를 본인이 설정한 이론의 전제와 일치시키려는 노력을 보였다.

동적 상상력이 작용한 예로는 이성부, 강호무, 정현종의 시를 들었다. 이들의 시는 과거의 경험에 초점을 두지 않기 때문에 다양한 양상으로 관심이 분산된다. "이성부의 경우에는 생활의 칙칙함에 대한 계속적인 분노가, 강호무의 경우에는 우연의 극대화가, 정현종의 경우에는 정신의 높은 유희가 보여진다"고 했는데, 이러한 간결한 집약의 실제 내용을 보면 그 명명이 얼마나 적실하게 이루어진 것인지 감탄하게 된다. 시인의 작품 세계를 간단한 어구로 정리하는 방법 역시 그 후의 비평가들에게 상당히 큰 영향을 주었다. 동적 상상력을 분석하는 대목에서는 상상력 자체가 자유분방한 모습을 보이기 때문에 김현의 문장도 활기를 띤다.

특히 정현종의 자유로운 의식의 흐름과 이미지의 교차, 시행의 변이가 가져다주는 탄력성을 설명하는 부분은 김현 이전의 비평에서는 볼 수 없었던 지적인 신선감을 안겨 준다. 정현종의 상상력이 자유분방한 모습을 보이면서도 현실과 연결된다는 사실을 암시한 다음 구절은 모방하고 싶을 정도로 매혹적이다. "그 질감이 수학적인 정확성을 배반한다는 의미에서 그는 상상력의 찬란한 성 속에 있는 것이지만, 그 관념의 성의 상상력이 현실 속으로 계속 전이되는 것을 방해하지 않는다는 점에서 그는 높은 정신의 단련술사인 셈이다."

강호무의 시는 동적 상상력을 주로 나타내지만 그의 시어는 형태적 이미지의 흔적을 보여 주고 있다. 이 점을 예리하게 포착한 김현은 다음과 같은 문장으로 그 특징을 요약하였다. "그의 상상력은 형태적인 상상력을 추구하는 순간을 향락하는 동적 상상력이다." 또 이성부는 현재의 상황에 대한 비판을 동적 상상력으로 보여 주는데, '마침내'라는 부사는 비판의 역동성을 표현하는 데 어울리지 않는다고 지적했다. "열차가 정지하면 그것은 고철에 지나지 않고 자아가 비판을 중지하면 사람이란 육괴에 지나지 않는다"고 보았기 때문이다.

김현은 분석 작업을 끝내면서 상상력의 문제가 결국 인간존재의 한 변형에 해당한다는 사실을 암시했다. 시적 상상력도 인간의 존재 문제와 관련된 것임을 드러내려 한 것이다. 개별적 사실에서 일반적 원칙을 이끌어 내려 한 태도가 그를 대형 비평가로 성장시킨 동력이 되었다. 그 출발점에 놓인 이 글에서 우리는 지성이 빚어낸 논리의 성확성과 분석의 섬세함을 경이로운 눈으로 바라보게 된다.

13

김수영의 「시여, 침을 뱉어라」

시여, 침을 뱉어라 – 힘으로서의 시의 존재

김수영

나의 시에 대한 사유는 아직도 그것을 공개할 만한 명확한 것이 못
된다. 그리고 그것을 조금도 부끄럽게 생각하고 있지 않다. 이러한 나
의 모호성은 시작詩作을 위한 나의 정신 구조의 상부 중에서도 가장 첨
단의 부분을 차지하고 있는 것이고, 이것이 없이는 무한대의 혼돈에
의 접근을 위한 유일한 도구를 상실하는 것이 되기 때문이다. 가령 교
회당의 뾰족탑을 생각해볼 때, 시의 탐침探針은 그 끝에 달린 십자가의
십자의 상반부의 창끝이고, 십자가의 하반부에서부터 까마아득한 주
춧돌 밑까지의 건축의 실체의 부분이 우리들의 의식에서 아무리 정연
하게 정비되어있다 하더라도, 시작상으로 그러한 명석의 개진은 아무
런 보탬이 못되고, 오히려 방해가 되는 것이다. 시인은 시를 쓰는 사람
이지 시를 논하는 사람이 아니며, 막상 시를 논하게 되는 때에도 그는
시를 쓰듯이 논해야 할 것이다.

그러면 시를 쓴다는 것은 무엇인가. 그리고 시를 논한다는 것은 무

엇인가. 그러나 이에 대한 답변을 하기 전에 이 물음이 포괄하고 있는 원주가 바로 우리들의 오늘의 세미나의 논제인, 시에 있어서의 형식과 내용의 문제와 동심원을 이루고 있다는 것을 우리들은 쉽사리 짐작할 수 있는 것이다. 따라서 시를 쓴다는 것─즉 노래─이 시의 형식으로서의 예술성과 동의어가 되고, 시를 논한다는 것이 시의 내용으로서의 현실성과 동의어가 된다는 것도 쉽사리 짐작할 수 있는 것이다.

사실은 나는 20여 년의 시작 생활을 경험하고 나서도 아직도 시를 쓴다는 것이 무엇인지를 잘 모른다. 똑같은 말을 되풀이하는 것이 되지만, 시를 쓴다는 것이 무엇인지를 알면 다음 시를 못 쓰게 된다. 다음 시를 쓰기 위해서는 어직까지의 시에 대한 사변을 모조리 파산을 시켜야 한다. 혹은 파산을 시켰다고 생각해야 한다. 말을 바꾸어 하자면, 시작은 '머리'로 하는 것이 아니고, '심장'으로 하는 것도 아니고, '몸'으로 하는 것이다. '온몸'으로 밀고 나가는 것이다. 정확하게 말하자면, 온몸으로 동시에 밀고 나가는 것이다.

그러면 온몸으로 동시에 무엇을 밀고 나가는가. 그러나─나의 모호성을 용서해 준다면─'무엇을'의 대답은 '동시에'의 안에 이미 포함되어 있다고 생각된다. 즉 온몸으로 동시에 온몸을 밀고 나가는 것이 되고, 이 말은 곧 온몸으로 바로 온몸을 밀고 나가는 것이 된다. 그런데 시의 사변에서 볼 때, 이러한 온몸에 의한 온몸의 이행이 사랑이라는 것을 알게 되고, 그것이 바로 시의 형식이라는 것을 알게 된다.

그러면 이번에는 시를 논한다는 것이 무엇인가를 생각해보자. 나는 이미 '시를 쓴다'는 것이 시의 형식을 대표한다고 시사한 것만큼, '시를 논한다'는 깃이 시의 내용을 가리키는 것이라는 전제를 한 폭이 된다. 내가 시를 논하게 된 것은─속칭 '시평'이나 '시론'을 쓰게 된 것은— 극히 최근에 속하는 일이고, 이런 의미의 '시를 논한다'는 것이, 시의 내용으로써 '시를 논한다'는 본질적인 의미에 속할 수 없다는 것을 알면서도, 구태여 그것을 제일의적第一義的인 본질적인 의미 속에 포함시켜 생각해 보려고 하는 것은 논지의 진행상의 편의 이상의 어떤 의미가 있을 것 같기 때문이다. 구태여 말하자면 그것은 산문의 의미이고, 모험의 의미이다.

시에 있어서의 모험이란 말은 세계의 개진, 하이데거가 말한 '대지의 은폐'의 반대되는 말이다. 엘리엇의 문맥 속에서는 그것은 '의미 대 음악'으로 되어 있다. 그리고 엘리엇도 그의 온건하고 주밀한 논문 「시의 음악」의 끝머리에서 "시는 언제나 끊임없는 모험 앞에 서 있다"라는 말로 '의미'의 토를 달고 있다. 나의 시론이나 시평이 전부가 모험이라는 말은 아니지만, 나는 그것들을 통해서 상당한 부분에서 모험의 의미를 연습해 보았다. 이러한 탐구의 결과로, 나는 시단의 일부의 사람들로부터 참여시의 옹호자라는 달갑지 않은, 분에 넘치는 호칭을 받고 있다.

산문이란, 세계의 개진이다. 이 말은 사랑의 유보로서의 '노래'의 매력만큼 매력적인 말이다. 시에 있어서의 산문의 확대 작업은 '노래'의 유보성에 대해서는 침공侵攻적이고 의식적이다. 우리들은 시에 있어서의 내용과 형식의 관계를 생각할 때, 내용과 형식의 동일성을 공간적으로 상상해서, 내용이 반 형식이 반이라는 식으로 도식화해서 생각해서는 아니 된다. '노래'의 유보성, 즉 예술성이 무의식적이고 은성적이기는 하지만, 그것은 반이 아니다. 예술성의 편에서는 하나의 시 작품은 자기의 전부이고, 산문의 편, 즉 현실성의 편에서도 하나의 작품은 자기의 전부이다. 시의 본질은 이러한 개진과 은폐의, 세계와 대지의 양극의 긴장 위에 서 있는 것이다.

그런데 여기에서 중요한 것은 시의 예술성이 무의식적이라는 것이다. 시인은 자기가 시인이라는 것을 모른다. 자기가 시의 기교에 정통하고 있다는 것을 모른다. 그리고 그것은 시의 기교라는 것이 그것을 의식할 때는 진정한 기교가 못 되기 때문에 그렇게 되는 것이다. 시인이 자기의 시인성을 깨닫지 못하는 것은, 거울이 아닌 자기의 육안으로 사람이 자기의 전신을 바라볼 수 없는 거나 마찬가지이다. 그가 보는 것은 남들이고, 소재이고, 현실이고, 신문이다. 그것이 그의 의식이다. 현대시에 있어서는 이 의식이 더욱더 정예화精銳化—때에 따라서는 신경질적으로까지—되어 있다. 이러한 의식이 없거나, 혹은 지극히 우발적이거나, 수면 중에 있는 시인이 우리들의 주변에는 허다하게 있지만, 이런 사람들을 나는 현대적인 시인이라고 부를 수는 없다.

현대에 있어서는 시뿐만이 아니라 소설까지도, 모험의 발견으로서 자기 형성의 차원에서 그의 '새로움'을 제시하는 것이 문학자의 의무로 되어있다. 지극히 오해를 받을 우려가 있는 말이지만, 나는 소설을 쓰는 마음으로 시를 쓰고 있다. 그만큼 많은 산문을 도입하고 있고 내용의 면에서 완전한 자유를 누리고 있다. 그러면서도 자유가 없다. 너무나 많은 자유가 있고, 너무나 많은 자유가 없다. 그런데 여기에서 또 똑같은 말을 되풀이하게 되지만, "내용의 면에서 완전한 자유를 누리고 있다"는 말은 사실은 '내용'이 하는 말이 아니라, '형식'이 하는 혼잣말이다. 이 말은 밖에 대고 해서는 아니될 말이다. '내용'은 언제나 밖에다 대고 "너무나 많은 자유가 없다"는 말을 해야 한다. 그래야지만 "너무나 많은 자유가 있다"는 '형식'을 정복할 수 있고, 그때에 비로소 하나의 작품이 간신히 성립된다. '내용'은 언제나 밖에다 대고 "너무나 많은 자유가 없다"는 말을 계속해서 지껄여야 한다. 이것을 계속해서 지껄이는 것이 이를테면 38선을 뚫는 길인 것이다. 낙숫물로 바위를 뚫을 수 있듯이, 이런 시인의 헛소리가 헛소리가 아닐 때가 온다. 헛소리다! 헛소리다! 헛소리다! 하고 외우다 보니 헛소리가 참

말이 될 때의 경이. 그것이 나무아미타불의 기적이고 시의 기적이다. 이런 기적이 한 편의 시를 이루고, 그러한 시의 축적이 진정한 민족의 역사의 기점이 된다. 나는 그런 의미에서는 참여시의 효용성을 신용하는 사람의 한 사람이다.

나는 아까 서두에서 시에 대한 나의 사유가 아직도 명확한 것이 못되고, 그러한 모호성은 무한대의 혼돈에의 접근을 위한 도구로서 유용한 것이기 때문에 조금도 부끄러울 것이 없다는 말을 했다. 그리고 이러한 모호성의 탐색이 급기야는 참여시의 효용성의 주장에까지 다다르고 말았다. 그러나 나는 아직까지도 '여직까지 없었던 세계가 펼쳐지는 충격'을 못 주고 있다. 이 시론은 아직도 시로서의 충격을 못 주고 있는 것이다. 그 이유는 여직까지의 자유의 서술이 자유의 서술로 그치고, 자유의 이행을 하지 못한 데에 있다. 모험은, 자유의 서술도 자유의 주장도 아닌 자유의 이행이다. 자유의 이행에는 전후좌우의 설명이 필요 없다. 그것은 원군援軍이다. 원군은 비겁하다. 자유는 고독한 것이다. 그처럼, 시는 고독하고 장엄한 것이다. 내가 지금—바로 지금 이 순간에—해야 할 일은 이 지루한 횡설수설을 그치고, 당신의, 당신의, 당신의 얼굴에 침을 뱉는 일이다. 당신이, 당신이, 당신이 내 얼굴에 침을 뱉기 전에……. 자아 보아라, 당신도, 당신도, 당신도, 나도 새로운 문학에의 용기가 없다. 이러고서도 정치적 금기에만 다치지 않는 한, 얼마든지 '새로운' 문학을 할 수 있다는 말을 할 수 있겠는가. 정치적 자유를 인정하지 않는 사회에서는 개인의 자유도 인정하지 않는다. '내용'을 인정하지 않는 사회에서는 '형식'도 인정하지 않는 것이다. 이러한 문학의 성립의 사회 조건의 중요성을 로버트 그레이브스[1]는 다음과 같은 평범한 말로 강조하고 있다.

1 Robert Graves(1895~1985). 영국의 시인 겸 소설가, 비평가.

사회생활이 지나치게 주밀하게 조직되어서, 시인의 존재를 허용하지 않게 되는 날이 오게 되면, 그때는 이미 중대한 일이 모두 다 종식되는 때다. 개미나 벌이나, 혹은 흰개미들이라도 지구의 지배권을 물려받는 편이 낫다. 국민들이 그들의 '과격파'를 처형하거나 추방하는 것은 나쁜 일이고, 또한 국민들이 그들의 '보수파'를 처형하거나 추방하는 것은 마찬가지로 나쁜 일이다. 하지만, 사람이 고립된 단독의 자신이 되는 자유에 도달할 수 있는 간극이나 구멍을 사회 기구 속에 남겨 놓지 않는다는 것은 더욱더 나쁜 일이다—설사 그 사람이 다만 기인이나 집시나 범죄자나 바보 얼간이에 지나지 않는다 하더라도.

이 인용문에 나오는 기인이나, 집시나, 바보 멍텅구리는 '내용'과 '형식'을 논한 나의 문맥 속에서는 물론 후자 즉 '형식'에 속한다. 그리고 나의 판단으로는 아무리 너그럽게 보아도 우리의 주변에서는 기인이나 바보 얼간이들이, 자유당 때하고만 비교해 보더라도 완전히 소탕되어 있다. 부산은 어떤지 모르지만, 서울의 내가 다니는 주점은 문인들이 많이 모이기로 이름난 집인데도 벌써 주정꾼다운 주정꾼 구경을 못 한 지가 까마득하게 오래된다. 주정은커녕 막걸리를 먹으러 나오는 글 쓰는 친구들의 얼굴이 메콩 강변의 진주를 발견하기보다도 더 힘이 든다. 이러한 '근대화'의 해독은 문학 주점에만 한한 일이 아니다.

그레이브스는 오늘날의 '서방 측의 자유세계'에 진정한 의미의 자유가 없는 것을 개탄하면서, 계속해서 이렇게 말하고 있다. "그(서방 측의 자유세계의) 시민들의 대부분은 군거群居하고, 인습에 사로잡혀 있고, 순종하고, 그 때문에 자기의 장래에 대해 책임을 질 것을 싫어하고, 만약에 노예제도가 아직도 성행한다면 기꺼이 노예가 되는 것도 싫어하지 않을 정도다. 하지만 종교적·정치적, 혹은 지적 일치를 시민들에게 강요하지 않는 의미에서, 이 세계가 자유를 보유하는 한 거기에 따르는 혼란은 허용되어야 한다." 이 인용문에서 우리들이 명심해야 할 점은 '혼란은 허용되어야 한다'는 것이다. 나는 자유당 때의 무기력과 무능을 누구보다도 저주한 사람 중의 한 사람이지만, 요즘 가만히 생각해 보면 그 당시에도 자유는 없었지만, '혼란'은 지금처럼 이렇게 철저하게 압제를 받지 않은 것이 신통한 것 같다. 그러고 보면 '혼란'이 없는 시멘트 회사나 발전소의 건설은, 시멘트 회사나 발전소가 없는 혼란보다 조금도 나을 게 없는 것 같은 생각이 든다. 이러한 자유와 사랑의 동의어로서의 '혼란'의 향수가 문화의 세계에서 싹트고 있다는 것은, 그것이 아무리 미미한 징조에 불과한 것이라 하더라도 지극히 중대한 일이다. 그리고 이러한 문화의 본질적 근원을 발효시키는 누룩의 역할을 하는 것이 진정한 시의 임무인 것이다.

시는 온몸으로, 바로 온몸을 밀고 나가는 것이다. 그것은 그림자를 의식하지 않는다. 그림자에조차도 의지하지 않는다. 시의 형식은 내용에 의지하지 않고 그 내용은 형식에 의지하지 않는다. 시는 그림자에조차도 의지하지 않는다. 시는 문화를 염두에 두지 않고, 민족을 염두에 두지 않고, 인류를 염두에 두지 않는다. 그러면서도 그것은 문화와 민족과 인류에 공헌하고 평화에 공헌한다. 바로 그처럼 형식은 내용이 되고, 내용이 형식이 된다. 시는 온몸으로, 바로 온몸을 밀고 나가는 것이다.

이 시론도 이제 온몸으로 밀고 나갈 수 있는 순간에 와 있다. '막상 시를 논하게 되는 때에도' 시인은 '시를 쓰듯이 논해야 할 것'이라는 나의 명제의 이행이 여기 있다. 시도 시인도 시작하는 것이다. 나도 여러분도 시작하는 것이다. 자유의 과잉을, 혼돈을 시작하는 것이다.

모기 소리보다도 더 작은 목소리로 시작하는 것이다. 모기 소리보다도 더 작은 목소리로 아무도 하지 못한 말을 시작하는 것이다. 아무도 하지 못한 말을. 그것을―

(펜클럽 문학 세미나, 부산, 1968. 4. 13.)

내용과 형식의 총체성

1968년 4월 13일 부산에서 열렸던 펜클럽 문학 세미나의 주제는 '시의 형식과 내용'이었고, 김수영은 이 세미나의 발제를 맡아「시여, 침을 뱉어라」라는 독특한 제목으로 자신의 견해를 발표했다. 이 발표문의 서두에서 그는 '모호성'에 대해 먼저 거론하였다. 모호성이야말로 자신의 시 창작의 가장 중요한 부분이고, 자신은 시인이기 때문에 시를 논할 때에도 시를 쓰듯이 논해야 한다고 말했다. 그는 모호성을 건축에 비유하여 설명했지만, 이 비유 자체가 모호해서 왜 모호성이 시 창작의 중요한 부분인지 이해가 되지 않는다. 이 모호성의 개념을 파악하기 위해서는 김수영의 시작 방법에 대한 이해가 선행되어야 한다.

김수영은 평범한 서술의 언어보다는 교묘하게 변형된 언어를 사용하여 의미의 함축을 넓히려는 시도를 끊임없이 펼쳤다. 그는 이것을 '언어의 서술'과 '언어의 작용' 사이의 긴장이라는 말로 바꾸어 설명하기도 했다. 이런 시작 방법 때문에 그의 시에는 한 번 읽어서 쉽게 그 뜻이 파악되지 않는 의미의 잉여 부분이 늘 남게 된다. 그런데 공교롭게도 이 모호성은 독자들에게 지적 호기심과 지적 쾌감을 동시에 유발하는 기능을 했다. 이러한 모호성의 창조와 함께 그는 우리 사회에 도사리고 있는 사회적 억압에 대한 비판적 반응을 적극적으로 표출했다. 그의 시는 현실의 모순에 대한 고발이라든가 더 나아가 정치적 억압에 대한 부정의 태도로 해석할 수 있는 요소를 다분히 함유하고 있다. 특히 그의 시론이나 월평, 또는 산문에서 그런 쪽의 발언을 더욱 적극적으로 전개했다. 요컨대 그의 시의 특징은 모호성을 동반한 언어 표현의 새로움과 현실 인식이라고 지칭되는 사회정치적 억압에 대한 비판으로 압축된다. 이 그는 죽기 직전까지 두 측면을 그야말로 온몸으로 밀고 나갔다.

김수영 시선 『거대한 뿌리』(민음사, 1974. 9.) 해설에서 김현은 "그의 예술적 전언은 폭로주의적 입장에 서 있는 민중주의자들이나, 낯선 이미지의 마주침이라는 기교를 원래의 초현실주의적 정신과 관련 없이 사용하는 기교주의자들의 비판의 대상이 되고 있다"는 발언을 했다. 이것은 김수영 시의 두 가지 특징을 역으로 서술한 것이다. 김수영은 시를 대상의 조용한 관조나 개인의 감정적 반응을 나타내는 것으로 보는 태도에서 벗어나, 역동적 현실과 관련지어 자신의 내적 고뇌를 드러내는 방식으로 인식하고, 내적 고뇌를 드러내기 위한 새로운 스타일의 창조에 전념했다. 그러나 사고가 그렇게 논리적이지 못한 그는 자신의 생각을 논리 정연하게 서술하지 못하고 시적인 어법으로 비유를 통해 언급하는 데 그쳤다. 자신의 체질을 누구보다 잘 아는 김수영은 시론의 서두 부분에 모호성에 대한 언급을 하여 자신의 논리적 미숙성을 합리화하고자 한 것이다.

그는 형식과 내용이 구분될 수 없는 것이라는 생각을 뚜렷이 가지고 있었는데, 이것을 직선적으로 서술하지 않고 '시는 온몸으로 온몸을 밀고 나가는 것'이라는 비유의 어법으로 이야기했다. 온몸에 의한 온몸의 이행이 사랑이고, 그것이 바로 시의 형식이라고 말했다. 이것 역시 논리에서 벗어난 비유의 어법이다. 바로 이어서 시의 내용에 해당하는 것은 산문의 의미이고 모험의 의미라고 다시 비유적으로 서술했다. 그러니까 사랑은 시의 형식이고 모험은 시의 내용이며, 노래는 시의 형식이고 산문은 시의 내용이라는 도식이 가능해진다. 이것만으로는 형식과 내용에 대한 설명이 충분치가 않다. 그래서 그는 다시 하이데거의 '세계의 개진', '대지의 은폐'라는 말을 가져와 자신의 논리를 보강하려 했다. 시의 내용, 즉 산문은 세계의 개진이며, 시의 형식, 즉 노래는 대지의 은폐인 것이다. 그는 이 두 개념을 다시 현실성과 예술성이라는 말로 바꾸어 사용했다.

여기까지는 시의 내용과 형식에 대해 그야말로 궁여지책으로 이론과 논리를 끌어들여 두 측면의 특성을 설명하려 한 것이다. 그리고 이두 측면의 특성을 설명한 대목에는 유사한 설명이 반복되었을 뿐 김수영의 독창성은 그리 발휘되지 않았다. 바로 그다음 대목에서 김수영은 그의 독창성이 담긴 뛰어난 명언을 남기게 되는데, 그것이 "예술성의 편에서는 하나의 시 작품은 자기의 전부이고, 산문의 편, 즉 현실성의 편에서도 하나의 작품은 자기의 전부이다. 시의 본질은 이러한 개진과 은폐의, 세계와 대지의 양극의 긴장 위에 서 있는 것이다"라는 구절이다. 즉 시를 쓰는 시인은 시의 형식과 내용을 구분하지 않고 자신의 전력을 기울여 작품을 창조하기 때문에 형식의 측면에서건 내용의 측면에서건 작품이 자신의 전체가 된다는 설명이다. 요컨대 하나의 완성된 작품에는 시인이 담아내려 한 예술성과 현실성이 총체적으로 구현되어 있다는 뜻이다.

　주제에 해당하는 말을 완성한 김수영은 한국 사회의 현실로 눈을 돌려 시의 내용을 제한하는 정치적 폐쇄성에 대해 언급한다. 자신이 나타내려는 바를 형식을 통해 총체적으로 드러내는 것이 시이므로 시의 형식은 내용에 대해 완전한 자유를 누리고 있다고 말한다. 그러나 그것은 완성된 작품 내부의 문제이다. 표현의 자유 측면에서 보자면 당시 상황에서 시의 내용이 많은 제한을 받는 실정이기 때문에 내용은 외부 현실을 향해 자유가 없다고 말할 수밖에 없다. 김수영은 시의 형식은 사랑이고 내용은 모험이라고 앞에서 비유했다. 사랑과 모험은 시에서 합일을 이루지만, 모험은 외부를 향해 자신의 목소리를 계속 토해 내며 정치적 억압을 뚫는 모험적 행동을 감행해야 한다. 모험은 자유의 서술이나 자유의 주장이 아니라 자유의 이행이기 때문이다. 자유의 이행을 위한 실천이 필요한 것이지 구구한 담론은 사족이고 췌사에 불과하다. 지루한 횡설수설을 그치고, 당신의 얼굴에 침을 뱉으라는 것은 바로 그러한 의미를 담은 것이다.

　자유의 이행을 위한 모험(내용)이 필요하고, 그 모험을 시에 담아내는 사랑(형식)이 필요하다. 그리고 그 사랑은 또 다른 모험을 요구한다. 이처럼 형식이 내용이 되고 내용이 형식이 되는 것을 온몸으로 온몸을 밀고 나가는 것이라고 표현했다. 이것은 담론의 나열보다 이행과 실천을 요구한다. 비록 모기 소리보다 작은 목소리지만 아무도 하지 못한 말을 지금 시작하는 것. 그것이 바로 온몸으로 온몸을 밀고 나가는 것이고, 사랑과 모험이 완전한 육체로 합일되는 창작의 경지이다. 김수영은 "시여, 침을 뱉어라"라는 도전적인 구호로 시대의 전위에 설 수 있는 첨단의 시정신을 강조한 것이다. 이 말을 유언처럼 남기고 그는 두 달 후 난데없는 교통사고로 느닷없이 세상을 떠나고 말았다.

14
—
김지하의 「풍자냐 자살이냐」

풍자냐 자살이냐

김지하

누이야

풍자가 아니면 자살이다[1]

이것은 김수영 시의 한 구절이다. 이 시구 속에 들어 있는 딜레마, 풍자와 자살이라는 두 개의 화해할 수 없는 극단적 행동 사이의 상호 충돌과 상호 연관은 오늘 이 땅에 살아 있는 젊은 시인들에게 그들의 현실 인식과 그들의 시적 행동에 있어서 매우 중요한 관건적인 문제의 하나로 되고 있다. 풍자도 자살도 마찬가지로 현실의 일정한 상황과 예민한 시인 의식 사이의 대결 과정에서 발생하는 것이다. 고인의 세대에 대해서와 마찬가지로 여전히 아니 그보다 더욱더 혹독하게 현실의 상황은 젊은 시인들의 의식 위에 견디기 힘든 고문을 가하고 있

---

1 김수영의 시 「누이야 장하고나」의 첫 구절로, 원문은 "누이야/풍자가 아니면 해탈이다"로 되어 있다.

으며 모멸에 찬 수치스런 시대의 낙인을 찍고 있다. 이 정신적 고문과 영혼 속에 깊이 찍힌 이 낙인은 그들을 매우 초조하게 만들고 있으며 이것이냐 저것이냐를 결단하도록 조급하게 강요한다. 괴로움 속에서도 결단을 끝없이 보류함에 의하여 찰나의 자유를 확보하려는 사람도 있고 때로는 속박당한 이 실존을 의식의 내부에서 초월하려는 사람도 있다. 그러나 그런 사람들마저도 압도하는 물신의 거대한 발아래 버르적거리는 한 편의 섬세하고 아름다운 서정시 속의 초월이 너무나 애잔하고 너무나 초라하고 너무나 무력하다는 명백한 사실 앞에 분노를 느낀다. 이 분노와 동시에 시인은 또한 이렇게 분노한 표현들이 이제껏 뜬세상의 야유와 비웃음 아래 그 얼마나 처참하고 우스꽝스럽게도 희화화되어 버렸던가를 생각한다. 외치면 외칠수록 공허해지고, 가라앉으면 가라앉을수록 답답하다. 삶은 하나의 불가사의한 괴물처럼 보인다. 이 괴물의 선회 속에 말려 버리든가 아니면 멀리 달아나 버리든가 두 길밖에 없는 것처럼 보인다. 시는 삶으로부터 떨어져 나간 한 조각의 휴지거나 일상적인 삶 자체보다, 하나의 유행가 구절보다 더 나을 것 없는 도로徒勞로 전락한다. 시는 일단 물신의 폭력 아래 여지없이 패배한 것처럼 보인다. 암흑시만이 유일한 진실의 표현으로 보인다. 시 자체가 이미 역사적으로 멸망해 버린 양식처럼 보인다. 그러나 이 명백한 패배의 시간이야말로 시의 패배를 물신의 폭력에 대한 창조적 정신과 시의 승리로 뒤바꿀 수 있는 절호의 기회이기도 한 것이다. 불가사의한 이 삶을 지배하는 저 물신의 폭력이 시인 의식 위에 가한 고문과 낙인은 시인의 가슴에 말할 수 없이 깊고 짙고 끈덕진 비애를 응결시킨다. 폭력은 그 폭력의 피해자 속에서 비애로 전화되는 것이다. 해소되지 않고 지속되며, 약화되지 않고 날이 갈수록 더욱더 강화되는 동일한 폭력의 경험 과정은 무한한 비애 위에 더욱 무한한 비애를, 미칠 것 같은 비애 위에 더욱 미칠 것 같은 비애를 축적한다. 이 무한한 비애 경험의 집합, 이 축적을 우리는 한恨이라고 부른다. 한은 생명력의 당연한 발전과 지향이 장애에 부딪쳐 좌절되고 또다시 좌절되는 반복 속에서 발생하는 독특한 정서 형태이며 이 반복 속에서 퇴적되는 비애의 응어리인 것이다. 가해당한 폭력의 강도와 지속도가 높고 길수록 그만큼 비애의 강도도 높아지고 한의 지속도는 길어진다. 비애가 지속되고 있고 한이 응어리질 대로 응어리져 있는 한, 부정否定은 결코 종식되는 법이 없으며 오히려 부정은 폭력적인 자기표현의 길로 들어서는 법이다. 비애야말로 패배한 시인을 자살에로 떨어뜨리듯이 그렇게 또한 시적 폭력에로 그를 떠밀어 올리는 강력한 배력背力이며, 공고한 저력이다. 비애에 의거하여, 한의 탄탄한 도약대의 그 미는 힘에 의거하여 드디어 시인은 시적 폭력에 이르고 드디어 시적 폭력으로 물신의 폭력에 항거한다. 가장 치열한 비애가 가장 치열한 폭력을 유도하는 것이다. 비애와 폭력은 서로 모순되면서 동시에 서로 함수관계 속에 있다. 폭력이 없으면 비애도 없고, 비애가 없으면 폭력도 없다.

　김수영 시인의 이른바 '풍자가 아니면 자살'이라는 딜레마는 일단 서로 충돌하고 서로 배반하는 극단적인 이율배반 사이의 하나의 결단으로 나타나지만 동시에 그것은 서로 연관되는 것이며 자살로밖에 이를 수 없는 격한 비애가 격한 시적 폭력의 형태 즉 풍자로 전화하는 관계를 함축하고 있다. 현실의 폭력이 시인의 비애로, 시인의 비애가 다시 예술적 폭력으로 전환한다. 폭력이 비애로 응결되는 과정에서 시인이 넋의 삶을 죽이고 육신의 삶을 택할 것인가, 더러운 육신의 삶을 죽이고 깨끗한 넋의 삶을 택할 것인가, 그렇지도 않다면 육신과 넋이 동시에 살 수 있는 어떤 치열한 저항적 삶의 형태를 택할 것인가를 결단해야 되듯이, 응결된 비애가 예술적 폭력으로 폭발하는 과정에서 시인은 마땅히 저항의 형식, 즉 폭력의 표현 방법과 폭력을 가할 방향을 결정해야만 한다. 이 방법의 결정에 있어서 때로 어떤 시인은 비극적 표현에 의한 폭력의 발현에로 나아간다. 이러한 지향의 극단에서 암흑시가 나타난다. 때로 어떤 시인은 희극적 표현에 의한 폭력의 발현에로 나아간다. 이러한 지향의 정점에서 풍자시가 나타난다. 또한 그 방향의 결정에 있어서 때로 어떤 시인은 자기 자신과 자기가 속해 있는 사회 계층에 대한 부정과 자학과 매도에 폭력을 동원하는 곳으로 나아간다. 그러나 때로 어떤 시인은 자기 자신과 자기가 속해 있는 민중의 편에 분명히 서서 자기와 민중을 억압하는 어떤 특수 집단에 대한 부정과 폭로와 고발에 폭력을 동원하는 곳으로 나아간다.

실제에 있어서 흔히 이런 방향과 저런 방법이, 또는 저런 방향과 이런 방법이 시로 배합된다. 한 시인의 작품에 있어서도 여러 가지 형태의 조합이 나타난다. 여기서 중요한 것은 이런 방향에 이런 방법만이 옳다거나 혹은 이러저러한 온갖 산란한 다양성이 다 어쩔 수 없이 옳다거나 하는 일면적인 주장이 아니라, 이러저러한 다양성을 접수하면서도 한 시인이 어떤 방향, 어떤 방법 사이의 어떤 형태의 통일을 자기 작업의 핵심으로 부단히 결단해 나아가며 또 발전시켜 나아가야 하는가에 주의하는 일이다. 그러나 문제가 시적 폭력 표현에로 집약될 경우 변화하는 현실과 우리 생활의 특수성에 비추어 무엇이 가장 바람직한 형태인가는 선명하게 결정되어야 한다. 본래 비극적 표현은 귀족 사회의 산물이며 희극적 표현은 귀족 사회에서 억압당했던 평민 의식의 산물이다. 비극적 표현은 정도의 차이는 있으나 대체로 그 주요한 갈등이 인간과 운명, 또는 인간과 신 사이의 관념적 모순에서 발생한다. 희극적 표현은 정도의 차이는 있으나 대체로 그 주요한 갈등이 인간과 인간, 즉 지배하는 자와 지배받는 자 상호 간의 현실적·구체적인 모순에서 발생한다. 오늘날, 귀족도 평민도 옛날의 그들은 아니다. 이제 그들의 표현만이 남아 있고 그 표현 속에서 빛났던 그들

생활의 적합성은 이미 사라져 버렸다. 새로운 대치가 나타나 있다. 이 새로운 대치의 반영과 예술적 형상화에서 그 표현들이 어떻게 얼마만큼 효력 있는 이월 가치로서 작용하느냐가 문제다. 소박한 의미에서의 비극적 표현에만 전적으로 의존하여 시인 자신과 현실 민중의 비애와 폭력의 발현을 육신화하려는 지향이나, 소박한 의미에서의 희극적 표현에만 전적으로 의존하여 민중과 시인이 받은 폭력과 그 폭력의 지양자가 비애로부터 발생하는 것을 형상화하려는 지향이나 마찬가지로 잘못이다. 중요한 것은 현실의 가장 날카로운 요청의 내용이며, 이 요청에 따라 양자는 새로운 효력성을 지닌 형식가形式價로서의 그 중요성이 결정된다. 이 두 개의 지향은 상호 보완에 의해 서로 어떤 형태의 자기 변경을 이룸으로써 어떤 정도의 새로운 폭력 표현으로 될 수 있다. 그러나 이러한 결합이 절충주의적인 형태로 이루어졌을 때, 또는 장식주의적인 방향에서 시도되었을 때, 그것은 양자의 비유기적인 조직 때문에, 또는 양자의 비현실적인 효력 때문에 폭력의 표현 방식으로는 될 수 없다. 비유기적 조직도 절충주의가 아닌 올바른 미학적 통일 아래서 의도된 몽타주나 갈등의 형태가 아니라면, 장식적인 효력도 비현실적인 의취意趣에 의해서가 아닌 참된 형태적 확신 아래 이루어진 부분적 배합이 아니라면 말이다. 비극적인 것과 희극적인 것의 결합에는 두 가지가 있다. 하나는 애수와 해학 또는 연민과 명랑의 결합이며 다른 하나는 비애와 풍자, 또는 공포와 괴기의 결합이다. 전자는 폭력 표현과 하등의 인연도 없다. 때로 애수와 풍자가, 비애와 해학이 결합되고 때로 연민과 괴기가, 공포와 명랑이 조합된다. 이러한 조합은 그 표현하고자 하는 내용의 복잡성·특수성에 관련된 특수 표현이므로 어떤 독특한 다른 전제가 주어지지 않는 한 역시 폭력 표현의 주 영역은 될 수가 없다.

주 영역은 우연히 비애와 풍자 또는 공포와 괴기의 결합이다. 이러한 결합의 구조는, 두 가지로 이해되어야 한다. 비애와 풍자의 결합에 있어서 그 결합이 하나의 정서 형태로서의 비애 또는 한이 하나의 표현으로서의 대타적 공격 즉 풍자를 유발하고 풍자로 나타나고 풍자 속에서 표출되는 관계라는 것이 그 하나요, 비애의 일반적인 시적 표현형식 즉 이른바 비극적 표현이 비애의 축적물인 한의 독특한 표현형식 즉 풍자 속으로 부분적·특수적인 형식 요소로서 흡수되는 관계라는 점이 그 둘이다. 또 공포와 괴기의 결합에 있어서 그 결합의 첫째는 현실의 폭력이 시인 의식에 반영된 정서 형태로서의 공포가 괴기 즉 그로테스크나 일그러짐(Fratze, 찌푸린 얼굴, 일그러진 모습, 추한 형상)과 같은 왜곡 표현을 필연적으로 요구하게 되는 관계이며, 둘째는 비극적 폭력 표현의 일반 형식인 공포 형식의 체계 속에 극단석인 희극적 표현 방식으로서의 괴기가 흡수되어 비극적 폭력 표현의 형식 요소로 작용하게 되는 관계인 것이다.

모든 형태의 비극적 표현과 희극적 표현의 결합은 아마도 새로운 민족 서사시의 대단원적인 형식 속에서 적절하게 배합되고 탁월하게 통일될 수 있을 것이다. 다만 분명한 것은 공포와 괴기의 결합이 비애와 풍자의 결합의 경우와 마찬가지로 하나의 강력한 폭력 표현이긴 하되 오직 그 하나로서는 오늘날 이 땅에 살아 있는 젊은 시인들이 요청할 만하고 또 요청해야만 되는 폭력 표현 방식은 못 된다는 점이다. 또한 분명한 것은 그것이 시의 패배를 물신의 폭력에 대한 창조적 정신과 시의 승리로 뒤바꿔 놓을 수 있는 폭력 표현으로 될 수도 없으며, 시인의 육신과 넋이 동시에 생활할 수 있는 치열한 저항적 삶의 유일하고 유력한 최고 표현으로 될 수도 없다는 점이다. 공포와 괴기의 결합은 그 맹폭성에 있어서는 강력하나 그것은 절망적·항구석·부성석·잘나석·허무주의적 파괴력의 표현이다. 그것은 죽음의 에네르기이며 사형수의 폭동이다. 그것은 때로 쉽사리 썩은 양식인

극단적 그로테스크로 전락함으로써 장식화되어 버리고, 때로는 불가피하게 괴기나 일그러짐(Fratze)을 포기하고 그 대신 명랑이나 낙수형[2]과 야합함으로써 쉽게 형식적으로 파탄되거나 또는 쉽게 카타르시스에 의하여 사회적 비애를 장기화시키고 사회심리적 폭력의 예봉을 약화시키는 방향으로 떨어진다. 젊은 시인들은 어떤 시적 폭력 표현을 비애와 폭력의 가장 탁월한 통일로 선택할 것인가? 그것은 암흑시인가? 아니다. 암흑시는 비애를 강한 폭력으로 유도하는 촉매이긴 하나, 일정한 정도의 약점을 가지고 있어 야유와 욕설로 가득 찬 군중의 내적·잠재적인 폭력의 시적 형상화에 있어 무력하다. 그것은 초현실주의에게로 기울 위험이 많다. 그러면 공포시인가? 아니다. 공포시는 일상성에 대한 충격에 의해서 굳어지려는 체제 내 의식을 교란할 수는 있으나 산발적인 정서적 표현을 한 방향으로 집중시킬 수가 없으며 그렇기 때문에 부정적 에네르기를 약화 분산시킬 가능성이 더 크다. 그것은 표현주의·다다·즉물주의에로 기울 위험이 많다. 그러면 암흑시, 공포시와 같은 비극적 표현은 저항시로서는 불합격품인가? 아니다. 그것은 특수 효과를 가지고 있다. 그것은 부분적으로 매우 큰 효력을 행사한다. 그러나 오히려 그 효력은 비극적 표현이 폭력을 포기할 때 더 높아질 수 있다. 단순한 비애 표현, 비애의 시가 훨씬 더 강력하다. 가없는 비애의 스며드는 듯한 맑은 표현이 캄캄하고 점착질적이며 잔혹하고 피비린내 나는 비명과 신음과 절망과 짐승의 충혈된 눈들로 가득 찬 지옥의 소리보다 훨씬 더 커다란 호소력을 가지고 있다. 그것은 마치 살육이 끝난 바로 뒤의 침묵한 마을의 여름날 정오, 젊은 병사의 시체 곁에 흔들거리는 한 송이의 작은 들꽃의 묘사가, 막상 그 죽음의 아우성과 유혈의 표현보다도 그 현실 비극성을 더 훌륭히 압

---

2 落首型. 야유와 조롱이 담긴 낙서 형식의 익명 시.

축하하는 것과 같다.

그러나 희극적 표현에 있어서의 단순한 명랑 표현은 이와 다르다. 낙천성·명랑성·쾌활성 등의 무해한 일반 골계만을 효과로 노리는 현실 긍정적인 해학 일류[3]의 소박한 희극적 표현은 사회적 비애와 아무 인연도 없을 뿐 아니라, 비애의 전화물로서의 폭력의 표현과도 인연이 멀다. 이러한 표현 방식은 해학의 영역 가운데서도 특히 낙수落首, 즉 보편 현실을 외면하고 특수 현실만을 희극적으로 전도하는 매우 폭좁은 낙수 형태의 한 측면, 그것도 심미적 측면만을 강조함으로써 들뜬 시절의 사회적 환각제로 타락하기 십상이다. 오직 치열한 비애와 응어리진 한을 바탕으로 하고 비극적 표현을 흡수하는 한편 해학을 광범위하게 배합하면서도 강력한 풍자를 주된 핵심으로 삼는 고양된 희극적 표현만이 새로운 폭력 표현의 유일한 가능성이다. 이것은 단순히 심미적인 낙수나 현실 긍정적인 해학도 아니요, 그렇다고 특수 현실의 전도나 해학 자체를 무시하는 추상적·관념적인 문명 비판형도 아니다. 그것은 외설이나 괴기물 또는 단순한 말장난이나 최소적催笑的인 수사학이나 무의미한 돈강법頓降法, 무내용한 전복顚覆 표현 따위와는 전혀 촌수가 멀다. 또한 그것은 자기 자신과 자기가 속해 있는 민중을 예외 없이 웃음거리로 만들고 모멸과 매도의 주요 대상으로 삼아 그 민중의 변화 발전과 그 민중 속에 있는 자신의 민중적 정서의 급변을 묵살하고 변함없이 초연하게 오직 그 표적만을 적대적으로 계속 공격하고 희화화하는 극단적인 자학과는 구별되어야 한다. 저항적 풍자의 올바른 형식은 암흑시에 투항한 풍자시여서는 안 되며 풍자시를 위장한 암흑시여서도 안 된다. 그것은 민중 가운데에 있는 우매성, 속물성, 비겁성과 같은 부정적 요소에 대해서는 매서운 공격을

---

3 一流. 해학 한 가지로만 흐르는.

아끼지 않지만, 민중 가운데에 있는 지혜로움, 그 무궁한 힘과 대담성과 같은 긍정적 요소에 대해서는 찬사와 애정을 아끼지 않는 탄력성을 그 표현에 있어서의 다양성의 토대로 삼아야 하는 것이다. 저항적 풍자의 밑바닥에는 올바른 민중관이 자리 잡고 있어야 한다. 민중 속에 있는 부정적 요소도 단순히 일률적인 것만은 아니다. 올바르지는 않지만 결코 밉지 않은 요소도 있고, 무식하지만 경멸할 수 없는 요소도 있다. 그리고 겁은 많지만 사랑스러운 요소도, 때 묻고 더럽지만 구수하고 터분해서 마음을 끄는 요소도, 몹시 이기적이긴 하나 무척 익살스러운 요소도 있는 것이다. 민요는 이 요소들의 표현에 모범을 보여 주고 있다. 이러한 요소에 대해서조차 적대적인 폭력을 가한다면, 그러면서도 이 민중 위에 군림한 어떤 집단의 어떤 용서할 수 없는 악덕에 대해서는 일언반구도 내비치지 않는 그러한 풍자가 있다면, 그것은 민중관이 올바르지 못할 뿐만 아니라 사회를 보는 눈이 그릇되어 있는 것이며, 그것은 이미 풍자가 아닌 것이다. 올바른 풍자는 폭력 발현의 방법과 방향이 모순 없이 통일된 것이라야 한다. 부단히 변화하고 있거나 또는 좀처럼 변화하지 않는 민중의 비애 및 욕구 체계에, 불만의 폭발 방향에 알맞은 발상 체계 및 공격 방향을 바로 결정한 것이라야 한다. 그것은 민중에 대한 표현에 있어서는 해학을 중심으로 하고 풍자를 부차적·부분적인 것으로 배합하는 것이며, 민중의 반대편에 대한 표현에 있어서는 풍자를 전면적·핵심적으로 하고 해학을 극히 특수한 부분에만 국한하여 부수적으로 독특하게 배합하는 것이어야 한다. 우리의 전통 민예 가운데 특히 희극적인 표현에 있어서 익살스럽고 수더분한 해학 속에 풍자의 가시가 섬찍섬찍하게 돋혀 있는 것은 주의 있게 보아야 할 문제점이다. 올바른 저항적 풍자는 또한 방향에 있어서는 민중의 반대편을 주요 표적으로, 민중을 부차적인 표적으로 삼는 것이며 방법에 있어서는 주요 표적에 대한 해학은 부차적인 표현으로 배합하는 것이다. 민예 속의 풍자의 경우 양반과 탐관 오리에 대한 풍자적 공격과 민중에 대한 해학적 표현의 배합 관계가 풍자의 형식원리에 정확히 입각해 있음은 주의 깊게 보아야 한다.

김수영 시인의 폭력 표현의 특징은 풍자의 방법 속에 자기 자신과 더불어 자기가 속한 계층에 대한 부정·자학·매도의 방향을 보여 준 점에 있다. 바로 이 점에 김수영 문학의 가치와 한계가 있고 바로 이 점에서 젊은 시인들이 김수영 문학으로부터 무엇을 어떻게 이어받고 무엇을 어떻게 넘어설 것인가 하는 문제점이 선명하게 나타난다. 물론 김수영 시인의 어떤 작품 어떤 구절들은 이와 전혀 다르다. 뿐만 아니라 그러한 부정·자학·매도도 단순한 공격이 아니며, 단순한 적의나 경멸에서 비롯된 것이 아니다. 때로 비극적이며 때로는 풍자의 방향이 대타적이다. 그러나 무엇보다도 중요한 것은 김수영 시인이 풍자의 방법에 의하여 소시민 계층의 속물성, 비겁성, 그 끝없는 동요와 불안을 폭로하고 매도함으로써 현실 모순이 화농 일변도로만 치달리는 현상의 뿌리 깊은 사회적 모티프로 잡아내려 한 점에 있다. 사실상의 평화의 상실에 대한 비판도, 잃어져 가는 자유와 무너져 가는 민주주의에 대한 경고도, 이 거대한 도시 서울을 뒤덮어 흔들어 대고 있는 소비문화에 대한 신랄한 공격도 모두 그것을 조작하는 자가 아니라, 그 조작에 혼신의 힘으로 부역하고 있는 민중의 일부 즉 소시민에 대한 구역과 매질의 방향에서 전개하였다. 사회적인 계층 개념에 의해서가 아니라 일반적인 사회의식의 형태로 파악된 소시민, 좁은 의미의 소시민 의식의 본질을 문화적으로 확대해서 전 민중에게 적용한 결과로써의 소시민, 이러한 소시민 속에서 그는 우리 사회의 진보를 가로막고 있는 중요한 부정적 요소를 파악해 내려 했고, 그 요소에 공격을 집중함으로써 거대한 뿌리를 내린 채 결코 쓰러지려 하지 않는 오랜 모순의 정체를 폭로하고 고발하려 했다. 그 자신이 태어나고 또 그 자신이 몸담아 숨 쉬고 헤엄치던 자궁이자 집이요 공기이며 바다인 민중에게 칼날을 맞세운 그의 문학 방향에 또 하나의 의미심장한 아이러니가 숨어 있다. 그는 자기 자신을 죽임으로써 넋의 생활력이 회복되기를 희망한 하나의 강력한 부정의 정신이었으며, 현실 모순의 육신으로 파악된 소시민성을 치열하게 고발함에 의하여 참된 시민성의 개화開花를 열망한 하나의 뜨거운 진보에의 정열이었다. 과연 그가 그 자신의 지향에 맞게 풍자를 선택했고 또 그 풍자의 폭력을 권력 집단이 아니라 민중 자체에게 가한 것은 그로서는 당연한 것일는지도 모른다. 그의 풍자가 사회 전체, 이 문명 자체에 대한 비판으로 되어야만 반역사주의의 거대한 뿌리를 갈기는 도끼질로 되고 또 그렇게 되려면 그의 시적 폭력의 대상인 소시민은 하나의 계층이나 계급이 아니라 하나의 의식 형태로 집약되고 상징되는 민중 자신이어야만 하는 것이다. 그래야만 그 민중에 가해진 풍자의 폭력이 합법성을 획득한다. 그러나 민중은, 그리고 민중의 의식 형태는 영구불변한 것도 아니며 단순히 긍정적이거나 간단히 부정적인 것도 아니다. 부정적 요소가 있다면 그에 비례하여 있는 긍정적 요소를 보지 않고 부정적 요소만을 공격하면서 민중 위에 군림한 특수 집단에 대한 공격을 포기한 것이라면, 김수영 문학의 폭력[4]은 그릇된 민중관 위에 선 것이며, 그 풍자는 매우 위험한 칼춤일 수밖에 없다.

역시 그가 매도한 소시민은 비록 그것이 다수라 하더라도 거대한 민중 속의 일부에 불과하다. 현실은 소시민이 민중의 사회생활 전면에 활력적으로 클로즈업되고 있는 것이 사실이며 따라서 소시민적인 부정적 요소가 민중 전체의 본질을 지배하는 것처럼 보인다. 그러나 그러한 요소도 특수 집단의 악덕과 대비시키는 풍자에서라면 결

---

4 김지하는 이 글에서 '폭력'을 '저항'의 의미로 사용하고 있다.

코 전면적·적대적인 매도에 의해서가 아니라 부분적인 매도의 방법에 의해서 다루어져야 하는 것이다. 이것은 1960년대 하반기보다도 1970년대 특히 지금부터 앞으로, 현실 상황의 변화에 따라 민중의 의식 형태가 점차 혹은 급격히 달라지리라는 예상과 관련시킬 때 더욱 중요한 문제로 된다. 만약 이 세상에 변하지 않는 것이 없고 단지 하나 변하지 않는 것이 있는데 그것은 만물이 모두 세월의 흐름에 따라 변한다는 법칙이다라는 옛부터의 가르침을 믿고 있으며 또 시시각각 변하고 있는 현실을 깊고 넓게 멀리 볼 수 있다면, 그리고 미래의 변화를 확신한다면, 민중을 전면적으로 신뢰하는 방향을 택하는 것이 당연한 일이다. 민중의 거대한 힘을 믿어야 하며, 민중으로부터 초연하려고 늘 것이 아니라 민중 속에 들어가 그들과 함께 생활하는 자기 자신을 확인하고 스스로 민중으로서의 자기 긍정에 이르러야 할 것이다. 시인은 민중 풍자를 통하여 그들을 계발해야 하며 민중적 불만 폭발의 방향에로 풍자 폭력을 집중시킴에 의해서 그들을 각성시키고 그들의 활력의 진격 방향을 가르쳐 주어야 한다.

사물의 한 면만을 알고 다른 면을 모르는 것을 우리는 일면적이라고 부른다. 이러한 일면성이 김수영 문학에 없다고 말할 수는 없다. 그의 모든 훌륭한 점을 다 긍정하면서도 말이다. 좁혀진, 사회학적 계층 구분에 의해 좁혀진 소시민에 있어서조차 긍정적인 것은 얼마든지 있다. 문제는 민중 속에서, 그 긍정적인 것의 사랑을 통하여 민중으로서 느끼고 생각하느냐, 아니면 민중의 밖에서 선택된 자아의식으로 사고하느냐의 차이에 있다. 민중으로서의 시인은 민중들을 사랑하고 민중들의 사랑을 받는 가수이자 동시에 민중을 교양하며 민중들의 존경을 받는 교사이어야 한다.

올바른 민중 풍자는 바로 이렇게 긍정과 부정, 애정과 비판, 해학과 풍자, 오락과 교양이 적절하게 통일된 것이어야 한다. 김수영 문학의 풍자에는 시인의 비애는 바닥에 깔려 있으되, 민중적 비애가 없다. 오래도록 엉켰다 풀렸다 다시 엉켜 오면서 딴딴한 돌멩이나 예리한 비수로 굳어지고 날이 선, 민중의 가슴 속에 있는 한의 폭력적 표현을 풍자라고 한다면, 그런 풍자는 김수영 문학에선 찾아보기 힘들다. 이것은 바로 그가 민중으로서 살지 않았다는 점에 그 중요한 원인이 있다. 바로 이것이 그의 한계다.

젊은 시인들은 김수영 문학으로부터 무엇을 어떻게 이어받을 것이며 무엇을 어떻게 넘어설 것인가?

그가 시적 폭력 표현 방법으로서 풍자를 선택한 것은 매우 올바르다. 이것을 이어받아야 할 것이다. 그가 폭력 표현의 방향을 민중에만 집중하고 민중 위에 군림한 특수 집단의 악덕에 돌리지 않은 것은 올바르지 않다. 이것을 비판적으로 넘어서야 할 것이다. 풍자를 민중에게 가한 김수영 문학의 정신적 동기만을 긍정하는 방향에서 젊은 시인들은 이제 풍자의 가장 예리한 화살을 특수 집단의 악덕으로 돌려야 한다.

그가 우리 시에서 모더니즘의 부정적 측면을 극복하고 그 강점을 현실 비판의 방향으로 발전시킨 것은 훌륭하다. 특히 그가 시 속에 힘의 표현, 갈등의 첨예한 표현, 난폭성, 조악성, 공격성, 고미苦味와 소외감, 신랄성 등의 사회적 적의와 비판적 감수성, 한마디로 추醜를 양성釀成시킨 점은 더없이 높이 칭찬해야 할 업적이다. 추야말로 철없는 자들의 말장난에 의해 꾸며지지 않은 비애의 참모습이며, 분 바르지 않은 한의 얼굴이다. 추야말로 폭력의 안이요 바깥이다. 추야말로 모순에 찬 현실의 적나라한 현상이다.

이것은 마땅히 이어받아야 한다. 그러나 그럼에도 불구하고 그의 풍자가 모더니즘의 답답한 우리 안에 갇히어 민요 및 민예 속에 난파선의 보물들처럼 무진장 쌓여 있는 저 풍성한 형식 가치들, 특히 해학과 풍자 언어의 계승을 거절한 것은 올바르지 않다. 이것을 비판적으로 극복해야 한다. 민요·민예의 전통적인 골계를 선택적으로 광범위하게 계승하고 창조적으로 발전시켜 현대적인 풍자 및 해학과 탁월하게 통일시키는 것은 바로 젊은 시인들의 가장 중요한 당면 과제이다.

사회가 병들고 감수성이 퇴폐함으로써 미가 그 본래의 활력을 잃어버릴 때 추가 예술의 전면에 나타난다. 추는 장애에 부딪친 감수성의 산물이다. 참된 미는 이러한 추의 대립과 그 해소 과정에서 비로소 회복되는 것이다. 추는 일반화된 고통과 절망, 증오와 적의, 즉 한과 폭력의 예술적 반영물이다. 그것들은 모두 대립적 감정이며 갈등하고 있는 정서다. 그 정서들은 그 대상의 극복에 의해서만 해소되고 그 자체의 소멸에 의해서만 소멸된다. 추는 대립의 산물인 사회적 폭력의 산물이다. 그것은 대립에 의해 추적醜的 형상을 조직하는 골계와 숭고 속에서 그 스스로를 지양하고 미에로 자기 자신을 투항시킨다. 그러나 사회적 폭력이 지속되고 퇴폐와 질병이 현실적으로 종식되지 않는 한, 예술 속에서의 추의 잠정적 해소는 더욱 커다란 추를 축적하는 계기에 불과한 것이다. 추는 부단히 스스로를 해소하려 하나 현실의 장애, 현실적 감수성의 장애에 부딪쳐 더욱 고미를 띠고 더욱더 기괴하거나 공격적인 난폭성을 띠게 된다. 추는 골계 특히 풍자 속에서 그 가장 날카로운 폭력을 드러낸다. 풍자의 관조 심리가 일종의 Schadenfreude(남의 불행을 보고 느끼는 기쁨) 또는 대상에 대한 우월감, 도착된 것에 대한 자만, 대상에 대한 신랄성, 고미의 적대 감정, 사회적 적의를 바탕으로 하고 있는 것은 당연한 일이다. 추의 예술은 현실에의 도전, 즉 사실적 추에 대한 예술적 추의 도전이다. 사실적 추를 예술적으로 왜곡·과장하고 사실의 폭력을 찬탈하거나 폄출貶黜하는 방법에 의하여 그 모순을 전형적으로 폭로하고 규탄하는 비판의 예술이다. 모순을 표현하려면 대립의 표현 즉 갈등의 핵심적인 원리로 삼아야 하며, 원형과 변형 사이의 대조, 변형 내부의 부분과 부분, 부분과 전체 사이의 충돌·갈등을 중요한 방법으로 삼아야 한다. 그러나 이 요소들 사이의 균형, 상호 침투, 응결 등의 조화 관계를 간과해서는 안 된다. 풍자는 요소 사이의 충돌과 가파른 대립의 갈등을 핵심으로 하고, 요소 사이의 상호 친화·침투의 연속성을 광범위하게 배합하는 표현이다. 왜곡 방법에 있어서도 찬탈과 폄출의 기법을 주로 하고 강화와 약화 같은 점층 기법을 배합하는 것이다. 풍자와 해학의 통일이 바로 그것이다. 그러나 풍자는 한의 표현이다.

풍자는 강렬한 증오의 표현이며 '샤덴프로이데'의 활동장이다. 대상에 대한 우월감과 비웃음은 그것을 비판하는 민중의 자기 긍정을 토대로 해서만 가능한 것이다. 골계의 발달은 원시 부락제에서 행한 공동체 내의 범법자, 전 공동체 성원의 증오의 대상 즉 민중의 적에 대한 재판과 매도, 마지막에 전원이 그를 돌로 쳐 죽인 풍속과 관련이 있다고 한다. 풍자의 방향은 민중적인 것, 민중의 증오의 방향에 일치하지 않으면 안 된다. 강력한 민중적 자기 긍정에 토대를 둔 비판이요 폭로·규탄이어야 한다. 결코 그것은 민중 자체를 매도하는 시적 폭력 표현으로 될 수가 없다. 그것은 본질적으로 반민중적인 소수집단에 대한 폭력의 표현인 것이다. 추가 현실적인 악 또는 폭력의 반영이며 동시에 그것에 대한 저항이라면 풍자는 현실의 악에 의해 설움 받아 온 민중의 증오가 예술적 표현을 통해 그 악에게로 퍼부어 던지는 돌멩이와 같은 것이다. 우리는 이러한 날카로운 풍자를 우리의 전통적인 민예 및 민요 속에서 얼마든지 찾아볼 수 있다. 풍자적 표현은 언어의 특질과 깊이 관련되어 있다. 우리말의 고유한 본질과 구조, 예술적 표현, 특히 풍자에 대한 그 적합성에 따라서 민예와 민요는 풍자와 해학을 그 주된 전통으로 창조하였다. 서정민요, 노동요 등 광범한 단시들과 서사민요, 판소리의 풍자와 해학은 문학으로서의 탈춤 대사

등과 더불어 현대 풍자시의 보물 창고이다.

민요의 전복 표현과 축약법, 전형典型 원리와 우의寓意, 단절과 상징법 등등 복잡 다양한 형식 가치들은 현대 풍자시의 갈등 원리, 몽타주, 소격疏隔 원리, 비판적 감동 등의 형식원리와 배합되어 우리에게 풍자문학의 커다란 새 토지를 열어 줄 것이다. 재래형의 시어와 시행 등은 민요의 전통과 결합되어 전개되어야 할 새로운 민중적 시어에 의해 극복되어야 한다. 노래와 대화체를 대담하게 시도해야 한다. 서사민요의 3음보격과 4음보격 사이의 갈등 원리는 그 토대 위에서 변용되는 율격들의 숱한 종류들과 함께 오늘날의 생활 언어를 효율적인 민중 시어로 높이고 세우는 데에 튼튼한 주춧돌을 제공한다. 과연 현대에서는 민요가 효력이 없어졌는가? 과연 오늘날의 한국시는 민중에게 버림받은 채 자살할 수밖에 없는 것인가? 아니다. 민요는 아직도 강력한 효력을 민중 속에 가지고 있으며 이 효력은 한국시가 풍자와 해학에 눈뜰 때 말할 수 없이 크게 확대될 것이다. 올바른 저항적 풍자와 민중적 해학의 시를 통하여 전통과 만나고, 전통 민요와 현대 생활 언어의 고양된 시적 통일을 통하여 시의 효력과 현실과 민중에 대한 시정신의 에네르기가 강화되고 민중 속으로 폭발적인 힘을 가지고 확대되어 나갈 것이다. 이것은 결코 질의 저하를 뜻하지 않는다. 새로운 질을 찾는 노력으로 이해되어야 한다. 사회 현실을 압축 반영하고 사회 현실과 개인 내부의 갈등을 표현하며 동시에 그것을 극복하려는 싸움을 포기하지 않고, 주체적 언어 전통 확립에로 나가는 노력을 중단하지 않을 때 비로소 시의 패배는 시의 승리로 뒤바뀔 것이다. 결코 민요는 사멸한 것이 아니다. 부당한 민요 경멸은 청산되어야 한다. 민중은 시인의 시를 모른다. 민중은 자기 자신의 시, 민요를 가지고 있는 것이다.

시인이 민중과 만나는 길은 풍자와 민요 정신 계승의 길이다. 풍자,

올바른 저항적 풍자는 시인의 민중적 혈연을 창조한다. 풍자만이 시인의 살 길이다. 현실의 모순이 있는 한 풍자는 강한 생활력을 가지고, 모순이 화농하고 있는 한 풍자의 거친 폭력은 갈수록 날카로워진다. 얻어맞고도 쓰러지지 않는 자, 사지가 찢어져도 영혼으로 승리하려는 자, 생생하게 불꽃처럼 타오르려는 자, 자살을 역설적인 승리가 아니라 완전한 패배의 자인으로 생각하여 거부하지만 삶의 고통을 견딜 수가 없는 자, 삶의 역학을 믿으려는 자, 가슴에 한이 깊은 자는 선택하라. 남은 때가 많지 않다. 선택하라, '풍자냐 자살이냐.'

(『시인』 1970. 7.)

패배를 딛고 일어서는 힘의 시학

1970년 5월 『사상계』에 발표된 「오적」이 6월 1일 자 신민당 기관지 『민주전선』에 전재되자 김지하는 그날로 구속되어 6월 20일에 반공법 위반으로 기소되었고 9월 8일에 보석으로 석방되었다. 『시인』 7월호에 실린 이 시론은 김지하가 구속되기 전에 써서 남겨 두었던 원고인 것 같다. 마침 6월 16일이 김수영의 2주기이기 때문에 그에 맞추어 김수영의 성과와 한계를 함께 이야기하면서 새로운 민중 시학의 활로를 제시하려는 의도로 썼을 것이다. 기억에만 의존해 썼기 때문에 김수영 시의 '풍자와 해탈'이 '풍자와 자살'로 바뀌었는데, 김지하에게 '해탈'은 관심의 대상이 아니었고, 현실을 비판하는 '풍자의 시'와 절망에 침몰하는 '자살의 시'가 중요한 선택지로 떠올랐기 때문에 이러한 기억의 오류가 발생했을 것이다.

김지하는 현실의 억압 앞에 시인들이 공허감과 답답함을 느끼는 것은 당연한 일인데, 그렇다고 패배와 자학의 감정을 드러내는 '암흑시'에 주저앉아서는 안 된다고 강조했다. 폭력은 비애를 만들어 내지만 그 비애에서 현실의 폭력에 저항하는 시적 폭력이 창조될 수 있다는 사실을 힘주어 말했다. 미학을 전공한 시인답게 그는 비극과 희극, 비애와 풍자, 공포와 괴기 등의 개념을 동원하여 현실의 폭력 앞에 시가 어떠한 저항의 양식을 구현할 수 있는지를 자세히 논증했다. 그 결과 가장 바람직한 양식은 '저항적 풍자'인데, 그것에 대해 민중의 부정적 요소에 대해서는 공격을 가하지만 민중의 긍정적 요소에 대해서는 찬사와 애정을 아끼지 않아야 한다는 당위적 조건을 내세웠다.

민중의 부정적 요소로 그가 든 것은 '우매성, 속물성, 비겁성'이요, 긍정적 요소로 든 것은 '지혜로움, 무궁한 힘, 대담성' 등이다. 여기서 부정적 요소와 긍정적 요소가 충돌하는 것처럼 보이지만, 민중이 어떠한 상황에 놓이느냐에 따라 이 두 요소가 달리 나타나는 것을 이해하면, 김지하의 논리가 상당한 숙려에서 나온 것임을 이해할 수 있다. 예컨대 일상적 생활의 문맥에서는 민중이 표면적으로 우매해 보이지만, 험난한 상황에 처하여 세상의 난관을 돌파하는 데 있어서는 민중이 지혜로운 면이 있음을 수긍할 수 있다. 그는 이러한 여러 가지를 고려하여 "저항적 풍자의 밑바닥에는 올바른 민중관이 자리 잡고 있어야 한다"고 단적으로 잘라 말했다. 그가 시인에게 요구하는 것이 바로 이 '올바른 민중관'이고, 이것이 김수영에게 부족하다는 것을 말하고 싶었던 것이다.

그는 저항적 풍자의 구체적인 창작 방법까지 제시했다. 민중을 표현할 때는 해학을 중심으로 하고 풍자를 부분적으로 배합하며, 민중의 반대편에 있는 억압 세력에 대해서는 풍자를 전면적으로 구사하고 해학은 극히 특수한 부분에만 배합할 것을 당부하였다. 이러한 그의 창작 방법의 원칙이 담시「오적」의 구성에 그대로 반영된 것은 당연한 일이다.

김지하는 이러한 민중성과 저항적 풍자시의 기본 맥락 위에서 김수영의 한계를 비판했다. 이 점은 매우 중요한 부분으로, 흔히 김수영을「풀」과 관련지어 민중 시인으로 간주하는 경향이 있는데, 그러한 사람들은 김지하가 펼친 비판의 골자를 유의하여 읽어야 할 것이다. 김지하가 보기에 김수영은 풍자의 방법으로 저항 의식을 표현하기는 했으나 "자기가 속한 계층에 대한 부정·자학·매도의 방향을 보여 준 점"이 한계요 문제점이라고 지적했다. 그가 보기에 김수영은 "풍자의 방법에 의하여 소시민 계층의 속물성, 비겁성, 그 끝없는 동요와 불안을 폭로하고 매도"하기는 했으나 정작 그러한 현실의 모순을 조작하고 증식하는 권력 집단에 대해서는 공격을 포기한 것이다. 그는 이 점에 대해 다음과 같이 분명한 비판의 선언을 남겼다. "김수영 문학의 폭력은 그릇된 민중관 위에 선 것이며, 그 풍자는 매우 위험한 칼춤일 수밖에 없다."

시인은 민중과 민중의 반대편에 있는 세력을 함께 보아야 하며, 민중의 일부에 속하는 소시민을 보는 눈도 긍정과 부정의 면을 함께 보아야 한다. 그러나 김수영은 그러하지 못했기에 그의 문학을 일면적이라고 비판한 것이다. "올바른 민중 풍자는 바로 이렇게 긍정과 부정, 애정과 비판, 해학과 풍자, 오락과 교양이 적절하게 통일된 것이어야 한다"고 보고 김수영에게는 그러한 요소가 부족하다고 본 것이다. 그 원인과 한계를 "이것은 바로 그가 민중으로서 살지 않았다는 점에 그 중요한 원인이 있다. 바로 이것이 그의 한계다"라고 지적했다. 매우 정확한 지적이다. 그는 김수영의 시가 모더니즘의 부정적 측면을 극복하고 현실 비판의 방향으로 선회하여 추의 단면을 드러낸 점을 높이 평가했다. 그러나 거기서 더 나아가 민중적 양식에 관심을 갖고 민중적 풍자의 자양을 흡수하지 못한 점을 아쉽게 생각한 것이다.

그는 결론적으로 전통적인 민요와 민예 속에 담겨 있는 풍자의 요소, 노래와 대화체 등을 대담하게 수용하여 시적 양식으로 활용할 것을 제안하였다. 이러한 제안을 구호로만 내세운 것이 아니라 실제의 창작에서 그것을 적극적으로 실천했다는 사실이 중요하다. 그는 마지막 부분에서 투옥 경력을 지닌 선동가다운 문체로 자살과 풍자 중 풍자의 길로 나아갈 것을 장엄하게 주장한다. 한국시론에서 이렇게 힘차고 늠름한 어조로 자신의 생각을 드러낸 글은 달리 찾아보기 힘들다. 젊은 문학 지망생치고 이 글을 읽고 마음이 흔들리지 않은 사람은 거의 없었을 것이다. 유신 정국을 앞둔 1970년대 새벽, 그 암울한 시대를 울린 저 늠렬한 힘의 시학 앞에 자유로운 사람은 아무도 없었나.

얻어맞고도 쓰러지지 않는 자, 사지가 찢어져도 영혼으로 승리하려는 자, 생생하게 불꽃처럼 타오르려는 자, 자살을 역설적인 승리가 아니라 완전한 패배의 자인으로 생각하여 거부하지만 삶의 고통을 견딜 수가 없는 자, 삶의 역학을 믿으려는 자, 가슴에 한이 깊은 자는 선택하라. 남은 때가 많지 않다. 선택하라, '풍자냐 자살이냐.'

15
—
김윤식의 「허무 의지와 수사학」

허무 의지와 수사학

김윤식

1

청마 유치환에 대해서는 기왕에 여러 사람들에 의해 논해졌음은 주지의 사실이다. 그럼에도 불구하고 이러한 청마론을 다시 써 보려는 의도는 어디에 있는 것인가. 그 이유는 다음과 같은 한마디로 답할 수 있으리라. 청마 시를 읽고 있노라면 도처에서 부딪치는 '모순' 그것 때문이며, 이 '모순'의 의미를 살펴보려는 것이 본고의 의도이다.

청마는 도처에서 "나는 시인이 아니다"라고 못 박아 놓았다. 시를 쓰면서도 시인이 아니라고 말한다는 것은 무엇인가. 애련에 물드는 것, 그것을 치욕이라고 철저히 거부하며 비정의 바위의 생리를 닮으려 외치면서도 저 숱한 애정에 철저히 물들려는 연가는 무엇인가. 섬뜩하리만큼 가혹한 자학은 어디서 연유하는 것이었을까. 허무 의지로서의 자연의 비정적 질서, 그 섭리에서 어떻게 구원의 가능성이 나타날 수 있었던가. 이러한 것이 과장이나 허세가 아니었을까. 작위적이든 아니든 내가 속아 온 것은 아니었을까.

청마를 대하면서 늘 느껴 온 내 자신의 의문을 살펴보고 싶은 것이다.

2

"검정 포대기 같은 까마귀 울음소리 고을에 떠나지 않고/밤이면 부엉이 괴괴히 울어/남쪽 포구의 백성의 순탄한 마음에도/상서롭지 못한 세대의 어둔 바람이 불어오던/─융희[1] 2년!" 그러니까 청마는 1908년 한일 병합이 이루어지기 두 해 전에 충무시(당시 통영)에서 "해우창생海隅蒼生[2]을 달갑게 자처하는 지체 없는 한 유생인 젊은 의원의 둘째 소생"으로 태어났음을 스스로 써 놓고 있다. 보통학교를 마치고 동경서 중학을 다니다, 동래고보로 전학, 연전 문과를 중퇴, 다시 내동渡東한 바 있다. 이 무렵의 상태를 청마는 다음처럼 기록해 놓고 있다. "내가 의식적으로 시라는 것을 시작한 것은 이때부터였으니 나이로 스물셋, 무엇보다 그때 한창 일본에서 힘차게 나타나고 있던 '아나키스트' 시인들의 작품에 공감을 느꼈으며, 또한 『조선지광』 같은 데 간혹 실리는 정지용의 시에도 놀랐었고 그리하여 동랑도 끼인 고향의 뜻 같은 친구 몇 사람이 모여 『소제부』라는 회람지까지도 꾸며 보곤 하였던 것"이다(여기 나오는 '동랑'이란 청마의 친형인 유치진으로 생각된다). 청마는 이후로 『문예월간』, 『조광』 등에 수 편의 시를 발표해 오다가 김소운의 도움으로 1941년 『청마시초』를 간행, 이어 북만주로 탈출하게

---

1 조선의 마지막 임금인 순종의 연호(1907~1910).
2 바다 한쪽 구석에 사는 평범한 백성이라는 뜻.

된다. 이 만주 체험은 청마를 이해하는 데 가장 중요한 대목으로 파악될 것이다. 해방 직전, 귀국 후 그는 많은 활동을 하다가 뜻밖의 윤화로 타계(1967)하기까지 10여 권의 저작을 남겨 놓고 있다.

이 간단한 고찰에서 우선 나는 청마의 회귀적 단위인 『청마시초』의 정신적 상황을 검토해 놓아야 될 것 같다. 이 상황은 만주 체험 전후를 의미하는 것이다.

만주 체험 이전의 청마의 정신적 구조는 다음 세 가지로 요약될 수 있으리라. "첫째, 나는 기위 차단된 인생에 있어서 그래도 남겨진 목숨을 어떠한 한이 있더라도 반드시 회한이 남지 않도록 쓰고자 스스로 기약했던 것입니다. 그러함에는 무엇보다 내가 한번 하고자 사고한 일에 끝까지 충실하는 길밖에 없다고 확신하고 스스로 이해하려 했던 것입니다. 둘째로는, 나와 한가지로 슬프고 어두운 하늘 아래 생을 받은 불쌍한 나의 겨레와 혈육들을 진심으로 아끼고 사랑하자는 것이겠으니 그러므로 그 어느 한 사람을 위하여서만으로도 길가에 앉아 보람을 느끼는 구두장이라도 되리라는 것이었으며, 셋째로는 슬픈 겨레로서 유일한 희망의 길은 아무러한 원수의 박해 아래서도 굴하지 않고 끝까지 견딜 일이니 그러한 강인한 줄기찬 야성적 생명력을 잃지 않도록 겨레를 채찍질하여야 된다는 것"으로 집약되어 있다. 회한 없는 삶, 동족애, 야성적 생명력으로 자신을 세우게 된 것은 1930년대 한국 지식인의 뚜렷한 선택을 의미할 것이다. 그것은 이미 시라든가 예술의 영역이 아니라 삶의 가장 다급한 자세였으리라. 적어도 이 무렵에는, 그 가중된 일제하에서 지식인이란 인간으로서 그의 인생에 희망을 건다든지 설계를 가진다는 것은 곧 "가증한 원수인 일제 앞에 자기를 노예로 자인하고 그들에게 개같이 아유구용하는 길"밖에 다름 아니었으리라. 따라서 이 시기에 있어 적으나마 겨레로서의 자의식을 잃지 않은 자라면 원수에 대한 가열한 반항의 길로 자기의 신명身命을 내던지든가 아니면 한갓 방편으로 그 굴욕에 젖어 가사 상태에 빠지는 두 길밖에 없었으리라. 이 두 개의 선택의 길목에서 전자의 길을 택한 것은 이육사였고, 청마는 표면상 후자의 길을 택한 것으로 되어 있다. 나는 여기서 '표면상'이란 한정어를 쓰겠는데, 그것은 청마의 겸허한 술회를 존중했기 때문이다. 그 겸허한 술회란 다음과 같다. "나는 비굴하게도 그중에서 후자의 길을 택한 것이었으며 그러면서도 그 비굴한 후자의 길에서나마 나는 나대로의 인생을 값없이 헛되게는 버리지 않으려고 나대로의 길을 찾아서 걸어가기에 고독한 노력을 아끼지 않았던 것"이라는 대목이다. 그 '나대로의 길'이란 무엇인가. 그것은 「깃발」로서 드러나는 "오로지 맑고 곧은 이념의 표人대 끝"의 모색이며 소리개의 심장을 지니는 일이며 일월 아래 회한 없는 삶의 자세다. 앞에서 우리는 당시 지식인으로서 신명을 광복 해방에 던지는 길과 한갓 방편으로 굴욕에 젖는 두 선택의 길을 보였다. 이 경우 후자를 택했다든가 전자를 택했다는 것은 다만 방편상의 문제가 아니었을까. 후자의 경우를 택했다 하더라도 한 점 부끄러움이 없기를 일월 속에 맹세하고 살아가는 자세를 취한다는 것은 정신의 가열성苛烈性에 있어 전자의 경우와 동일한 상태에 놓일 수 있기 때문이다.

3

이육사와 청마의 시가 거의 비슷한 발상을 보여 주고 있는 것은 그들의 정신의 가열성이 동일한 차원에 놓여 있었기 때문이라 파악되는 것이다. 그럼에도 불구하고 이육사 쪽보다 청마 쪽은 또 다른 의미에서 문제점을 던지고 있을 것이다. 온몸으로 저항에 임한다는 그 엄청

난 모험에 대한 평가 단위는 이미 없는 것이다. 그러나 온몸으로 저항
에 임하지 않더라도 그 온몸의 행동성에 대치될 수 있는 등가물을 획
득한다는 것 역시 평가 단위를 절絶하는 경지를 열 수는 있는 법이다.
한마디로 그것은 회한 없는 삶의 자세이다. 행동으로, 신명으로 저항
해야 할 단계에서, 그렇게 하지 못하면서도 그렇게 한 것만큼의 정신
적 대치물을 획득한다는 것은 자신의 간을 쪼아 먹는 엄청난 모험일
수 있는 것이다. 이 엄청난 회한 없는 모험을 감행해야 할 순간에 있
어 다음과 같은 시는 그야말로 지푸라기처럼 허약하기 이를 데 없는
것일 따름이다.

> 이것은 소리 없는 아우성
> 저 푸른 해원을 향하여 흔드는
> 영원한 노스탈쟈의 손수건
> 순정은 물결같이 바람에 나부끼고
> 오로지 맑고 곧은 이념의 표ㅅ대 끝에
> 애수는 백로처럼 날개를 펴다
> 아아 누구던가
> 이렇게 슬프고도 애달픈 마음을
> 맨 처음 공중에 달 줄을 안 그는.

이토록 가열해 보이는 시가 정작 만주 탈출을 앞둔 청마의 입장에
서 볼 땐 허약한 센티멘털리즘 이상일 수는 없었으리라. 적어도 한쪽
에서는 신명으로 저항하는 길이 놓여 있었고, 이 엄연한 길을 뻔히 보
고도 외면해야 했던 사람에게 있어 이 「깃발」의 자세는 한갓 영탄 이
상일 수는 없었다. 그것은 치욕이기 때문이다. "오로지 맑고 곧은 이
념"조차도 이미 치욕인 것이다. 신명을 던져 저항하는 길을 뻔히 쳐다

보면서도 그 길을 택하지 못한 청마에 있어 그의 자의식은 어떻게 하면 그 길을 택하지 못한 사실에 대한 자책감을 보상할 수 있는가로 나타날 수밖에 없는 것이다. 이 대치물의 발견에 신명을 던진 자의 가혹한 자기 회한—바로 이 점이 청마의 출발점이다. 그는 그 대치물을, 자신의 생명을 궁극까지 학대함으로써 획득하려는 태도를 취했고, 그 방편으로 소위 만주 탈출을 결행한 것이었으리라.

나의 가는 곳
어디나 백일白日이 없을쏘냐

머언 미개ㅅ적 유풍을 그대로
성신과 더불어 잠자고

비와 바람을 더불어 근심하고
나의 생명과
생명에 속한 것을 열애하되
삼가 애련에 빠지지 않음은
—그는 치욕임일네라

나의 원수와
원수에게 아첨하는 자에겐
가장 옳은 증오를 예비하였나니

마지막 우러른 태양이
두 동공에 해바라기처럼 박힌 채로
내 어느 불의不意에 즘생처럼 무찔리기로

오오 나의 세상의 거룩한 일월에

또한 무슨 회한인들 남길쏘냐

_「일월」

이 「일월」은 북만 탈출 직전의 정신적 상황을 가장 단적으로 드러낸
것으로 파악될 것이다. 구태여 설명을 붙인다면 치욕의 의미를 분명
히 들여다볼 수 있다는 점이다. 이 대목에서 나는 여태껏 앞에서 보류
해 두었던 문제, 즉 왜 청마가 신명을 던져 저항하는 길을 택하지 않
았는가를 지적해 놓아야 될 것 같다. 그것은 지극히 간단한 논법이다.
청마가 비겁해서도 아니며 용기가 없어서도 아니었다. 그는 무엇보다
도 자기의 생명은 물론 '생명에 속한 것', 생명 전체를 무엇보다 우선
하여 열애했기 때문이다.

생명 자체로 볼 때 원수의 생명이나 원수에 아첨하는 생명도 자기
의 생명과 꼭 마찬가지로 열애하기 때문이다. 다만 생명을 열애하되
애련에 빠지지 않는다는 것이다. 그 애련이란 치욕이기 때문이다. 그
렇다면 나는 의심하지 않을 수 없다. 애련에 빠지지 않겠다는 결의 앞
에 어떻게 원수라든가 아첨배에 증오를 예비할 수 있는가. 증오라든
가 애련이란 것이 동질적 개념이 아니었던가. 이 모순된 명제를 놓고
나는 당황하지 않을 수 없다. 이 당혹감은 후의 「바위」 같은 작품과 허
무 의지로서의 신의 문제로 발전할 때 해소되는 것이지만, 우선 이 대
목에서는 다분히 신명을 던지지 못한 자기변명에 가까운 것이라 판단
된다. 이 자기 합리화로서의 생명 의식은 철저히 회한 없도록 자신을
학대하는 방향을 모색하게 되었고 그 결과로 나타난 가장 효율적인
방법이 북만에의 탈출이라 판단된다.

북만주에로의 탈출, 그것은 무엇인가. 무엇보다도 나는 이 대목에서 강렬한 역사의식을 감지한다. 그런데도 불구하고 청마는 강렬한 원시적 생명력 일변도로 향하고 있다. 그것은 아마도 신명을 역사 속에 던지지 못한 것에 대한 콤플렉스의 발로가 아니었을까. 이 콤플렉스를 청마는 누구보다도 강렬히 의식했으리라. 이 콤플렉스를 극복하기 위해 청마는 자신의 생명을 죽음에까지 닿은 궁극으로 학대하려 시도한 것이다. 이 길만이 신명을 던지지 못한 것, 그 회한에 대한 보상의 방법이었기 때문이다.

그렇다면 생명을 가장 민감하게 감지할 수 있는 상태는 무엇인가. 생명의 본질을 파악할 수 있는 최선의 상태는 무엇인가를 청마는 무엇보다 먼저 모색해야 했으리라. 그것은 원시적 상태일 것이다. 고쳐 말하면 비정적 세계와 생명이 닿은 그런 상황이리라. 가장 비생명적인 곳에 생명을 대치시킬 때 비로소 선명히 생명의 본질이 드러날 것이다. 그 비정의 세계가 외관상의 북만, 그 황량한 들판이었다.

> 나의 지식이 독한 회의를 구救하지 못하고
> 내 또한 삶의 애증을 다 짐 지지 못하여
> 병든 나무처럼 생명이 부대낄 때
> 저 머나먼 아라비아의 사막으로 나는 가자
>
> 거기는 한번 뜬 백일이 불사신같이 작열하고
> 일체가 모래 속에 사멸한 영겁의 허적에
> 오직 알라의 신만이
> 밤마다 고민하고 방황하는 열사의 끝

그. 열렬한 고독 가운데

옷자락을 나부끼고 호을로 서면

운명처럼 반드시 〈나〉와 대면케 될지니

하여 〈나〉란 나의 생명이란

그 원시의 본연한 자태를 다시 배우지 못하거든

차라리 나는 어느 사구에 회한 없는 백골을 쪼이리라

_「생명의 서 1장」

　그것은 사막이다. 생명이 다하는 마지막 지역에까지 자신을 가혹히
학대하는 일, 그것이 바로 청마가 신명을 던지지 못한 것에 대한 콤플
렉스의 해소 방법이 아니었겠는가. 그는 겨레를, 원수를, 원수에 아유
구용하는 무리를 향해 신명을 바치지 못했다는 것의 회한을 떨쳐 버
리려고 자기 합리화를 택한 것이 생명 의지를 빙자한 자기 학대의 채
찍질로 매진한 것이 아니었던가. 차라리 어느 사구에 백골을 쪼이리
라는 이 섬뜩한 사디즘은 소름이 돋칠 만한 수사법이다. 이 엄청난 사
디즘, 이 자기 학대의 수사법이 훌륭한 시라든가 의지의 시 혹은 생명
파의 시의 정상을 이룩했는지의 여부에 대해서는 나는 언급하지 않겠
다. 왜냐하면 청마 자기 논법대로 하면 그는 시인이 아니라고 극구 변
명하고 있기 때문이다. "나는 시인이 아닙니다. 만약 나를 시인으로
친다면 그것은 분류 학자의 독단과 취미에 맡길 수밖에 없는 것이요,
어찌 사슴이 초식동물이 되려고 애써 풀잎을 씹고 있겠습니까?" 이러
한 발언은 물론 어떤 겸허의 몸짓이 아닐 것이다. 겸허의 몸짓이 아니
라는 진술은 사실이란 뜻이 된다. 그는 시란 것을 썼지만 그것은 이차
적인 문제일 뿐 어떻게 사느냐의 삶의 자세의 모색이 문제였던 것이
다. 따라서 나는 그가 사는 방법의 모색 과정을 탐색해 보려는 의도이
고, 그것이 어떻게 자기 합리화의 과정을 겪고 있느냐에 관심이 쏠릴

따름인 것이다.

　이렇게 본다면 그의 북만 탈출은 필시 자의식의 갈등을 예상하게 할 것이다. 그것은 선택의 마당을 준비했을 것이다. 만주로 가야 하느냐 가지 않아야 하느냐의 갈림길에 대한 그의 자의식은 어디로 갔는가. 탈출을 포기하고 남아서, 파락호에 떨어져 뒷골목을, 혹은 붓을 끊고 침묵을 지킨다든가 모기 소리만한 울음이나 몸짓의 자세를 택해도 얼마든지 가열한 정신을 견지할 수 있는 법이다. 이 길을 택하지 않고 북만의 길을 택한 이유는 무엇인가. 여기에 대한 자의식을 나는 찾아내지 못한다. 그렇다면 저 청마가 택한 북만의 탈출은 한갓 향수가 아닌가 하는 생각이 문득 내 머리를 스치는 것이다. 그것은 아마도 영원한 노스탤지어의 손수건이 아니었겠는가. 이 노스탤지어의 손수건 때문에 청마는 그토록 가혹한 수사법을 늘어놓을 필요가 있었을까. 호궁 소리라든가 꺼우리팡스(고려방자朞子) 등의 낱말을 낭비할 필요는 무엇인가. 이 북만의 광야에 와서 그의 사디즘은 수사학 이상일 수 있었겠는가.

　　홍안령 가까운 북변의
　　이 광막한 벌판 끝에 와서
　　죽어도 뉘우치지 않으려는 마음 위에
　　오늘은 이레째 암수暗愁의 비 내리고
　　내 망나니에 본받아
　　화톳장을 뒤치고
　　담배를 눌러 꺼도
　　마음은 속으로 끝없이 울리노니
　　아아 이는 다시 나를 과실함이러뇨
　　이미 온갖을 저버리고
　　사람도 나도 접어주지 않으려는 이 자학의 길에

내 열 번 패망의 인생을 버려도 좋으련만

아아 이 회오의 앓음을 어디메 호흡할 곳 없어

말없이 자리를 일어 나와 문을 열고 서면

나의 탈주할 사념의 하늘도 보이지 않고

정거장도 이백 리 밖

암담한 진창에 갇힌 철벽같은 절망의 광야!

_「광야에 와서」

　신명을 던지지 못한 것에 대한 회한은 조국의 원수가 있는 한, 목숨이 붙어 있는 동안 사라지지 않을 것이며, 따라서 그것에 대한 대가는 이토록 사기 학내의 궁극적인 곳까지 도딜해 보이는 길뿐이었다. 이러한 절명지를 보여 준다는 것은 필시 거창한 수사법을 동원한 결과이지만, 그것이 반드시는 국내 시인들의 애상적이며 눈물 같은 female-complex의 시보다 우선하다든가 윗길이라 할 수는 없으리라. 대체 자학의 길을 끝까지 지속한다는 것은 어떤 의미가 있는 것일까. 외견상 남성적이며 대륙적 시풍이 흔히 대가적 풍모로 착각되는 것을 나는 애써 지적해 두고 싶은 것이다. 이 남성적 풍격이 한국시사에서는 많이 결핍된 부분이었음은 사실이고, 그 때문에 청마 시가 두드러져 보였을 따름이다.

　여기서 나는 흔히 외견상 청마와 같은 male-complex의 거목인 이육사와를 대비해 보고 싶은 충동을 느낀다. '죽음 일반'이 아니라 '나의 죽음'으로 응결되어 있는, 그리고 신명을 버린 자 이육사의 시풍이 청마와 흡사하지만 그 내질은 선명히 다른 것이다. 가령 이육사의 「교목」을 보일 수도 있다.

　　푸른 하늘에 닿을 듯이

세월에 불타고 우뚝 남아 서서
차라리 봄도 꽃피진 말아라

낡은 거미집 휘두르고
끝없는 꿈길에 혼자 설레이는
마음은 아예 뉘우침 아니라

검은 그림자 쓸쓸하면
마침내 호수 깊이 거꾸러져
차마 바람도 흔들진 못해라

'차라리'라든가 '차마', '말아라', '못해라' 등의 절대격의 부정 용어
는 청마도 선용하는 어투이다. 그러나 신명을 던진 자 이육사에 있어
서는 '마음은 아예 뉘우침 아니다'에 놓여 있는 것이다. 자학의 그림
자, 그 섬뜩한 사디즘의 흔적은 전무한 것이다. 따라서 이육사의 거칠
고 웅혼한 용어는 수사법이 아닌 차원인 것이다. 그토록 가열한 생명
을 노래함에도 그것이 수사법의 차원이 아니라는 것은 한국시사의 영
광된 자리가 아니겠는가. 교목의 생장을 거절한 이 처절한 정신의 심
도는 일찍이 한국시사는 평가 단위를 가져 본 적이 없다. 대체 그것은
신명을 던지느냐 아니냐에 판가름되어 있기 때문이다. 그것은 가장
충실한 역설이었던 것이다. 꽃의 의미가 장미의 모순으로 나타나듯이
생명의 역설은 바로 꽃의 역설일 수밖에 없었던 것, 그것이 이육사의
상황의 꽃이었다.

동방은 하늘도 다 끝나고
비 한 방울 나리 잖는 그때에도

오히려 꽃은 빨갛게 피지 않는가

내 목숨을 꾸며 쉬임 없는 날이여

_「꽃」

비 한 방울 없는 이 절명지에서도 꽃이 빨갛게 피었다는 것은 역설이
다. 필 수 없는 꽃이 핀다는 것은 의지이며 피어야 할 꽃이 피지 못한
다는 의미일 것이다. 절대의 진리 앞에는 역설로밖에 표현할 말은 없
는 것이다. 그러므로 이 역설은 그대로 구제의 의미가 되어 버리는 것
이다. "시는 예언적이어야만 한다. 예술가는 미래의 일을 예언한다는
뜻에서가 아니라 독자들의 불쾌감에 저촉되는 한이 있더라도 독자들
자신의 심정의 비밀을 말한다는 뜻에서 예언을 하게 되는 것이나. 사
회가 예술가를 필요로 하는 까닭은 어떤 사회이고 간에 자신의 마음
을 숙지하고 있지는 않기 때문이며 이러한 지식을 모르는 사회일수록
무지가 곧 죽음이라는 명제의 함정 속으로 스스로 빠뜨리게 되는 법
이다. 그러한 무지로 말미암은 폐해 앞에 선 예언자로서의 시인은 아
무런 구제도 제시하지 않는 법이니 그는 이미 하나의 구제를 주었기
때문이다. 곧 시 그 자체가 구제인 것"(R. G. 콜링우드[3])이다.

5

앞에서 나는 청마의 북만 탈출의 콤플렉스와 자학의 증상을 더듬
어 본 것이다. 그리고 청마가 그 콤플렉스와 자학 자체에 머물고 있는
한, 아무런 의미도 없음을 이육사와 대비시킴으로써 드러내려 시도하

---

3 로빈 조지 콜링우드Robin George Collingwood(1889~1943). 영국의 역사 철학자로 「종교와 철학」,
「역사의 이념」, 「예술의 원리」 등의 저서를 남김.

였다. 그러나 중요한 것은 청마가 과연 콤플렉스와 자학에 끝까지 나아가, 그다음에 전개되는 차원의 세계를 열었는가 못 열었는가를 추구해 보아야 할 것이다.

청마, 그는 물론 그다음 차원의 개진을 보여 주고 있는 것이다.

고향도 사랑도 회의도 버리고
여기 굳이 입명立命하려는 길에
광야는 음우陰雨에 바다처럼 황막히 거칠어
타고 가는 망아지로 소주小舟인 양 추녀 끝에 매어 두고
낯설은 호인의 객잔에 홀로 들어앉으면
오열인 양 회한이여 넋을 쪼아 시험하라
내 여기 소리 없이 죽기로
나의 인생은 다시도 기억치 않으리니

이 시는 「절명지」란 제목이 붙어 있고, 청마가 다음과 같은 해설을 달아 놓고 있음에 주목할 필요가 있다. "여기에는 눈도 닿지 않는 광막한 광야뿐입니다. 그리고 무작정 험악한 세월이 있을 뿐입니다. 그 가운데서 해가 아침이면 땅끝에서 나타나 하늘 한복판을 진종일 걸려 지나가서는 마지막 피보다 붉게 물들어 저쪽 땅 끝으로 떨어져 까무러질 뿐 도시 자연과 인간의 분간이 없습니다. 광야 끝에 어쩌다 생각난 듯 어설픈 토성으로 에워 엎드린 인간의 취락이 있긴 하나 인간의 것으로 주장할 아무런 근거조차 없는 것입니다. 여기에 있는 인간의 몸매는 기도하는 자세도 아닙니다. 기도란 절대자가 온정을 나누어 주려는 기색의 희망이 있을 때에만 있을 수 있는 것입니다. 그런 버러지 같은 애걸 아니면 될 대로 되라는 자기自棄의 태세뿐인 것입니다." 이 인용에서 나는 청마의 북만 체험의 신 개진의 일단을 감지한다. 하

늘에 끝닿은 광야, 거기엔 이미 인간 냄새가 없는 변경이고, 이 변경 의식은 인간이나 짐승의 구별은 물론 인간과 돌멩이 그 무생물의 구별이 없는 절대의 경지이다. 또한 여기엔 봄이라든가 가을이라는 자연적인 계절 의식도 절絶한 곳이 된다. 긴 밤과 중천에 부동하는 태양, 일월, 그리고 작열하는 열사의 불모지대일 따름이다. 이런 곳에서 비로소 청마는 그리고 인간은 신에 조우함이 일반적이다. 문제는 신인 것이다. 청마 역시 이 절대의 변경 의식의 막다른 골목에서 신에 조우했음은 물을 것도 없다. 그러나 이 청마가 조우한 신은 기도하는 것이라는 종래의 어느 종교와도 무관한 상태의 신인 것이다. 버러지 같은 애걸이나 자기自棄의 상태에 놓인 것이다. 애련에 물듦이 치욕이기 때문이나. 따라서 신조차 이런 의미에서 치욕의 표정인 것이다. 이 신에의 조우와 함께 청마는 또 다른 측면을 발견한 바 있었다. 그것은 굳셈의 결의이다. 그것은 또 다른 막다른 결론이었던 셈이다. 그것은 비적의 모가지를 보고 대하는 결의이다.

12월의 북만 눈도 안 오고
오직 만물을 가각苛刻하는 흑룡강 말라빠진 바람에 헐벗은
이 적은 가성街城 네거리에
비적의 머리 두 개 높이 내걸려 있나니
그 검푸른 얼굴은 말라 소년같이 적고
반쯤 뜬 눈은
먼 한천에 모호히 저물은 삭북의 산하를 바라보고 있도다
너희 죽어 율律의 처단의 어떠함을 알았느뇨
이는 사악四惡이 아니라
질서를 보전하려면 인명도 계狗雞狗와 같을 수 있노다
혹은 너의 삶은 즉시

나의 죽음의 위협을 의미함이었으리니

힘으로써 힘을 제거함

또한 먼 원시에서 이어 온 피의 법도로다

내 이 각박한 거리를 가며

다시금 생명의 혐렬함과 그 결의를 깨닫노니

끝내 다스릴 수 없던 무뢰한 넋이여 명목하라

아아 이 불모한 사변의 풍경 위에

하늘이여 은혜하여 눈이라도 함빡 내리고지고!

_「수首」

    이 이방에 와서 삭북의 거리에 죄상을 적어 높이 효수된 처참한 비적의 머리 앞에 쫓기어간 이방인 청마의 가슴의 느낌은 과연 무엇이었을까. 그것은 아마도 새로운 결의와 동시에 엄습하는 무력함의 체험이었으리라. 이미 여기에는 자학이라든가 콤플렉스는 자취를 감추었던 것이다. 더 이상 자학 속에 놓일 수는 없었다. 청마의 해답은 다음과 같이 되어 있고, 이것은 북만 체험의 마지막 대목에 해당된다. "나를 여기까지 추격하고 나의 조국과 내게 속한 일체를 탈취하고 박해하는 나의 원수를 그로서는 정당하다고 인정 않을 수 없는 막다른 결론"이었던 것이다. 이 얼마나 엄청난 아이러니일 것이냐. 자기를 쫓는 원수의 생리를 그대로 인정하지 않을 수 없는 곳에의 도달—이것이야말로 청마가 발견한 엄청난 삶의 진리이며 놀랄 만한 사실인 것이다. 대체 그것은 원시의 야성적 생명의 차원에서 볼 때는 가장 원초적인 율법을 상정하지 않을 수 없고 이 율법의 차원에서 볼 때는, 당장 내 목숨을 지켜야 할 순간엔 나를 탈취한 그 일제라는 원수와 나는 동류의식에 휘말리지 않을 수 없다는 체험에 도달한 것이다. 여기까지 이를 때 신명을 못 던진 것에 대한 콤플렉스 같은 것은 벌써 해소되고 없는 차원이 아니겠는가. 그다음 순간 그에게는 원수만큼 혹은 그 이상으로 굳세어야 한다는 단계에 이른다. "그리고 내 자신 정당할 유일의 길은 나도 마땅히 끝까지 원수처럼 아니 원수 이상으로 굳세어야 한다는 준열한 결의가 아닐 수 없었습니다. 이것은 한갓 살벌한 사상이 아니라 마지막 허용된 명료한 길이었습니다. 이 길까지를 버리는 날이면 영원히 나를 회복하지 못하고 원수의 힘 앞에 강아지나 닭 새끼처럼 굴욕 속에 묻히어 죽어도 다시 말할 길이 없는 것이었습니다. 그러나 이러한 사변과 함께 현실의 내 자신을 돌아다볼 때 거기에는 더 큰 절망이 지켜 있을 뿐이었습니다. 그러므로 나는 더욱 완미한 정신적 고질 속에 점점 함입되고 말았던 것입니다. 마치 무력한 거북이 제 귀갑 속으로 움츠러듦으로써 완전히 자기를 고립시키듯이."

이상으로 청마의 북만 체험의 전개를 검토해 보았다. 여기에서 이끌어 낼 수 있는 것은 대략 다음과 같은 것이 될 성싶다.

첫째는 자학으로 끝까지 밀고 나갈 때 수사법의 한계에 부딪쳐 신의 존재를 감지했다는 점이며, 둘째는 자학의 단계를 넘어서 보편성을 획득하기에 이른 것으로 파악된다. 따라서 이 첫째 것의 발견과 둘째 것의 획득은 동질적인 것의 표리에 해당된다. 이 보편성의 획득이야말로 내가 부르고 싶은 청마 시학의 성립이요 그 거점인 셈이다. 그것은 다음과 같은 구절로써 확연한 고비를 넘는다.

"이때 내 자신을 스스로가 주체 못하는 밑 없는 절망 속에서 아프게도 나를 불러 손짓하고 또한 내 스스로 그것을 치욕으로 생각하는 망향의 먼 향수는 어쩌면 현실의 나의 고향이나 조국에 대한 그것이 아니라 영혼이 돌아가 의지할 그러한 정신의 안주지가 아니었던지 모릅니다. 그러므로 이국의 혼령들이 귀의한 혼령의 고토마저 내게는 내 것인 듯 애닯게도 간절하게 느껴졌던 것입니다."

원수와 원수에 아유구용하는 무리들을 향해 신명을 던지지 못하고,

북만으로 탈출한 것, 그 콤플렉스 때문에 절명지에까지 비정의 끝을 헤매었던 청마가 드디어 도달한 지점은 현실적인 조국이나 고향이 아니라 영혼 일반의 문제였던 것이다. 이 도달의 순간부터 청마 시학이 성립된다. 현실적 고향이나 조국이 아니라 영혼 일반의 문제, 생명 의식의 문제로 그 본질이 이동될 때 비로소 보편적 거점이 획득된 셈이다.

이 점을 살피기 위해서는 신의 문제에서 시작되어야 될 것 같다. 누구나 청마 시를 대하면 그 예언자적 발성 때문에 압도당할 것이다. 그 다음으로 이 예언자적 위압 앞에 혹은 숱한 연가를 발견하고 사람들은 당혹하리라. 이러한 점들이 그의 시학의 단일성에 집약될 수 있다면 나의 목적은 어느 정도 달성되는 셈이다.

청마는 신을 믿는가. 이 물음에 대한 답변은 청마 자신이 한 적은 없다. 다만 그는 신을 인정은 한다는 것이다. 믿는다는 것과 인정한다는 것은 실로 혼동할 성질일 수 없다. "나는 신의 존재는 인정한다. 내가 인정하는 신이란 오늘 내가 있는 이상의 그 어떤 은총을 베풀며 베풀 수 있는 신이 아니라 이 시공과 거기 따라 존재하는 만유를 있게 하는 의의 그것이다. 나의 신은 형상도 없는 팽배 모호한 존재이다. 목적을 갖지 않는 허무의 의사이다." 소위 청마에 있어서 신이란 서구적인 의미의 인격신으로서의 신앙의 대상과는 전혀 무관한 것이다. 그것은 인간의 존재와는 전혀 무관한 상태에 놓인 우주의 질서이며 섭리 그것이다. 세상을 있게 하고, 그것을 영위하는 의지이며, 그 의지는 인간과는 전혀 무관하다는 의미에서 허무인 것이다. 더불어 허무 의지인 셈이다. 동양의 천의 개념에 유사한 그러한 의지인 것이다. 이 허무 의지가 가장 생생히 드러나는 곳은 어디인가. 그것은 생명이 끝나는 지역, 저 아라비아의 사막 같은 그러한 곳이다. 인간이 하늘을 외치며 죽어 가는 그런 순간에도 눈 하나 까딱 않는 저 냉혹한 자연의 섭리와 질서에 대면했을 때 구제의 의미는 무엇일까. 지극히 간단한 일이다. 자연이 인간과 전혀 무관하다는 사실을 엄연한 사실로 수락하는 태도 자체가 구원의 의미일 수밖에 없다. 자연의 냉혹한 질서를 내것으로 수락하여 동질화시키는 곳에만 비로소 희열로서의 구제의 의미가 성립된다. 자연의 냉혹함 그것을 청마는 비정非情으로 수없이 언표하고 있었다. 자연의 질서가 추호도 인간 감정의 투영을 용납하지 않는다는 것, 그것을 청마는 맨 먼저 자신에 적용시켜 '애련에 물들지 않는 것', '생명에 속한 것을 열애하되 삼가 애련에 빠지지 않음'을 내세웠다. 애련에, 인간 감정에 빠진다는 것, 그것은 최대의 치욕이었기 때문이다.

내 죽으면 한 개 바위가 되리라
아예 애련에 물들지 않고
희로에 움직이지 않고
비와 바람에 깎이는 대로
억 년 비정의 함묵에
안으로 안으로만 채찍질하여
드디어 생명도 망각하고
흐르는 구름
머언 원뢰
꿈꾸어도 노래하지 않고
두 쪽으로 깨뜨려져도
소리하지 않는 바위가 되리라.

_「바위」

비정의 가장 대표적인 대치물이 아라비아 사막 혹은 '바위'의 의지임은 물을 것도 없는 일이다. 이 자연의 원초적 질서 앞에서 인간의 구원은 오직 이 비정하고도 혹독한 자연의 섭리를 닮는 도리밖에 없는 것이다. 여기에 소위 도덕적 근거마저 놓여 있는 것이다. 여기까지 도달했을 때 소위 니힐리즘은 극복된 것이다. 어떤 회의도 끼어들 틈이 없는 것이다. "나의 사유 중에 편린이나마 신의 은총을 인정하는 순간이 있다면 그것은 나의 목숨에 오불관언한 이 신의 냉혹에 대한 나의 비굴한 나머지의 아첨밖에 아님을 자백해 둔다"고 청마가 분명히 말할 때, 북만 체험의 구체적 거점이 드러났으리라.

인간이 이러한 엄연한 사실을 몰각할 때 빚어지는 문제에 대해서 청마의 태도가 어떻게 되리라는 것은 능히 짐작할 수 있는 일이다. 그 한 가닥은 분노의 양상을 띠는 것이며, 다른 한 가닥은 연민의 정을 띠는 연가의 모습으로 드러나는 것이다.

분노의 양상을 살펴보려면 우선 인간의 책임을 드러내야 하리라. "신의 능력은 무량 광대하고 영생 무궁한 우주 만유에 미만해 있다. 신은 오직 있게 하였을 뿐 그 여외餘外의 책임도 관여도 갖지 않는다. 그 결과의 책임은 그 자신들이 끝까지 지게 마련이다. 그러므로 마침내 인간이 결코 기독교인들이 즐겨 선전하는 바와 같은 신의 제재에서가 아니라 자신들의 무지와 불찰로서 이 무량 광대한 구성의 일부에서 어쩌면 지구라는 좁쌀알보다 작은 유성과 함께 망멸할지 모를지라도. 그러나 그럴지라도 신의 의사와 구도 속에는 추호의 변량變量도 없을 것이며 책임은 오직 인간 자신에만 있는 것이다." 인간이 병들고 괴로워하고 시기 질투하는 것, 그것은 분명 인간의 책임이다. 청마가 굳이 기왕에 있었던 종교에 안기지 못하는 이유는 자명하다. 기왕에 있었던 종교를 구원의 차원에서 거부한다는 것은 엄청난 대가를 감당하는 일이 된다. "인간 자신의 얼마나 다행한 구원의 길인 영생불멸의 신의 나라가 있다는 저 거룩한 은총을 믿어 귀의하지 않고서도 너는 참으로 초인의 일인 죽음의 그 절대한 허무와 영결의 비애를 능히 견디어 넘을 수 있겠는가?" 아마도 이 어려움을 견딘다는 것은 엄청난 시련이리라. 그러나 그 시련이 아무리 엄청나더라도 다음과 같은 사실과는 바꿀 수 없는 노릇이었다. "설령 영생불멸의 내세가 있는, 또는 내가 거게 참례하여 무궁한 환락을 누릴 수 있다손 치더라도 그 내가 오늘의 나의 이날 이토록 애달픈 애환의 목숨과는 기억마저 절연된 것이라면 그 영생의 은총은 있으나마나 내 구태여 희구할 바 못 되는 것"이다. 사람들이 이러한 상태를 깨닫지 못할 때 인간의 비극은 도처에서 창궐하게 된다. 자연의 섭리를 몰각할 때 청마는 예언자적 위치에 서지 않을 수 없었으리라. 이 예언자적 위치는 혹은 분노로 혹은 타이름으로 나타난다.

> 나의 눈을 뽑아 북악의 산성 위에 높이 걸라
> 망국의 이리들이여
> 내 반드시 너희의 그 불의의 끝장을 보리라
> 쓰라린 조국의 오랜 환난의 밤이 밝기도 전에
> 너희 다투어 줄로 헐벗기어 아우성치며
> 일찍이 원수 앞에 떳떳이 쓰지 못한 환도이어든
> 한낱 사조를 신봉하여
> 골육의 상쟁을 선동하여 불 놓기를 서슴지 않고
> 보잘것없는 제 주장을 고집하기에
> 감히 나라의 망함은 두려하지 않나니
> 매국이 의를 일컫고
> 사욕私慾의 견구犬狗는 저자를 이루어
> 오직 소리소리 패악하는 자만이 도도히 승세하거늘
> 나의 눈을 뽑아 북악의 산성 위에 높이 걸라……
> _「조국이여 당신은 진정 고아일다」

청마의 이 분노는 예언자적 가열성이 저주의 양상으로 극대화되고 있음을 보여 준다. 그는 이 해방 조국에 난무하는 사상의 소용돌이와 불의를 '눈초리를 찢고' 지켜보리라는 것이다. 이러한 불의 앞에서의 분노는 저무는 자유당 말기의 다음과 같은 작품으로도 극대화되어 있다.

> 그 환도를 찾아 갈라
> 비수를 찾아 갈라
> 식칼마저 모조리 시퍼렇게 내다 갈라
>
> 그리하여 너희를 마침내 이같이
> 기갈 들려 미치게 한 자를 찾아
> 가위 눌러 뒤집히게 한 자를 찾아
> 손에 손에 그 시퍼런 날들을 들고 게사니같이 덤벼
> 남 나의 어느 모가지든 닥치는 대로 컥컥 찔러……
>
> _「칼을 갈라」

이러한 예언자적 저주와 분노의 표리적 관계에 놓인 것이 소위 연민의 정서이다. 어째서 인간은 서로 반목하고 죽이고 싸워야 하는가. 허허한 허무 의지로서의 자연의 섭리 앞에 좁쌀알 같은 운명의 인간이 무지 때문에 사상 때문에 혹은 또 무슨 이유 때문에 죽어 간다는 것은 예언자적 눈을 흐리게 하는 것이다. 안타까운 일이 아닐 수 없다. 6·25로 드러난 동족상쟁의 모습은 청마로 하여금 「보병과 더불어」를 쓰게 했다. '은수恩讎는 끝내 인간사'이었던 것이나, 죽은 괴뢰군의 시체를 보았을 때 청마는 이렇게 말해 놓았다. "그들이 이 전쟁에 강제로 붙들려 오고 안 왔고 간에 또는 열성분자로서 자진하여 오고 안 왔고 간에 이같이 그들을 죽인 그 죄과는 매한가지요, 그 같은 깨닫지 못한 인간의 죄과가 그지없이 안타까울 따름이다." 따라서 자연의 섭리의 측면에서 내려다본다면 인간의 죽음의 의미나 전쟁 혹은 이데올로기의 깃발의 의미는 허망하기 짝이 없도록 한심한 일이 된다.

여기는 망망한 동해에 다달은
후미진 한 적은 갯마을

지나새나 푸른 파도의 근심과
외로운 세월에 씻기고 바래서

그 어느 세상부터
생긴 대로 살아온 이 서러운 삶들

어제는 인공기 오늘은 태극기
관연할 바 없는 기폭이 나부껴 있다.

_「기의 의미」

청마 시에 상당한 분량이 연가로 되어 있다는 사실을 앞에서 지적한 바 있다. 그것은 다음 두 가지 사실로써 설명될 수 있으리라. 그 하나는 거듭 강조해 온 허무 절대의 의지 앞에 놓인 인간존재의 가련함에 대한 것이며, 다른 하나는 비정의 견지에 대한 자기모순으로 파악된다. 애련에 물들지 않는다는 경지의 모색은 자기모순의 한 방식이 아니었겠는가. 죽음이 절대한 자연의 질서임에 틀림없지만, 따라서 추호도 이상하거나 슬퍼할 구실일 수 없지만 죽음 일반이 아니라 너의 죽음, 혹은 가장 사랑하는 자의 죽음일 때는 그 지극한 슬픔은 어쩔 수 없는 것이다. 기실 가장 비정적이려 한 것 자체가 가장 다정다감함에 대한 공포에서 온 것이며, 심리적 퇴행의 징후에 불과한 것이 아니었겠는가. 이 자기모순의 일편점이 청마 연가의 거점이었으리라.

아픈가 물으면 가늘게 미소하고
아프면 가만히 눈 감는 아내—
한 떨기 들꽃이 피었다 시들고 지고
한 사람이 살고 병들고 또한 죽어 가다
이 앞에서는 전 우주를 다하여도 더욱 무력한가
내 드디어 그대 앓음을 나누지 못하나니

가만히 눈 감고 아내여
이 덧없이 무상한
골육에 엉기인 유정의 거미줄을 관념하여
요요遙寥한 태허 가운데
오직 고독한 홀몸을 응시하고
보지 못할 천상의 아득한 성망을 지키며
소조히 지저를 구으는 무색 음풍을 듣는가
하여 애련의 야윈 손을 내밀어
인연의 어린 새 새끼들은 애석하는가

아아 그대는 일찍이
나의 청춘을 정열한 한 떨기 아담한 꽃
나의 가난한 인생에

다만 한 포기 쉬일 애증의 푸른 나무러니

아아 가을이런가

추풍은 소조히 그대 위를 스쳐 부는가

그대 만약 죽으면—

이 생각만으로 가슴은 슬픔에 즘생같다

그러나 이는 오직 철없는 애정의 짜증이러니

진실로 엄숙한 사실 앞에는

그대는 바람같이 사라지고

내 또한 바람처럼 외로이 남으리니

아아 이 지극히 가까웁고도 머언 자여

_「병처」

　　청마는 「애정의 나무」 장에서 스스로를 에고이스트라 규정하고 있
었다. 그것은 그대로의 어떤 '체념'을 가졌던 소치이리라. "진정으로
우리가 장차 불가피하게 대면하고야 말 죽음이란 것을 염두에 둘 때
우리가 가지는 대인 간 교섭이란 그것이 넓으면 넓을수록 얼마나 부
질없는 노릇이겠습니까." 그리하여 남이야 어떻게 되었던 아랑곳없
이 저는 죽어서 자취를 감춘다는 행위만큼 큰 에고이즘이 다시 있겠
는가. 비정의 화신인 바위의 생리를 닮으려 한 청마의 의지는 이 지극
한 에고이즘 앞에 당혹함을 느끼지 않을 수 없었으리라. 이 모순의 표
현이 40대의 청마로 하여금 '파도'를 붙들고 외치게 한 것이다.

　　파도야 어쩌란 말이냐

　　파도야 어쩌란 말이냐

　　임은 물같이 까딱 않는데

파도야 어쩌란 말이냐

날 어쩌란 말이냐

_「그리움」

이 모순이 연가의 거점임을 다시 부연할 생각을 나는 갖고 있지 않다. 가장 의지가 굳은 것 같지만 청마야말로 의지의 일관성을 보이지 못한 모순의 길에 놓여 있었던 것이 아니었던가. 그는 실상 정열의 과잉 때문에 자신을 주체하기 어려웠던 것이다. 그는 허무 의지로서의 자연에 차단되어 있었기 때문에 이성에의 사랑으로 그 빈 공간을 채우려 몸부림친 것이었으리라. 그 사랑이란 것이 종교의 대치물로 나타날 수밖에 없었다. 이 몸짓은 설사 청마에겐 가장 절실한 것이었을지 모르나 내가 보기엔 매우 어색한 구석을 남겨 놓고 있는 것이다. 그것은 위선의 수사학이다.

사랑하는 것은

사랑을 받느니보다 행복하나니라

오늘도 나는

에메랄드 빛 하늘이 환히 내다뵈는

우체국 창문 앞에 와서 너에게 편지를 쓴다

행길을 향한 문으로 숱한 사람들이

제각기 한 가지씩 생각에 족한 얼굴로 와선

총총히 우표를 사고 전보지를 받고

먼 고향으로 또는 그리운 사람께로

슬프고 즐겁고 다정한 사연들을 보내나니

세상의 고달픈 바람결에 시달리고 나부끼어

더욱더 의지 삼고 피어 흥클어진 인정의 꽃밭에서
너와 나의 애틋한 연분도
한 망울 연연한 진홍빛 양귀비꽃인지도 모른다
―사랑하는 것은
사랑을 받느니보다 행복하나니라
오늘도 나는 너에게 편지를 쓰나니
―그리운 이여 그러면 안녕!
설령 이것이 이 세상 마지막 인사가 될지라도
사랑하였으므로 나는 진정 행복하였네라.

_「행복」

6

청마의 시는 거의 진술에 의거하고 있다. 그는 시론이나 형태 혹은
기법에 대한 고려가 거의 없음이 주지되어 있다. 그의 사유가 한국시
사에선 원래 결핍되어 있었던 것이었기 때문에 유달리 돋보였을 뿐이
다. 서구시학에 외면함으로써 그대로의 자세를 지켰을 따름이다. 나
는 그의 북만 탈출의 체험에서 빚어진 자학의 가혹한 시련을 높이 평
가할 수 있다. 설사 그것이 많이도 수사법의 차원이지만 그것은 정신
의 가열성에서 분명히 하나의 고처高處이기 때문이다. 이러한 고처로
서의 수사법이 유지될 수 있었음은 신명을 던지지 못한 것에 대한 자
학으로서의 긴장의 지속이 가능했기 때문이었으리라. 이러한 콤플렉
스의 긴장이 제거된 해방 후의 시에 대해서는 별다른 성과를 평가하
기 어려울 것 같다.
　시인이 아니라고 자처했을 때 그는 참된 시인이었다. 그 후로 그는

너무나 시인이고자 노력하였다. 너무나 시인이고자 노력하려면 시학으로 향한 관심이 있어야 하는 법이다. 그러한 시학에의 관심을 기울이지 않으면서도 시인이고자 할 때는 꼭 같은 수사법의 반복에 전락하기 쉬우리라. 성인이 된 후에도 시인으로 남아 있기 위해서는 자신의 위기를 모험해야 하리라는 것이 청마가 던지는 문제점이라면 우리가 갖는 한국시사에의 비판은 당연히 가혹해도 좋으리라 생각된다.

(『현대시학』 1970. 10.~11.)

시정신의 핵심을 향한 도저한 천착

김윤식은 1969년부터 다수의 시인론을 거의 매월 각 문예지에 발표했다. 그중 가장 집중적이고 분석적이며 시인의 작품 전반을 포괄적으로 다루고 있는 글이 바로 이 유치환론이다. 그가 다른 어떤 시인보다 유치환의 시에서 비평적 자극을 느낀 것은 유치환의 시에서 '모순'을 발견했기 때문이다. 유치환은 상호 모순되는 발언을 꽤 많이 벌여 놓았는데 그것이 어느 면에서는 과장이나 허세가 아닐까, 그래서 자신이 그 허세에 속은 것은 아닌가 하는 생각이 들었기 때문이다.

이때 그는 30대 초반의 나이로 상당히 엄정하고 비장한 자세로 비평에 임하고 있었다. 1973년과 1974년에 그 동안 써 온 글을 모아 다수의 저서를 냈는데, 그 서문을 보면 문학과 학문에 대해 지닌 엄격한 자의식을 선명하게 감지할 수 있다. "그것은 굳이 순수했다는 과거적인 사실 자체에서 마침내 달성되리라"(『한국 근대문학의 이해』), "혼자 있음의 초월이 나의 황잡한 문자 행위였던 셈이다. 그리고 그것은 죽음만이 막게 해줄 따름이리라"(『한국문학의 논리』), "설사 고의적이 아니라 하더라도 인간이 자기와 남을 속이는 불행만은 없어야 한다는 평소의 내 신념 때문에 오늘은 유달리 불안합니다"(『한일문학의 관련 양상』) 등에서 문학과 학문에 대한 그의 뜨거운 열정과 집념, 비평가적 염결성을 엿볼 수 있다.

김윤식이 인식한 모순의 단서는 크게 세 가지다. 유치환은 스스로 시인이 아니라고 여러 번 얘기했으나 누구보다 많은 시를 썼다는 것, 애련에 물드는 것을 치욕이라고 거부하면서도 연정과 자학의 시를 많이 썼다는 것, 허무 의지와 비정의 섭리를 따르려 하면서도 구원의 가능성을 염두에 두었다는 것 등이다. 여기서 유치환의 시작 과정과 관련지어 가장 뚜렷하게 드러나는 모순은 두 번째 문제이며, 그는 이 문제를 해결하기 위해 유치환의 첫 시집 『청마시초』(1941)를 분석하여 만주 이주 전후의 시인의 정신적 상황을 고찰하였다.

시인은 원수에 대한 가열한 반항을 삶의 지향으로 설정했는데, 그 것은 자신의 모든 것을 바쳐 반항의 길로 뛰어드는 것과 굴욕에 젖어 살면서도 한 점 부끄러움이 없기를 맹세하고 살아가는 것의 두 가지 방향이다. 이 중 유치환은 후자의 길을 택한 것이고, 이육사 같은 사람 은 전자의 길을 택했다고 볼 수 있다. 그러나 온몸으로 행동에 뛰어들 지 못했다는 자책감이 뒤따르기 때문에 유치환의 경우에는 회한과 자 학이 나타나게 된다. 유치환의 '북만 탈출' 역시 그 자학의 일환으로 보았다. 유치환의 만주 이주를 자학으로 본 데는 이 당시 김윤식이 지 니고 있었던 문학적 엄숙주의가 크게 작용했다. 그는 유치환의 만주 이주(북만 탈출)를 불이익을 감수하면서 이루어진 대단한 결단으로 받 아들였는데, 이것 자체가 유치환이 보여 준 과장된 자기 합리화의 영 향을 받은 것이다.

여하튼 김윤식은 유치환의 만주 탈출이 역사 속에 신명을 던지지 못한 자가 보여 준 콤플렉스의 발현이며 거기 나타난 자학과 회한이 그 나름의 절실성을 가진 것이라고 이해했다. 그런데 자기 학대의 극 점이 섬뜩한 사디즘으로 돌출되는 것을 보고 김윤식은 그 현상을 이 육사와 비교하여 유치환의 한계로 제시했다. 실제로 조국 광복 투쟁 에 신명을 바친 이육사의 경우에는 자학이나 사디즘이 전혀 드러나지 않기 때문이다. 여기서 김윤식은 방향을 돌려 유치환이 자학이나 사 디즘에서 벗어나 새로운 차원을 열었는가 하는 점을 검토했다. 유치 환은 인간이나 짐승은 물론 인간과 무생물의 구별도 없어지는 어떤 절대의 경지를 사유했고, 그러한 '비정의 세계'에서 생명을 존속하기 위해서는 기본적으로 굳세야 하며 자신의 생명을 위협하는 원수보다 더 굳세져야 한다는 주장을 내세웠다. 김윤식은 이것을 "자학의 단계를 넘어서 보편성을 획득하기에 이른 것"으로 파악했고, 그래서 "이 보편성의 획득이야말로 내가 부르고 싶은 청마 시학의 성립이요 그 거점"이라고 주장했다. 그것은 현실적인 조국이나 고향의 문제가 아니라 "영혼 일반의 문제, 생명 의식의 문제"였으며, 이것은 신의 문제로 이어진다고 보았다.

김윤식은 유치환이 시와 산문을 통해 여러 가지로 던져 놓은 단상들을 봉합하여 하나의 논리로 엮어 내려는 노력을 한 것이다. 여기에는 시인 유치환에 대한 비평가의 신뢰가 깔려 있다. 그러나 유치환의 사유 자체가 논리적이 아니었고 시와 산문의 집필 시점도 불분명한 상태기 때문에 시와 산문의 단편들에서 논리적 사유를 검출하기는 어려운 형편이었다. '청마 시학'을 추출하기에는 유치환의 문학적 자료가 충분한 용량을 갖추지 못하고 있었던 것이다.

김윤식은 유치환의 '허무 의지'를 거론했다. 자연이나 신이 인간존재와 무관한 비정한 것이라면 그것은 일종의 허무에 해당하며 따라서 자연과 신은 허무 의지를 지닌다. 인간 역시 그 허무 의지에 맞서 비정한 자세를 유지할 수밖에 없다는 것이 유치환 사유의 논리다. 그 비정함에서 불의를 향한 예언자적 분노와 저주의 어법이 터져 나왔다. 그런데 이 비정한 자아의 눈을 흐리게 하는 인간의 가련함이라든가 허망함에 대한 연민은 또 어디서 온 것인가? 이 점을 해명하기 위해 김윤식은 여러 가지 난해한 화법을 구사했다. 이것은 유치환이 자기와 남을 속이는 일은 하지 않았으리라는 한 비평가의 기대감이 반영된 것이기도 하다. 그러한 노력에도 불구하고 그는 결국 유치환에 대해 두 마디 말로 그 특징을 요약하게 된다. 그것은 "자기모순"과 "위선의 수사학"이라는 말이다.

김윤식은 유치환 시의 모순을 풀어보려고 시인론을 시도했으나 종국에는 그 모순을 다시 확인하는 결과에 이르렀다. 문제점의 제기가 문제점의 확인으로 순환되고 만 것이다. 다만 이육사와 비교하여 유치환의 한계를 실증적으로 드러낸 것을 이 작업의 성과로 제시할 수 있다. 후에 그는 이육사론을 쓰면서 이육사의 신명을 던진 역설의 미학과 행동이 없는 상태에서 치열성의 포즈만 취한 유치환의 과장된 수사법을 더욱 적극적으로 비교하면서 유치환의 '허세'를 비판했다. 우리는 이러한 논의에서 시를 언어적 기교의 차원에서 벗어나 치열한 정신의 산물로 이해하려는 새로운 비평정신과 만나게 된다.

16

김용직의 「시의 변모와 시인」

시의 변모와 시인 – 황동규론

김용직

흔히 현대를 평준화의 시대라고 한다. 물론 이 말이 뜻하는 바는 현대의 한 특징인 인간 각자의 존재 의의의 증대라든가 권리, 능력의 균등화를 가리키자는 데에 있을 것이다. 그러나 이 말의 내포와 외연이 20세기의 일반적인 상황을 개괄해서 지칭하는 것이라면 또 모른다. 예술이나 시를 말하는 자리에까지 이 말이 곧 통용 화폐가치를 지닐 수 있으리라고는 믿어지지 않는다.

가령 이 경우 우리는 한국 회화 또는 시를 그 보기로 들 수도 있을 것이다. 작금의 우리 예술이 그 오랜 슬럼프에서 헤어나지 못하는 까닭을 다만 거기에 참여하고 있는 인력이 숫자적으로 빈곤하다는 데 돌릴 성질의 것이 아님은 너무나 명백한 바와 같다. 그보다 큰 빌미는 아무래도 이 얼마 동안 우리 주변에서 지난날의 단원檀園·혜원蕙園에 필적할 만한 예술가가 탄생되지 않았다는 데서 찾아져야 하지 않을까 믿는다. 화제가 시 쪽으로 바뀌어도 그 사정에는 별로 변동이 일어나지 않을 것이다. 소월이나 만해, 이상과 윤동주의 시를 제외한 채 우리 현대시를 생각한다는 것은 곧 주역이 없는 연극을 보겠다는 것처럼 싱거운 일이 아닐 수 없다.

정녕 오늘 우리 주변에서 참되게 우리 시의 중흥을 바라는 모든 사람들이 한결같이 또 한 번 초인의 출현이 있기를 바라는 이유가 그런데 있다. 대개 한국문학이나 시의 새로운 시야와 보다 폭넓은 전개가 그와 같은 전기 없이는 이루어질 수 없으리라는 것이 너무도 명백한 사실이기 때문이다.

새로운 헤라클레스의 출현을 기다려 온 우리에게 적지 않게 관심의 대상이 된 이름 가운데 하나가 시인 황동규다.

처음 그가 우리 시단에 그 얼굴을 내민 것은 1958년『현대문학』지에 그의 첫 작품이 추천되고서부터였다. 그 후 그는 세 권의 시집을 상재해 주었다. 1968년에 간행된 그의 처녀 시집『어떤 개인 날』, 1965년에 나온 제2시집『비가』, 그리고 1968년에 마종기, 김영태와 함께 낸 3인 시집『평균율』이 그들이다.

그러나 그가 우리의 주목을 받게 된 까닭이 다만 몇 권 시집을 상재했다는 사실에만 귀착되는 것은 아닐 것이다. 숫자로만 따지기로 한다면 그보다 짧은 시력으로 그보다는 월등하게 많은 작품을 보여 준 시인도 우리 주변에 아주 없지는 않기 때문이다. 보다 그가 우리에게 주시되는 까닭은 다른 측면에서 찾아져야 한다. 그리고 그때 우리는 우선 다음과 같은 몇 가지 사유를 손꼽을 수 있지 않을까 한다.

첫째, 이 시인이 아직 비교적 어린 나이였을 때 이미 시단에 등장하기 시작했다는 것, 동규가 그의 첫 작품「시월」을『현대문학』지에 발표한 것은 그의 대학 생활이 갓 시작되었을 무렵이었다. 뿐만 아니라 그는 조숙한 사람들에게 흔히 볼 수 있는 유형의 시인, 일찍 피었다가 곧 시들어 버리는 그런 부류의 일원도 아니었다. 어떻든 그는 그의 첫 등장 이후 꾸준히 작품 활동을 계속해 주었다. 그리고 또한 그들은 계속 질적인 향상이 이루어진 것이었다.

다음, 그는 또 처음부터 그 나름의 시관詩觀 비슷한 것을 지니고 있었다. 후에 그것은 '비극적 인생관'이라고 못 박혀졌지만 아무튼 그는 그것을 시작의 한 핵 내지 정신적 배경으로 삼았다. 다음 몇 줄은 그런 측면 일반을 읽을 수 있는 부분이다.

> 주위가 어지러울수록, 생활이 가열할수록 우리는 쉽게 움직이지 않는 자세를 배워야 할 필요가 있다. 우리가 진실할 때 단순한 희망에 의해 구원받은 적이 없으며 어떤 실망 앞에 헛된 눈물을 바친 적이 없기 때문이다. 우리가 진실할 때, 어느 곳에서나 우리 자신의 깊이에서 길을 발견하였고, 그것을 사랑했고, 거기에 몸을 바쳤던 것이다. 인류의 끊임없는 발전에 대해서 나는 많은 의혹을 가지고 있긴 하다. 그러나 신·불신이 무슨 문제이리오. 우리가 끊임없이 자기다운 일을 하는 한.
>
> _『어떤 개인 날』 후기

여기 나타나는 바와 같이 이 시인은 반드시 인간과 세계의 장래를 밝은 것으로는 보지 않고 있다. 그러나 그렇기 때문에 오히려 그 나름의 성실성이 필요하다는 게 이 시인의 생각이기도 하다. 한편 그 길을 그는 '끊임없이 자기다운 일'을 하는 것이라고 밝히고 있다. 시인에게 있어서 자기다운 일이 시를 떠나서 달리 있을 수 없음은 물론이다. 따라서 자연 그는 시작에 충실하지 않을 수 없을 것이며, 또 그와 같은 그의 시에 그 나름의 인생관이 투영되지 않을 리도 없었다. 동규의 시가 지니는 또 하나의 특성은 이런 면에서 찾아질 수 있는 것이었다.

한편 그가 속한 세대의 시인 가운데는 전혀 그런 것도 없이 단순히 얼마간의 재주로 시를 쓴 사람도 없지 않았다. 그의 시가 상대적으로 우리의 눈을 끌게 된 것도 매우 자연스러운 결과였던 셈이다.

셋째, 데뷔 당시에서부터 오늘에 이르기까지 그의 시는 몇 번 그 모습을 바꾸어 왔다. 그런데 그 변모 역시 단순한 유행 감각의 추종처럼 보이지가 않는다. 적어도 그 밑바닥에 그러지 않을 수 없는 필연성을 깔고 그 논리적 근거 위에 서 있는 상 싶은 것이 그의 시다. 따라서 어느 의미에서 본다면 그의 시는 변증법적 지양의 길을 걸어온 시라고도 볼 수 있을 것이다. 일찍 우리는 우리 주변에서 그와 같은 유형의 시인을 드물게밖에 못 가져 왔다. 그러므로 그가 주목되는 것은 또 하나의 점에서 당연한 일이 되는 셈이다.

크게 볼 때 세 단계에 걸친 변화를 발견할 수 있는 것이 동규의 시다. 출발 무렵에 그의 시는 우리의 고유한 말씨를 날로 하고 거기에 개인적인 서정의 무늬를 교직하고자 한 편이었다. 그것이 『비가』에 이르러서는 좀 관념적인 어투를 쓰는 쪽으로 기울어지게 되었고, 또 그 세계 역시 인간의 일반적인 문제에 관심을 보이는 방향으로 확대되었던 것이다.

한편 『평균율』에서 그의 시는 다시 다음과 같은 경향을 띤 쪽으로 기울어졌다.

(A) 제재 내지 주제 의식에 나타나는 변화

(B) 형태 면에 나타나는 지적 측면의 증가 및 객관적 수법을 채용한 자취의 심화

본래 시란 독창성과 개성을 그 생명으로 하는 예술이다. 따라서 어떤 보편적 개념 또는 관념도 그 속에 들어가는 이상 개인적인 체험으로 변형되고 재편성되기 마련이다. 그러므로 한 시인에게 있어서 개

인적인 세계란 시작의 그와 같은 측면을 가리키는 것이 아니다. 한 시인의 세계가 개인적이라는 것은 시작의 정신 영역을 가르칠 때 쓰는 말이다. 즉 한 작품의 지향이 인간의 보편적인 현실이나 문제를 다루는 게 아니라 시인 자신의 사사로운 감정, 세계를 다루는 편이 될 때 우리는 그에 대해 개인적 세계를 지닌 시인이라는 말을 쓸 수 있을 것이다. 이와 같이 볼 때 그 출발 무렵 동규의 시는 매우 개인적인 편이었다. 「시월」에서 그는 한 계절이 남긴 느낌을 아주 사적인 테두리에서 다루고 있다. 「동백나무」(이것이 그의 제2회 추천 작품이다)에서 그는 동백나무를 통해 한 여인의 이미지를 제시하고자 했다. 그러나 그 목소리는 여전히 그만의 세계에 머문 것이었다. 그리고 「겨울밤 노래」나 「달밤」 등, 기타 『어떤 개인 날』에 수록된 내부분의 작품에서도 그 사정은 대개 엇비슷했던 것이다.

한편 이 무렵에 그는 또 매우 한국적인 목소리를 그의 작품에 담고 있다. 그와 같은 자취가 가장 두드러지게 드러나는 것이 다음과 같은 작품들이다.

> 누가 와서 나를 부른다면 내 보여 주리라
> 저 얼은 들판 위에 내리는 달빛을
> 얼은 들판을 걸어가는 한 그림자를
>
> _「달밤」 일부

> 숨차고 큰 제사 앞에 홀로 가듯이
> 무섭게 우는 나뭇가지 앞에 걸어갈 때에
> 쏟아지는 해처럼 낙엽은 떨어지고
> 산들이 굽어보는 계곡에 합치는 강물, 강물.
>
> _「조그만 방황」 첫 연

이 작품들에서 우리는 의식적으로 격과 어미가 많이 쓰인 듯한 자취를 읽을 수 있다. 이 자체부터 이들 작품의 한국적인 성격을 조장해 주고 있는 것이다.

잘 알려진 바와 같이 우리말은 교착어에 속한다. 그런데 이 유형에 속하는 말은 의미부와 함께 형태부 역시 다양한 기능을 가진 게 그 특징이다. 바꾸어 말하면 형태부의 작용이 교착어의 한 특색을 이룬다는 말이다. 한편 우리말의 형태부를 이루는 격이라든가 어미는 또 모두가 묘하게도 그 말음이 유성음으로 되어 있다. 한 말이 유성음일 때 그것이 발음하기에 좋을 뿐 아니라 다음 소리에까지 영향을 준다는 것은 우리가 잘 알고 있는 바와 같다. 따라서 이와 같은 격과 어미를 많이 쓴다는 것도 곧 우리 시의 맛과 멋을 살리는 길이 될 수 있는 것이다.

따라서 동규가 그의 시에서 의식적으로 그들을 많이 쓰고 있는 듯한 자취를 남긴 것은 그의 시법이 이상 밝혀진 테두리에서 멀리 벗어나는 게 아님을 드러내 주는 것이다. 뿐만 아니라 그의 시적 발상에는 그 뿌리에서부터 한국적 생리가 담겨진 것이 있다. 그것이 즉 「조그만 방황」의 '숨차고 큰 제사 앞에 홀로 가듯이'와 같은 부분이다. 이것은 사나운 바람에 소리를 내는 나뭇가지를 표현하기 위해 쓴 것이다. 그런데 그 비유의 매체를 빌려 온 생각부터가 한국적이다. 서구에서 어느 제의가 요란한 울음과 함께 시종되었다는 이야기를 들은 적이 없다. 대부분 그들의 의식은 그들이 신봉하는 기독교와 밀착된 것으로 들린다. 그들에게는 가 버린 사람에 대한 추념의 예도 언제나 목사나 성직자의 설교 속에서 진행된다. 거기에 조용한 화음으로 흘러나오는 찬송가, 그 역시 하느님의 영광을 기리는 것일 뿐 아주 목 놓아 우는 가락일 수가 없다. 흔히 고인은 아주 가 버린 게 아니라 하느님의 부름을 먼저 받은 데 지나지 않았다고 믿어지기 때문이다.

한편 중국에서도 슬픔은 자제되어서 예가 된다. 이 경우 우리는 공자의 한마디를 먼저 기억해야 할 것이다. 『논어』에는 그가 한 말 가운데 하나인 '애이불상哀而不傷'의 넉 자가 남아 전한다. 그런가 하면 일본이나 남방 등지에서 제사는 또 다른 각도에서 통곡의 마당이 아니다. 그들의 많은 제는 광적인 리듬, 노래와 춤에 그 역점이 놓인다.

그럼에도 동규의 작품에는 삭풍에 흔들리는 나뭇가지가 '숨차고 큰 제사'의 기억으로 비유되고 있는 것이다. 이것은 바로 그의 시적 발상이 매우 한국적이라는 것을 증거해 주는 게 아닐 수 없다. 왜냐하면 이상 살핀 바와 같이 세계의 어디에도 요란한 곡성이 주조가 되는 제례는 나타나지 않았다. 다만 예외로 우리의 경우만이 그랬기 때문이다.

앞서 우리가 그의 시에 한국적인 목소리가 담겼다고 한 까닭이 바로 이런 데 그 이유가 있다.

앞에서 이미 밝힌 바와 같이 『비가』에서 동규의 목소리는 다시 다른 차원으로 지양된다. 우선 여기에서 그의 시가 지닌 폭은 좀 더 넓은 것으로 바뀌었다. 그리고 그 속에 담긴 체험적 요소 역시 『어떤 개인 날』의 것과는 달리 퍽 다양한 게 되었던 것이다.

결과 그의 시는 두 가지 의미에서 변화를 일으켰다. 그 첫째 것이 체험적 요소의 저변 확대 현상이다. 물론 『어떤 개인 날』에서도 그의 체험 내용이 반드시 편협한 편이었다는 말은 아니다. 우리 현대 시인들이 초창기에 보여 준 작품들의 예에 비한다면 그래도 그의 체험적 요소는 비교적 다양한 편이었다. 그러나 그것은 어디까지나 상대적인 입장에서 볼 때 그런 것이기도 했다. 보다 높은 차원에서 살필 때 아무래도 그의 체험적 요소가 충분할 정도로 포괄적은 아니라고 생각된 것이 그의 처녀 시집이었다. 그것이 『비가』에 이르러 좀 더 포괄적인 게 되었던 것이다. 다음 『비가』에서는 우리 투의 말씨 역시 많이 배제되고 있다. 우선 그 시집 서두에 놓인 몇 줄을 예로 들어 보면 다음과 같다.

빈 들의 봄이로다.

밤에 혼자 자며 꿈결처럼 들은

그림자 섞인 물소리로다.

저녁 들판에

돌을 주위에 싸 놓고 든 자여

돌성은 너의 하숙이로다.

젊은 자들은 반쯤 웃는 낯을 짓고

나이 든 자들은 작은 이름만을 탐내니

그들의 계집이

캄캄한 들에 나가

병거兵車 앞에 엎디는 자식을 낳도다.

_「제1가」일부

물론 여기에 나타나고 있는 시상은 암담한 인간의 현실과 그것을 극복할 신념, 정열을 지니지 못하는 오늘 우리 주변에 대한 비관과 관계가 있다. 빈 들에 봄은 왔다. 그러나 정작 아름다운 이 계절에 의미를 부과해야 할 인간들은 어디에 있는가. 반쯤 웃는 낯을 짓고 있는 젊은 자들에게는 한 세대, 그리고 그보다 나이를 더 먹은 또 하나의 세대는 이미 탐구와 모색을 포기해 버린 지 오래다. 그들은 다만 눈앞의 작은 이익이나 명예를 탐내고 있을 뿐이다. 그리하여 아름다운 봄도 캄캄한 밤, 들에 나가 병거 앞에 엎디는 자식이나 낳은 산고産苦로 상징되듯 어둡고 답답한 계절에 지나지 않는다.

물론 이것은 이 세기에 처한 인간 전체의 현실인 동시에 보다 비근하게 우리 자신의 현실임에 틀림없다. 그러나 그것을 형상화하기 위해 쓰인 생각이나 말씨는 한국적인 것에 그치지 않는다. 우선 『비가』는 그 제목부터가 같은 이름을 붙인 일련의 작품을 가진 두보의 시를 연상케 한다. 거기에다 그 주제 의식을 살리기 위한 수법에도 어딘가 그와 같은 낌새를 느끼게 해주는 구석이 있다. "國破山河在, 城春草木深" 두보의 「춘망春望」에서도 봄은 비감한 계절이었다. 뿐만 아니라 『비가』에는 그 체험적 요소로 돌성이 나오고 병거가 나온다. 물론 성은 우리나라에도 있는 것이다. 그러나 봄과 성의 관계 설정은 반드시 우리에게 흔했던 것이 아니었다. 병거라는 말 역시 그렇다. 야전에서 기동력 같은 것을 생각할 정도로 호전적이 못 되었던 우리 민족에게는 이 역시 생소한 단어임에 틀림이 없었다. 『비가』에 즐겨 쓰이고 있는 말투 역시 우리의 전통적인 것은 아니었다. 이 시집에 쓰이고 있는 말투는 비기秘記나 예언서 등에서 찾아 볼 수가 있는 것, 그 호흡이 짧은 가운데 묵시적인 내용을 담고 있는 것으로 되어 있다.

> 빈 들의 봄이로다.
> 밤에 혼자 자며 꿈결처럼 들은
> 그림자 섞인 말소리다.

이와 같은 행간에서 우리가 한국적인 애틋한 가락이나 면면한 정을 느낄 수는 없는 일이다. 그에 앞서 아무래도 우리는 그 행간 속에 담긴 작품의 속뜻을 캐고자 들지 않을 수 없다. 어떤 작품에는 그 속뜻을 캐기 전에 먼저 느껴지는 것이 있다. 한 작품의 리듬, 또는 텍스처로서의 측면이 강할 때가 대개 그런 것이다. 전통적인 흐름을 이어받은 우리 시가에는 대개 그와 같은 성격의 것이 많다. 그런데 『비가』는 그와 다르다. 이 말은 곧 『비가』가 『어떤 개인 날』과는 다른 측면을 드러내 주는 시집임을 다시 한 번 확인케 해주는 셈이다. 『비가』에 나타나는 동규의 기도企圖는 『어떤 개인 날』에서 보여 준 그의 자세를 좀 더 철저하게 한 것이었다. 즉 그 후기에 보면 그는 인간의 현실을 비극적 상황으로 파악하고 있다. 그러면서 그는 그 상황 속에서 그의 시작이 형식 논리 속에 안주하려는 경향을 경계했고 또 정신적 깊이를 지니지 못한 채 '새뜻한 입맛'에 빠져들려는 유혹도 물리치려 들었던 것이다. 이와 같은 시작에 필요한 것은 결국 정신의 건강이 아닐까 판단된다. 왜냐하면 일단 우리가 표피적인 감각의 세계를 물리치고 인간의 깊이에 파고들어 그것과 진지하게 대결한다는 것은 그만큼 힘든 작업임에 틀림없기 때문이다. 그런데 시작에 있어서 건강한 태도란 곧 체험적 요소를 지나치게 단순화하지 않는 태도를 뜻하는 것이기도 했다. 이 경우 우리는 우리 신시의 초창기에 활약한 시인들을 예로 생각해 보아도 좋을 상 싶다. 그들에게는 대부분 시는 곧 깨끗하고 아름다운 것이어야 한다는 일종의 결벽증이 있었다. 그에 의해 그들은 또 지나치게 그들의 체험적 요소를 단색적인 것으로 만든 자취를 남긴다. 가령 사랑이라든가 그리움, 또는 달, 꽃 등 몇 개의 단어로 한정된 체험적 요소를 제거해 버릴 때 안서나 소월의 시가 거의 절반 이상 기화해 버릴 가능성을 나타내는 게 그 단적인 증거다. 결과 그들의 시는 모두가 여성적인 취향, 애틋하고 감상적인 세계에 젖어 들면서 어딘가 창백한 색조를 지닌 것이 되어 버렸다. C. 브룩스가 시의 성실성을 말하는 자리에서 "시인이 독자에게 그 무엇을 전달하고자 하는 경우, 그것에 모순된다고 생각되는 모든 여타 요소를 제거하는 것은 곧 감상적 태도"라고 한 까닭이 바로 여기에 있었던 성싶다. 이와 같이 볼 때 그의 시를 위해 건강한 자세가 요구되었던 한 시인이 그 선결 요건을 체험적 요소의 다변화, 그 저변 확대로 잡은 것은 아주 현명한 일이다.

그러나 그다음 자리에서 다소 문제를 남긴 것이 『비가』다.

모든 문학적 시도와 실험은 작자의 계산에 머물러서는 안 된다. 그 계산은 다시 필요한 과정을 거쳐 모든 사람들에게 공인될 수 있게 되어야 하는 것이다. 한편 이 경우의 필요한 과정이란 그것이 한 작품으로서의 형태나 구조를 획득해 가는 절차 같은 것이라고 할 수 있다. 즉 한 시인의 의도와 계산은 그의 필요한 미적 형태의 획득, 구조의 성립으로 가능해진다는 말이다. 그리고 이때의 형태 구조의 획득이 어떻게 가능한 것인가 하는 문제도 한마디로 답이 가능할 만큼 단순한 것은 아님이 명백하다. 그러나 최소한 우리는 여기서 다음과 같은 이야기는 할 수가 있다. 현대시가 지니는 형태나 구조상의 특색은 그것이 비유나 상징, 이미지를 중심으로 체험적 요소를 질서화한다는 데서 찾아진다. 이미 우리는 시에서 감정이나 관념이 직접적으로 표출되기를 바라지 않는다. 그보다 그들이 객관화된 다음 다시 구체적인 사물을 통해 제시될 때 비로소 그것에 시의 이름이 허여될 수 있다는 것을 우리는 알고 있기 때문이다. 그런데 그 길은 비유나, 이미지를 통할 수밖에 없도록 되어 있는 것이기도 하다.

이와 같은 각도에서 볼 때 『비가』가 아주 이단의 시집이라고 판단되지는 않는다. 적어도 거기에는 다음과 같은 부분이 있다.

꽃나무여 꽃나무여
적은 열매의 약속으로
수많은 꽃을
밖으로 내어 민
어둡고 어두운 우수여
그 어두움 속에
벌레 울듯
수만의 봄이 오래
집중된다.

_「제12가」

이미 앞에서 언급된 바와 같이 이 시의 작자는 인류의 장래에 대해 상당히 비관적인 생각을 가지고 있었다. 그때 우리가 사는 세계가 어두울 수밖에 없음도 물론이다.

그 어두운 인간의 땅에 봄이 온다. 그리하여 꽃이 피고 그 꽃송이마다 화사한 봄이 머무르는 것이다. 상대적으로 더 절실해지는 것이 인간의 암담한 현실일 수밖에 없는 셈이다. 즉 이 작품의 정신적 바탕이 되고 있는 것은 여전히 비극적인 인간 현실이다. 그러나 여기서 그와 같은 인생관 내지 정신적 상황은 조금도 개념적인 언어만에 의해 진술되고 있지 않다. 그들은 보다 구체적인 사물인 꽃이라든가 열매 또는 벌떼의 비유를 통해 제시되고 있는 것이다. 따라서 최소한 이 부분에서만은 동규는 그의 의도에 가까운 미적 구조를 형성시키고 있다.

그러나 『비가』에서 이와 같은 예가 아주 흔한 것은 아니다. 대부분의 경우에 있어서 그 시집에 담긴 시인의 목소리는 다음과 같이 감정이나 의도가 노출되어 있는 편이다.

황량한 둔주로다.
늦가을 들판
멀리서 트는 미명
앙상한 나뭇가지 바람에 불리우고
캄캄한 하늘에선
구름을 좇는 구름의 떼
더듬는 마음의 한 없음
빈 들에 매인 자여
빈 새벽하늘에
미명

진실로 우리가 외로울 때
조그만 진실이 끝까지 남아
마지막에 우리를 버리리로다.

_「제3가」

　여기 나타나는 바와 같이 이 작품에서 시인의 감정은 객관화라는
풀무를 거치지 못했다. 그의 의도가 구체적인 사물을 통해 제시되지
못하고 직접 표출되어 있는 것이다. 결과 그의 시는 오히려 뚜렷한 테
두리를 드러내지 못한 채 관념의 안개 속에 잠기어 든 꼴이 되어버렸
다. 그리하여 그 진지한 시도에도 불구하고 끝내『비가』는 그 자체가
완미품을 담은 그릇이 되지는 못하고 말았다.

　『비가』에서 미해결의 장으로 남겨진 문제는『평균율』에 그대로 계
속되었다. 사실『평균율』에 수록된 일부 작품은 바로『비가』에서 못다
푼 문제를 해결해 내기 위한 시도처럼 보이기까지 하는 게 있다. 다음
은 그 보기의 하나가 될 수 있는「태평가」다.

말을 들어 보니
우리는 약소민족이라더군
낮에도 문 잠그고 연탄불을 쬐고
유신안약을 넣고
에세이를 읽는다더군

몸 한 구석에 감출 수 없는 고민을 지니고
병장 이하의 계급으로 돌아다녀 보라
김해에서 화천까지

방한복 외피에 수통을 달고

도처철조망到處鐵條網

개유검문소皆有檢問所

그건 난해한 사랑이다.

전피수갑全皮手匣을 낀 손을 내밀면

언제부터인가

눈보다 차가운 눈이 내리고 있다

말을 들어 보니 우리는 약소민족이라더군

창밖에 오래 얼고 지는 눈보라

연탄을 갈아 넣고

이 작품의 밑바탕에는 약소민족의 일원으로서의 우리가 느낀 비감 같은 게 깔려 있는 성싶다. 약소민족이기 때문에 우리는 낮에도 문을 잠그고 살아야 한다. 그리고 남들은 스팀이 통하는 훈훈한 방 안에서 생활하는데 우리는 가스가 나오는 연탄불을 쬘 수 있을 뿐이다. 눈이 아프도록 에세이를 읽는 것도 그 까닭이다. 착잡한 현실, 거기서 빚어지는 중압감은 우리로 하여금 아름다운 작품, 예술적인 향기가 높은 고전을 읽고 거기에 심취할 만한 마음의 여유를 허락하지 않는다. 더욱이나 직접적으로 현실을 비판하거나 메스를 가한 글들은 말할 것도 없다. 그래 마음에 부담을 느낄 필요가 없고, 그때그때 재치 있는 구절에나 접할 수 있는 에세이를 읽는 게 우리에게는 제격이다.

2연에 이르면 이 작품의 주제 의식은 그 표현을 좀 더 풍자적이게 하고 있다. 어디에나 처진 철조망, 어디에나 있는 검문소, 그걸 바라보는 화자는 오한을 느낀다. 물론 장갑도 끼지 못한 맨손을 내밀기는 했다. 그러나 그 손이 눈을 맞아서라기보다 그 이전에 이미 그는 마음에 더 한기를 느끼는 것이다.

이상 한마디로「태평가」는 이 무렵 우리 민족이 직면한 상황에 대해 상당히 비감해 한 나머지 쓰여진 작품임이 명백하다. 그러나 이 작품에서 그와 같은 감정이라든가 느낌은 직접적으로 토로되지 않았다. 그들은 다만 간접적으로 전달되고 있을 뿐이다. 만약 우리가 주의 깊은 독자라면 이와 같은 차이가 그 실에 있어서『비가』와『평균률』의 근본적인 차이를 이루게 된다는 것을 짐작하지 않을 수 없다.

뿐만 아니라『평균율』에는 또한『비가』에서 미처 닦아 내지 못한 관념의 구름 역시 성공적으로 제거되어 갔다. 대신 거기에는 구체적인 사물을 통한 선명한 윤곽의 말들이 자리를 잡게 된 것이다.

> 아랍인 의사 바가디의 침대 맡에 놓인
> 저 단색의 장미 앞에
> 이번 전쟁에 죽은 그의 아우의
> 말처럼 웃는 사진
> 불을 끄고 듣는 그의 잠꼬대
> 영어와 아랍어가 함께 일어나
> 언어의 관절을 묶는
> 그의 잠꼬대
> 감히 말리지 못하는 새벽의 두 시
> 창밖에 잠시 비 같은 가벼운 소리 내린다.
>
> _「외지外地에서」

그 타이틀에서도 이미 암시되고 있는 바와 같이 이 작품의 모티프가 된 것은 객창에서 느낀 향수였다고 믿어진다. 나그네가 되어 먼 나라에 머물러 있는 사람에게 낮은 그런대로 분주한 시간일 수가 있다. 많은 사람들을 만나고 그들과 대화를 나누는 일, 그리고 이국 풍정에도 젖을 수 있기 때문이다.

그러나 밤은 그와 다르다. 밤에는 '여성의 각선미'도 '수염으로 얼굴을 가리는 진기한 젊은이'도 있을 리 없다. 그런 밤, 그리고 모두가 잠들어 버린 시간에 시인은 한 장의 사진(그것은 그와 동숙하는 사람의 죽은 아우다)을 보며 또한 이국 말의 잠꼬대를 듣는다. 그의 향수가 아주 절실해지리라는 것은 말할 필요도 없는 일이다. 마침내 새벽 두 시 창밖에 내리는 보슬비 소리가 더욱더 그의 가슴에 젖어든다.

이 현대판 '창외삼경우窓外三更雨'는 그러나 최치원의 경우처럼 직접적인 진술의 형태를 배제했다. 그와 같은 향수는 다만 구체적인 사물과 사물, 그 관계 설정으로 가능한 언어의 건축술에 의해 제시되고 있을 뿐이다. 여기서 특히 우리의 주목을 끄는 것은 다음과 같은 구절이다.

불을 끄고 듣는 그의 잠꼬대
영어와 아랍어가 함께 일어나
언어의 관절을 묶는
그의 잠꼬대

잠이 오지 않는 한밤중, 고요히 밤은 깊어 가지만 그럴수록 고향을 그리는 한 사람의 의식은 더욱 맑아만 간다. 그런 그의 귓전에 룸메이트의 잠꼬대가 들리는 것이다. 그것이 또한 우리말 소리가 아니기 때문에 이국에 와 있다는 생각은 더욱 절실해질 수밖에 없다. 그런데 이 작품의 특색은 그와 같은 동숙자의 잠꼬대를 완전히 구체적인 사상으로 제시해 주었다는 데 그 의의가 있다. 깊은 밤, 조용한 시간 두 사람은 모두 누워 있다. 그런 방안에 별안간 이국의 말들이 일어난다. 그러고는 그들 스스로 방 안의 정적을 깨쳤다는 낭패감에서 언어가 움직이지 못하도록 그 관절을 묶는다는 것이다.

　만약『평균율』에『비가』가 내포한 문제에 대한 충분한 인식이 없었다면 그리하여 한 시인의 시작 행위가 완성의 층계를 올라가기 위해서 해야 할 일이 무엇인가를 미처 깨닫지 않았다면 이상 보기를 통해서도 읽을 수 있는 변혁이 결코 가능했을 리가 없다. 그런 의미에서『평균율』에 나타나는 객관적 눈과 독특한 언어의 질서화 수법은 바로 한 시인의 시적 성장을 말해 주는 것이라고 생각된다.

　마지막으로 우리『비가』의 시인에게 바라고 싶은 것은 이상 그가 보여 준 진지한 자세를 끝까지 유지해 나가 달라는 것이다. 지금 우리 주변에는 숫자상으로는 많은 시인들이 활약하고 있는 것처럼 되어 있나. 그러나 그런 가운데 그의 시가 우리 신시나 문학사를 위해 또 하나의 국면을 타개해 낼 만한 게 몇이나 될까에 생각이 미친다면 우리는 언제나 회의에 빠지지 않을 수 없는 것이다. 시인 황동규는 그래도 그 많은 사람들 가운데 우리로 하여금 그 미래에 대해 기대를 걸게 해 주는 시인의 한 사람이다. 때문에 우리는 그가 헤라클레스의 그림자를 우리 시단에 던져주기를 바라지 않을 수 없다.

(『문학과 지성』1971. 5.)

치밀한 객관적 분석의 전범

1961년 『자유문학』에 평론으로 등단한 김용직은 초기에 학술적인 글을 많이 발표하였고, 1960년대 후반 이후 우리 시의 현장에 관심을 기울이면서 실천적인 평론도 많이 발표하였다. 그중 황동규의 시 세계를 고찰한 이 글은 당시 누구보다 활발한 창작 활동을 보여 주는 젊은 시인을 대상으로 시인이 자신의 시적 난경을 극복하고 새로운 지평을 열어 가는 과정을 구체적인 작품을 통해 치밀하게 분석하였다는 점에서 1970년대 초 객관비평의 한 전범을 보여주었다는 의의를 갖는다. 쉽사리 감정을 내비치지 않는 중후한 고전적 문체로 중립적 시각에서 한 시인의 특징과 가능성을 함께 짚어 가는 그의 필치는 중용의 덕목을 중시하는 유가적 기품을 보이고 있다.

그는 한국시에 새로운 변화를 일으켜 중흥의 주역을 맡을 시인의 하나로 황동규를 들었다. 많은 시인 중 등단한 지 10년이 조금 넘은 시인을 "새로운 헤라클레스"가 될 만한 인물로 내세운 데에는 용기가 필요했을 터인데, 그 이후 시적 전개의 결과를 보면 그의 예측이 상당히 정확한 것이었음을 확인하게 된다.

그가 황동규에게 주목한 이유는 세 가지로 요약된다. 첫째 황동규가 이른 나이에 등단하여 꾸준한 작품 활동을 통해 질적인 향상을 보여 주었다는 점, 둘째 처음부터 그 나름의 뚜렷한 시적 관점을 갖고 출발했다는 것, 셋째 변증법적 지양이라고 할 수 있는 몇 차례의 필연적인 변화를 보였다는 것 등이다.

이 중 세 번째 특징이 가장 중요한 것이므로 그는 이 점에 대해 조금 더 자세히 부연 설명하면서 황동규의 시가 세 단계의 변화를 보여 왔다고 지적했다. 즉 초기 시에서는 우리의 고유한 말씨로 개인적 서정의 무늬를 표현하였고, 두 번째 단계인 『비가』에 와서는 좀 더 관념적인 어투로 인간의 일반적인 문제를 드러내려 했으며, 세 번째 단계인 『평균율』의 시편은 제재나 주제 의식의 변화를 보임은 물론이고, 그것을 표현하는 형태 면에 있어서도 객관적 수법의 지성적 작용이 두드러지게 나타난다고 보았다.

그는 「달밤」이나 「조그만 방황」 등의 예를 들어 황동규의 초기 시가 인간의 보편적 현실보다는 시인 자신의 사사로운 감정에 기울어져 있고 다루는 말씨도 한국적인 말소리를 담고 있다고 보았다. 한국적인 말씨의 예를 들기 위해 교착어에 속하는 우리말의 특성상 격과 어미가 많이 쓰이고 있음을 지적할 정도로 그는 학구적이고 분석적인 자세를 취한다. 두 번째 시집인 『비가』에 오면 개인적 차원이 지양되어 체험의 요소가 저변 확대를 이루게 되고, 우리 투의 말씨가 많이 배제되고 있음을 「비가 제1가」의 첫 부분을 들어 구체적으로 설명했다. 황동규는 우리가 처한 암울한 현실을 시의 제재로 삼고 있고 한국적인 감정의 세계에서 벗어나 묵시적인 내용을 시어로 표현하고 있는데, 이것은 언어와 체험의 요소를 다변화한 매우 바람직한 변화에 해당한다고 강조했다.

그러나 그는 이러한 긍정적인 평가에만 머물지 않았다. 『비가』의 시편이 극복해야 할 사항으로 감정이나 의도를 비유나 이미지로 전환하여 표현하지 않고 직접적인 토로에 그친 점을 들었다. 말하자면 주제 의식의 표현에 있어서 비유나 이미지를 통한 형상화의 측면이 부족하다는 점을 지적하고 있는 것이다. 이런 점에서 『비가』는 "완미품을 담은 그릇이 되지 못하"였다고 판단하였다. 그런데 이러한 문제가 그대로 지속된 것이 아니라 다음 시집인 『평균율』에 "못다 푼 문제를 해결해내기 위한 시도"가 나타난다는 점을 중시했다. 바로 이 점 때문에 황동규의 시가 "변증법적 지양"에 해당하는 변모를 보였다고 말한 것이다.

그는 『평균율』에 실린 「태평가」에 약소민족의 처지에서 겪는 착잡한 현실의 국면이 담겨 있음을 지적하면서, 처음에는 현실의 모습을 그대로 제시하는 것 같지만 2연에 이르면 우리 현실에 대한 비감한 감정이 직접 노출되지 않고 풍자적인 간접화와 비유적 이미지를 통해 전달되고 있음에 주목하였다. 또 「외지에서」 등의 시는 『비가』에서 보여 준 관념적 성향도 상당히 제거되어 구체적인 사물을 통한 선명한 이미지가 제시되고 있음을 설명했다. 특히 동숙자의 이국어 잠꼬대를 "언어의 관절을 묶는"다는 가시적인 이미지로 표현하여 향수의 절실함을 표현한 것도 매우 선명한 변화를 이룩한 것이라고 해석했다.

이러한 변증법적 지양의 양상은 시인이 자신의 시작의 문제점에 대해 충분히 인식하고 완성의 층위를 올리기 위해 그것을 극복하려고 노력한 결과 나타난 변혁이라고 해석했다. 이것은 한 시인의 시적 성장을 지적하는 데 그친 것이 아니라 당대의 한국시가 그만큼 성장의 진폭을 보여 주었다는 사실을 암시한 것이다. 왜냐하면 한국시의 새로운 영역을 돌파할 시인의 하나로 황동규를 지목한 이상 이것은 시인 개인의 문제에 국한되는 것이 아니기 때문이다. 시인 황동규는 당시 활동하는 많은 시인들 가운데 "우리로 하여금 그 미래에 대해 기대를 걸게 해주는 시인의 한 사람"으로 선택되었다. 그렇기 때문에 비평가에게는 그러한 시인의 변화가 시단 전체의 문제로 확산되기를 바라는 기대가 내포되어 있는 것이다. 그래서 그는 "그가 헤라클레스의 그림자를 우리 시단에 던져주기를 바라지 않을 수 없다"는 말로 중용적 객관비평의 마무리를 지었다. 이 마지막 발언에 한국시가 오랜 정체에서 벗어나 중흥을 이루기를 바라는 그의 소망이 담겨 있었을 것이다.

이 글에서 그가 전개한 담론의 근거는 존 크로우 랜섬이나 클린스 브룩스 등 신비평의 이론이었다. 그는 문학 담론의 새로운 가능성을 제시한 신비평의 이론을 활용하여 주관적 감상비평이나 전통적인 역사비평에서 벗어나 객관적인 비평의 지평을 모색하고자 했다. 일제 강점기의 시인을 대상으로 신비평의 이론을 적용해 온 그가 황동규의 시를 대상으로 자신의 입론을 세울 수 있었던 것은 황동규 시의 질적 수준과 변화가 신비평적 분석을 감당할 수 있을 만한 중량을 지니고 있었기 때문이다. 신비평이 추구했던 과학적 분석의 능력을 황동규의 시를 통해 시험할 수 있었던 것도 1970년대 초기 비평이 보여 준 이채로운 풍경의 하나다.

17

김종길의「한국시에 있어서의 비극적 황홀」

한국시에 있어서의 비극적 황홀

김종길

본고는 1973년 8월 5일부터 일주일 동안 하와이 대학교 부설 동서문화센터의 문화연구소가 주최한 사회문학(socio-literature) 협의자 세미나에서 필자가 발표한 논문을 우리말로 옮긴 것이다. 본고의 원문은 1974년 여름호『Asian and Pacific Quarterly』에 발표되었다. 동양문학 내지 한국문학에 서양문학에서 말하는 '비극'이 있었는가? 이 물음을 더욱 좁혀 한국시에서 어떤 비극적 요소를 찾을 수 있을까? 만약 있다면 그것은 어떠한 것일까? 이러한 물음에 대하여 부분적으로나마 해답을 시도하는 것이 본고의 목적이다. 그러기 위하여 필자는 현대 영시의 최대 시인인 W. B. 예이츠의 만년의 작품 「유리」가 보이는 비극적 감각과 그 주제에 착상한 과정에 있어서의 예이츠의 비극에 관한 견해를 시금석으로 삼아 한국의 근대시인 중 황매천, 이육사 및 윤동주의 경우를 생각해 보았다.

그가 「유리」[1]를 쓰기 약 일 년 전에 W. B. 예이츠는 어떤 사람으로부터 어느 중국의 조각가가 조각한 큼직한 돌 한 개를 받았다. 어느 편지 가운데서 그 돌에 조각된 장면을 묘사하면서 예이츠는 마침내 그로 하여금 그 감동적인 작품을 쓰게 한 드높은 주제에 착상하기에 이르렀다.

  금욕가, 제자, 모진 돌, 관능적인 동양의 영원한 주제, 절망 가운데서의 영웅적인 절규. 아니오, 내가 잘못 생각하고 있소, 동양은 언제나 해결이 있고, 그러므로 비극에 대해선 아무것도 모르오. 영웅적인 절규를 발해야 하는 것은 우리지 동양이 아니오.

  절망 가운데서의 영웅적인 절규라는 이 주제는 다시 며칠 후 같은 사람에게 보낸 예이츠의 편지에서 다소 발전되고 있다. 그는 거기서 "내게 지상 목표는 비극 한가운데서 사람을 환희하게 만드는 신념과 이성에서 우러나는 행위요"라고 말하고 있다. 시인 자신의 이러한 말들을 고려할 때 그의 작품 「유리」, 특히 그 끝부분은 처음 보기보다도 더욱 미묘해진다. 그 작품의 마지막 몇 줄을 인용해 보면 다음과 같다.

  거기 산과 하늘 위에서
  모든 비극적인 장면을 그들은 응시한다.
  한 사람이 구슬픈 곡조를 청하면
  익숙한 손가락이 타기 시작한다.
  여러 겹 주름 속의 그들의 눈들, 그들의 눈들.
  그들의 유구한 반짝이는 눈들은 즐겁다.

---

1 윌리엄 버틀러 예이츠William Butler Yeats(1865~1939)의 말년의 작품인 「청금석Lapis Lazuli」.

예이츠가 그의 편지에서 말한 바를 생각할 때 여기서도 특히 중요한 말들은 한 개의 동사와 한 개의 형용사이다. 그것들은 둘째 줄의 '응시한다'와 마지막 줄의 '즐겁다'로 이 두 말은 다 같이 시인이 지금 그리고 있는 두 중국 노인들의 이 세상의 '모든 비극적인 장면'으로부터의 초탈을 가리키고 있다. 그러므로 그들의 즐거움은 '절망 가운데의 영웅적인 절규'가 아니라 '비극에 대해서는 아무것도 모르는' 동양의 평온함이다. 이리하여 이들 시행에 있어서의 즐거움은 예이츠가 이 작품의 앞부분에서 들고 있는 서양의 비극의 주인공들의 그것과는 대조를 이룬다. 태평한 동양이 비극적인 서양을 중개한다는 것은 실로 특이한 과정이지만 이러한 대조는 기실 너무나도 깔끔한 동서 양분론에 기초를 둔 꽤 흔한 관념 이상의 것이 아니다. 이 대조에 어떤 진리의 요소가 들어 있음을 인정하면서도 우리는 "동양은 비극적인 투쟁에서 초연함으로써 정말로 언제나 해결이 있는 것일까?" 하고 물어봄 직하다. 근대 한국시의 몇몇 순간들을 염두에 두면서 내가 여기서 대답해 보려는 것은 우선 이 물음이다. 그 순간들은 비극적일 뿐만 아니라 비극적 황홀, 즉 예이츠가 다음과 같은 시행에서 풀이하고 있는 바에 족히 비길 수 있는 황홀을 또한 내포하고 있다.

> 햄릿과 리어는 즐겁다,
> 두려움을 송두리째 변모시키는 즐거움.
> 모든 사람들이 노리고 찾고 그리곤 놓쳤다,
> 암흑, 머릿속으로 타들어 오는 천국,
> 비극이 절정에 달했을 때.

이러한 순간들의 작자들은 그 순간들을 그들의 시에서만 창조한 것이 아니라 그들의 삶에서 행동으로 구현시켰다. 그들은 황매천, 이육사 및 윤동주로 이들은 모두 일본이 한국을 점령한 기간 동안 나라의 독립이라는 대의를 위해 순절하였다. 이 시인들 중 첫째와 마지막 시인들의 몰년沒年은 정말 상징적인 것으로 그 외국 통치의 바로 첫해와 마지막 해에 해당한다. 이 세 시인들은 단순히 시인이 된 애국자들이 아니라 그들 자신 시인들이요 그것도 현대 한국이 배출한 일류 시인들이다. 황매천이 전적으로 한문으로 글을 썼고, 그 때문에 한국에서는 보통 현대 시인들의 범주에서 제외되는 것은 사실이다. 그러나 그는 하우스먼이 태어나기 3년 전 그리고 예이츠가 태어나기 9년 전인 1856년에 태어나 금세기를 십 년 동안 살았다. 그는 1910년 9월 10일 일본의 한국 병합에 항거하여 자결하였으니 국치 후 열이틀 만이다. 이육사는 1904년에 태어나서 1944년 1월 16일 당시 일본인들이 점거하고 있었던 북경의 감옥에서 40세의 나이로 옥사하였고, 윤동주는 1917년에 나서 해방 전 6개월인 1945년 2월 16일에 후쿠오카 감옥에서 28세의 나이로 옥사하였다. 이육사와 윤동주 두 사람은 다 그 사인이 포리捕吏들의 고문과 학대였다. 이육사는 일본인들에 대한 그의 지칠 줄 모르는 투쟁 때문에 투옥되었지만 윤동주는 한국어로 시를 쓰고 불온하다고 간주된 그의 고종과 상종했다는 데 지나지 않은 이유로 체포되었다. 이 약간의 사실이 이미 암시하듯이 이 시인들은 서로 다른 세대에 속했고 배경과 생애와 기질을 달리하고 있었다. 그러나 그들에게는 한 가지 공통점이 있었으니 그것은 그들이 모두 직접으로든 간접으로든 같은 상황에서 같은 대의를 위해서 희생된 점이다.

황매천은 전라남도의 유가儒家에 태어나 한국 유생들의 전통적인 방식으로 교육을 받았다. 어린 시절부터 그는 신동으로 소문이 났고, 10대 초에 엄격한 한시 운율법에 맞추어 시를 쓸 수 있었으며 한문으로 시나 산문을 짓는 것으로 되어 있는 서울에서 시행된 문관 시험에 장원을 한 바 있다. 그러나 그는 관리 노릇함을 거부했는데 그것은 조선왕조는 이미 부패했다는 것이 그의 확신이었기 때문이다. 그가 문관 시험을 치른 것은 단지 그의 늙은 아버지의 소원에 따른다는 것밖에 다른 이유가 없었으며, 그에게 사환仕宦하라고 친구들이 권했을 때 그의 대꾸는 신랄한 것이었다. 위대한 시인이며 그의 절친한 친구였던 김창강[2]은 다음과 같이 전하고 있다.

……현玹(매천의 이름)이 진취進取함엔 뜻이 없어 드디어 두문杜門하여 서울에 가지 않고 서적에만 마음을 두었다. 서울에 있는 벗이 혹 편지를 보내, 오래 서울을 떠나 있음을 책망하면 웃으며 말하기를 그대 어찌 나로 하여금 귀신 나라의 미친 무리들 속에 끼어 귀신 미치광이가 되게 하고 싶어 하는가라고 하였다(……玹無意進取 遂杜門不入京師 潛心文籍 京師親友或貽書責長往 輒笑曰 子奈何欲使我入於 鬼國狂人之衆而爲鬼狂耶).

그가 서울을 마지막 떠난 것은 1888년경이었다. 집에서 독서와 시작을 하는 한편 그는 국내외에서 일어나고 있는 사건들을 기록하고 있었다. 그가 죽을 때까지 47년에 걸친 이 기록이 근대 초기의 한국사에 관심이 있는 사람들에게 막중한 자료가 되는 『매천야록梅泉野錄』이다. 그는 철저하게 솔직한 사가史家이며 그의 기록은 하도 정직한 것이어서 "매천의 붓끝 아래 온전한 사람이 없다(梅泉筆下 無完人)"는 말이 생겼을 정도였다. 타협을 모르는 그의 도의 관념은 그를 조정에 대한 가차 없는 비평가로 만들었으며 그의 직접 목표는 당시의 부패된 관료들이었다. 1905년 한국을 일본의 보호국으로 만든, 양국 간에 체결된

---

2 김택영金澤榮(1850~1927), 호는 창강滄江, 조선 말기의 학자.

조약(을사조약)의 소식을 듣자 그는 「문변聞變」이라는 제목 아래 세 수의 시를 썼는데 그중의 한 편은 다음과 같다.

한강은 소리 없고 북악은 찌푸리나
여전히 우글대는 서슬 푸른 양반네들
역대의 간신들의 내력을 훑어보라
매국의 무리 속에 죽은 이 있었던가

洌水吞聲白岳嚬
紅塵依舊簇簪紳
請看歷代奸臣傳
賣國元無死國人

황매천의 이러한 태도로 보아 그의 자결은 수긍이 되지 않을 듯도 하나 매천 자신 이 점을 잘 알고 있었다. 그가 생의 마지막 순간에 네 수의 시와 함께 쓴 유서 가운데서 그는 "내게는 죽을 만한 명분이 없다(吾無可死之義)"고 시인하고 있다. 나라가 독립을 잃은 것은 자기의 책임이 아니라 주로 부패된 관료들의 책임이었으니 그에게는 죽어야 할 명분이 없었던 것이다. 그러나 그는 그가 생각한바 선비의 사는 방식을 고수하기 위하여 또는 보이기 위하여 스스로 죽기로 결심하였다. 그는 이 점을 유서에서 밝히고 있다.

그러나 다만 나라가 선비를 기른 지 오백 년이 되었는데도 나라가 망하는 날에 한 사람도 죽는 이가 없으니 어찌 마음 아픈 일이 아닌가! 내가 위로는 하늘이 지시하는 아름다운 도리를 저버리지 않고 아래로는 평소에 읽은 책 속의 말씀에 어긋나지 않게 아득히 길게 잠드니 참으로 통쾌함을 느끼는 바이다. 너희들은 너무 슬퍼

하지 말라(但國家養士五百年 國亡之日 無一人死難者 寧不痛哉. 吾上不負皇天秉彝
之懿 下不負平日所讀之書 冥然長寢 良覺痛快. 汝曹勿過悲).

　이 말은 예이츠가 "지상 목표"라고 부른 바를 생각나게 한다. 황매
천의 자결이야말로 "비극의 한가운데서도 사람을 환희하게 만드는
신념과 이성에서 우러나는 행위"였다. 왜냐하면 그것은 완전히 따져
지고 자각되고 스스로 결정한 행위이며 그 가운데서 그가 커다란 기
쁨을 발견한 행위였기 때문이다. 그가 유서와 함께 쓴 네 수의 시는
이 궁리와 자각을 더욱 분명하게 보여 주거니와 그중에서도 첫째 것
과 셋째 것이 특히 그러하다. 셋째 시에서 시인은 과거의 역사를 회고
하면서 선비의 사는 방식을 고수한다는 것이 얼마나 어려운 일인가를
탄식하고 있다. 그러나 그가 비극적 황홀의 상태를 성취하는 것은 첫
째 시에 있어서이다.

　　난리를 겪어 나온 허여센 머리
　　죽재도 못 죽은 게 몇 번이더뇨.
　　오늘에는 어찌할 길이 없으니
　　바람 앞의 촛불이 창공 비추네. (이병주 역)
　　亂離滾到白頭年
　　幾合捐生却未然
　　今日眞成無可奈
　　輝輝風燭照蒼天

　이 작품의 끝 행은 그 효과가 이상하게도 "암흑, 머릿속으로 타들
어 오는 천국"이라는 예이츠의 클라이맥스를 이루는 시행과 비슷하
다. 이 두 행은 다 비극의 완성, 즉 "비극이 절정에 달했을 때"의 표현

이다. 그러나 예이츠의 시행에 비하면 황매천의 시행은 더욱 객관적이며, 이 객관성은 어느 순간에고 동양인의 정신의 밑바닥에 깔리기 일쑤인 평온함이나 초연함을 반영하는 듯하다. 예이츠의 시행에 있어서처럼 비극적인 순간을 주관적인 경험 속으로 받아들이는 대신 그는 자신이 놓여 있는 객관적인 상황의 관점에서 그 순간을 관조하고 있다. 그리하여 그는 창공을 비치는 바람에 불리는 촛불 가운데서 그 특정한 순간의 자기의 정서에 대한 '객관적 상관물'을 발견할 수 있는 것이다. 자결의 결심에 이른 그의 사유도 또한 비슷한 방식으로 수행되었다. 왜냐하면 그것도 자기 자신을 하나의 경험 속으로 내던지기보다는 하나의 상황을 관조하면서 수행된 것이기 때문이다. 황매천이 비극의 주인공으로서는 너무나 조용한 삶을 신 것은 사실이지만 그는 이 점도 또한 알고 있었다. 절명시 네 수 중의 마지막 작품 가운데서 그는 그의 삶이 적극적인 참여의 삶이 아니라 소극적인 저항의 삶이었으므로 그의 죽음은 개인적인 염직성廉直性을 수행하는 행위이지 충성의 행위는 아니라(只是成仁不是忠)고 평가하고 있다. 이 평가를 그는 몽고군의 포위 가운데서 수동적으로 죽은 송나라의 윤곡尹穀에 자신을 비교함으로써 밑받침하고 있다. 그리고 그는 능동적인 참여의 결과 목숨을 잃은, 같은 송나라의 진동陳東을 뒤따르지 못한 것을 후회한다. 그러나 앞에서 보았듯이 황매천은 그의 비극적인 선택을 통하여 자기의 원칙을 고수한, 타협을 모르는 원칙주의자이며, 그와 같은 선택을 감행한 비슷한 원칙을 가졌던 한국인은 역사적으로 그 이전과 그 이후에도 많이 있었다.

황매천에 비하면 이육사는 더욱 행동적이요 더욱 다난한 삶을 살았다. 그도 또한 경상북도에 있는 유가에 태어났는데 그는 한국 최대의 유교 철학자인 이퇴계의 후손이다. 그 역시 어린 시절을 집에서 한문을 배우며 보냈고 19세 때 일본으로 여행할 기회가 있어 그곳에서

일 년 남짓 살았다. 그가 그의 형제 두 사람과 함께 지하 결사에 가담한 것은 1925년이었고 22세 때에 북경에 있는 군관학교에 입학하였다. 1927년 가을 북경으로부터 잠시 귀국했을 때 그는 그의 형제와 함께 어떤 사건에 연루되어 대구 감옥에서 2년여를 보냈다. 그의 필명 이육사는 이 감옥 생활에서 연유한 것으로 그것은 그 감옥에서의 그의 수인囚人 번호인 264의 동음어인 것이다. 그는 뒤에 북경대학 사회학과를 졸업했고 한국의 독립을 위해서 그의 활동을 계속하였다. 중국과 만주에서 그는 여러 독립운동 단체와 관련을 가졌으며 한국 내에서는 신문과 잡지에 관계하였다. 그의 생애는 항상 불안정하여 전후 17회나 체포 투옥되어 대구, 서울 및 북경의 감옥들을 드나들었다. 그가 시를 쓰기 시작한 것은 시인 및 작가들과 교분을 통해서였고 그것도 그의 만년에 이르러서였으므로 그의 시 작품은 수효가 많지 않았다. 해방 일 년 뒤에 출판되어 1964년에 증보된 그의 시집 『청포도』[3]는 불과 23편의 한국어 시와 세 편의 한시를 수록하고 있을 뿐이다. 그러나 이 작품들은 현대 한국시의 주요 업적의 하나로 간주되고 있는 것이다. 그의 시는 대체로 현저한 고전적 특질을 나타내고 있는데 이것은 한편으로는 그 형식적인 균형과 절제 때문이요, 다른 한편으로는 현대적인 표면의 밑바닥에 깔려 있는 전통적인 풍격 때문이다. 이 풍격은 특히 동양적인 우아함과 숭고함 가운데 깃들여 있는데 그것은 특히 「청포도」와 「광야」에 잘 나타나 있다. 그러나 전통적인 우아함의 표면 밑에는 예를 들어 「광야」에 있어서처럼 흔히 혁명적인 이상주의가 숨어 있다.

까마득한 날에
하늘이 처음 열리고

---

3 해방 이후 출간된 시집은 『육사 시집』(서울출판사, 1946)이고, 『청포도』는 1964년에 재출간된 시집이다.

어데 닭 우는 소리 들렸으랴

모든 산맥들이
바다를 연모해 휘달릴 때도
차마 이곳을 범犯하든 못하였으리라

끊임없는 광음을
부지런한 계절이 피어선 지고
큰 강이 비로소 길을 열었다

지금 눈 내리고
매화 향기 홀로 아득하니
내 여기 가난한 노래의 씨를 뿌려라

다시 천고千古의 뒤에
백마 타고 오는 초인이 있어
이 광야에서 목 놓아 부르게 하리라

　이 신성화된 장경場景을 배경으로 하여 시인은 예언자요 선구자로
서 우뚝 서 있다. 그러나 그의 혁명적인 상상력은 눈, 매화 향기 및 백
마와 같은 동양적인 우아한 이미지들을 내포하고 있다. 이 이미지들
의 빛깔은 또한 한국인의 의식에 가장 깊이 박혀 있는 빛깔인 흰빛이
기도 하다.
　이 낭만적인 몽상에 있어 그는 「서풍부」에 있어서의 셸리를 방불케
하는 데가 있으나 자신이 가난한 노래의 씨를 뿌리고 있는 것으로 가
정하는 데 있어 그는 "내 입술이 깨지 않는 대지를 향해 예언의 나팔

을 붙게 하라"고 선언하는 셸리보다도 더욱 서정적이다.

그러나 이육사는 단순한 이상주의자는 아니다. 그는 앞에서 보았듯이 일본인들에 대한 끈질긴 투사로서 이 끈질김은 두 가지 다른 배경에서 나오는 것 같다. 그 하나는 우리가 황매천에게서 본 것과 같은 전통적인 한국 지식인의 정신이요, 다른 하나는 그가 아마 갖추고 있었을 현대적 혁명가로서의 이론과 전략이었다. 그를 정치적인 투사이면서 동시에 서정시인으로 만든 것도 또한 이 서로 다른 요소들이었다. 그의 작품 「절정」은 현대적인 혁명가로서의 이 시인의 모습을 가장 힘차게 나타낸다.

> 매운 계절의 채찍에 갈겨
> 마침내 북방으로 휩쓸려 오다
>
> 하늘도 그만 지쳐 끝난 고원
> 서릿발 칼날 진 그 위에 서다
>
> 어데다 무릎을 꿇어야 하나
> 한 발 재겨 디딜 곳조차 없다
>
> 이러매 눈 감아 생각해 볼밖에
> 겨울은 강철로 된 무지갠가 보다

그러고 보면 이 「절정」은 그가 비극적인 인물로서의 자기 자신에 부닥치는 일종의 '한계상황'이다. 그러나 그는 항복과 타협을 모른 채 다만 자기가 비극의 한가운데에 놓여 있음을 깨닫고 겨울, 즉 '매운 계절'을 '강철로 된 무지개'로 보는 것이다.

이 비극적인 비전은 또 하나의 비극적 황홀의 순간을 나타내며 여기서 다시 우리는 시인이 자기가 놓여 있는 상황에서 거리를 두고 하나의 객관적인 이미지를 발견함을 본다. 마침 예이츠는 또 다시 그의 편지 중의 하나에서 이와 비슷한 이야기를 하고 있다.

　내 생각으로는 우리 시대의 참다운 시 운동은 어떤 영웅적인 수련을 지향하는 것 같소…… 공적이든 사적이든 절망이 있고 정착된 질서가 상실된 듯이 보일 때 사람들은 자기 안에서나 밖에서 힘을 찾는 것이오. 오든이며, 스펜더며, 모든 새로운 운동으로 보이는 것은 마르크스의 사회주의나 더글라스 소령[4]에서 힘을 찾으오. 그들은 행진하는 발걸음을 원하는 것이오. 우리 시대의 오래갈 표현은 이 명백한 선택이 아니라 의지 가운데의 강철과 같고 냉엄한 무엇, 열정적이면서도 차가운 무엇에 대한 감각 속에 있는 것이오.

이육사에게 이러한 명백한 선택이 있었건 없었건 그는 확실히 그 "의지 가운데의 강철과 같고 냉엄한 무엇에 대한 감각"을 가졌었고, 그의 시에서 "우리 시대의 오래갈 표현"을 이룩했던 것이다.

그러나 윤동주는 황매천이나 이육사의 것과는 다른 배경을 가지고 있었다. 그는 두 대에 걸쳐 만주의 남동부 지방에 거주해 온 기독교 가문 출신이었다.

그는 국민학교와 중학을 거기서 다녔는데 어린 시절부터 동시와 그림에 흥미를 가지고 있었다. 그의 예술적인 경향은 이내 문학에 집중되었으며, 그가 1938년 서울 연희전문학교 문과에 입학한 것은 그의 부친의 의사에 반대되는 것이었다. 릴케, 발레리 및 지드를 그는 애독

4　클리포드 휴 더글라스Clifford Hugh Douglas(1879~1952). 사회 신용설을 주장한 영국의 경제학자. 제1차 세계대전 때 육군 소령에 임명되었다.

하였고 한때 그는 키르케고르를 탐독하기도 하였다. 그는 또한 시를 쓰고 있었는데 그가 연희전문학교를 졸업할 때에는 책 한 권이 될 만한 충분한 분량에 달하였었다.

그의 사후에 출판된 시집의 제목,『하늘과 바람과 별과 시』는 그가 육필 시집에 붙였던 제목이다. 1942년 2월 그는 공부를 계속하기 위하여 일본으로 건너갔으나 끝내 돌아오지 못하였다. 그는 처음 동경에 있는 릿쿄(立敎) 대학에 입학했다가 곧 경도의 도시샤(同志社) 대학 영문과로 적을 옮겼다. 그러나 1943년 여름 방학에 집으로 돌아오려던 차에 그는 경도 대학 학생이었던 그의 고종(姑從)과 함께 체포되었다. 자기의 일기와 원고를 일어로 번역해야 했던 구금 기간이 끝나자 그는 2년 형을 받고 그가 요사하게 된 후쿠오카 감옥으로 송치되었다.

비록 그의 종말이 비극적이기는 했지만 윤동주는 황매천과 같은 가차 없는 비평가도 아니었고, 이육사와 같은 두려움을 모르는 투사도 아니었다. 그 대신 그는 자기가 사는 시대를 괴롭게 살다 가는 외롭고 양심적인 젊은 문학도였다. 시집의 첫머리에 수록되고 뒤에 그를 기념하여 그의 모교에 세워진 시비에 새겨진 그의 작품「서시」가 그러한 그의 인품을 가장 또렷이 보여 주는 것 같다.

죽는 날까지 하늘을 우러러
한 점 부끄럼이 없기를
잎새에 이는 바람에도
나는 괴로워했다.
별을 노래하는 마음으로
모든 죽어 가는 것을 사랑해야지
그리고 나한테 주어진 길을
걸어가야겠다.

오늘 밤에도 별이 바람에 스치운다.

그러나 그는 불가피하게 민족적인 자의식으로 괴로워했다. 그는 자기의 작품 가운데서 "만 24년 1개월을/무슨 기쁨을 바라 살아왔는가"라든가 "나는 무얼 바라/나는 다만, 홀로 침전하는 것일까?"와 같은 물음을 스스로에게 묻고 있다. 그가 릿쿄 대학 학생이었던 1942년 6월에 쓴「쉽게 씌어진 시」에서 그는 이렇게 고백하고 있다.

인생은 살기 어렵다는데
시가 이렇게 쉽게 씌어지는 것은
부끄러운 일이다.

육첩방은 남의 나라
창밖에 밤비가 속살거리는데,

등불을 밝혀 어둠을 조금 내몰고,
시대처럼 올 아침을 기다리는 최후의 나,

나는 나에게 작은 손을 내밀어
눈물과 위안으로 잡는 최초의 악수.

이것은 젊은 사람의 감상적인 하소연이 아니라 괴로워하는 영혼의 진솔한 목소리다. 밤비와 어둠은 그가 이 작품을 쓰던 날 밤의 것만이 아니라 또한 그가 괴로워하는 시대를 상징하고 있다. 그가 이 작품을 쓰고 또한 그가 일본으로 가기 일 년 전, 윤동주는 자기 자신의 죽음을 생각한 두 편의 작품을 썼다.

「십자가」는 1941년 5월에 쓴 것인데 거기서 그는 그리스도처럼 죽고 싶은 그의 소원을 표현하고 있다.

　　쫓아오던 햇볕인데
　　지금 교회당 꼭대기
　　십자가에 걸리었습니다.

　　첨탑이 저렇게도 높은데
　　어떻게 올라갈 수 있을까요.

　　종소리도 들려오지 않는데
　　휘파람이나 불며 서성거리다가,

　　괴로웠던 사나이,
　　행복한 예수 그리스도에게
　　처럼
　　십자가가 허락된다면

　　모가지를 드리우고
　　꽃처럼 피어나는 피를
　　어두워 가는 하늘 밑에
　　조용히 흘리겠습니다.

이 작품의 첫 행의 햇볕은 시인이 놓여 있는 상황을 미묘하게 상징하고 있다. 즉 그것은 이때까지 그를 쫓아왔으나 이제는 그의 삶의 목표요, 이상의 상징인 첨탑을 비추고 있는 것이다. 그의 고경苦境이 바로 그가 자기의 목표를 발견하는 수단이 된다는 것은 실로 주목할 만한 논리이다. 시인은 "휘파람이나 불며 서성거리다가"라고 말한다. 그는 자기에게 자기의 목표를 달성하려는 그의 소원을 실현시켜 줄 십자가가 주어질 때까지, 그가 꽃 같은 피를 흘림으로써 비극적인 상황에서 놓여나기까지 때를 기다리는 것이다.

같은 해 9월에 씌어진 「또 다른 고향」도 비슷하게 죽음의 주제를 다룬 또 하나의 작품이다. 시인은 그 작품의 전반에서 그가 고향으로 돌아온 날 밤에 자기의 백골이 따라와 같은 방에 누웠으며 자기는 그 백골이 곱게 풍화 작용하는 것을 응시했다고 말하고 있다. 그리고 그 후반에서 그는 이렇게 말을 계속한다.

지조 높은 개는
밤을 새워 어둠을 짖는다.

어둠을 짖는 개는
나를 쫓는 것일 게다.

가자가자
쫓기우는 사람처럼 가자
백골 몰래
아름다운 또 다른 고향에 가자.

이리하여 윤동주에게는 죽음이 자기 자신을 비극적인 상황에서 해방시키거나 또 하나의 아름다운 고향을 찾는 유일한 수단이었다. 그러나 그의 꿈은 또한 자신의 꽃 같은 피를 흘린다는 이미지나 어둠 속에 풍화 작용하는 자신의 백골을 바라볼 또 하나의 아름다운 고향의 비전으로 형상화된 비극적인 황홀의 또 하나의 예를 제공하고 있다.

이들 세 시인들에게 우리가 본 비극적 황홀의 순간들은 그들이 그들의 상황에 참여한 방식에 따라 그 성질이 다소 다르다. 유생이며 전형적인 전통적 원칙주의자인 황매천은 소극적 저항의 삶을 살면서 자기 자신이 선택한 비극적인 최후를 이룩한다. 그러나 그의 삶의 종말에서 그는 바람에 불린 촛불의 이미지로 표현된 황홀의 순간을 성취한다.

전통적인 요소와 현대적인 요소를 한 몸에 지닌 이육사는 비극적인 죽음으로 끝난 적극적인 참여의 생애를 보냈으나 그도 또한 그의 시에서 강철의 무지개로서의 겨울의 이미지로 비슷한 순간을 성취했다. 그리고 기독교 집안에서 자라난 외로운 문학도인 윤동주는 그 죽음이 또한 비극적인, 괴로워하던 젊은 사람이었다. 그의 생애의 일견 수동적인 외관과는 반대로 그도 또한 자기의 그리스도와 같은 죽음을 일종의 황홀 가운데서 꿈꿀 정도로 민족주의적이었다.

그러나 이 시인들의 비극적인 비전은 모두 한 가지 공통된 특징을 가지고 있다. 그것은 그 비전이 사유와 관조 또는 명상의 산물이었다는 점이다. 말을 바꾸면 그것은 모두 시인이 자기의 상황을 객관적으로 관조함으로써 얻은 충분히 자각된 비전이다. 그런데 이것을 가능케 하는 것은 동양인의 정신에 특유한 초연함과 달관의 상태로 생각된다. 그리하여 동양에 있어서의 비극적인 순간은 흔히 주인공의 열정적인 참여보다는 초연한 관조 가운데 놓이는 순간이다. 예이츠가 생각한 것처럼 동양에는 비극이 없는 것이 아니라 동양은 설사 서양의 그것처럼 열정적이거나 야단스럽지는 않을지라도 그 나름의 비극을 가지고 있는 것이다.

우리가 다룬 모든 시인에 공통된 또 하나의 주목할 만한 특질은 물론 이 시인들이 그러한 비극적 순간의 작자일 뿐만 아니라 그들 자신의 비극의 주인공이라는 사실에 연유한다. 그런데 이것은 동양에 있어시의 시의 전통적인 개념 및 성질과 무관하지 않은 듯하다. 가장 오래된 중국에 있어서의 시의 정의는 '마음속에 있는 바의 발언', 즉 '언지言志'이다. 이러한 뜻에 있어서의 시는 작품과 시인 사이의 구별을 용납하지 않는 개인적이며 서정적인 시이다. 허구로서의 '포에시스(시·문학)'의 개념과는 정반대로 동양에 있어서의 시는 이리하여 시인 자신의 삶과 하나가 되어 있었다. 그것은 전통적으로 수양의 일부이며 내면생활의 직접적인 음성으로 생각되었다. 그것은 또한 사람의 성격 형성에 크게 도움이 되는 것으로 간주되어 『논어』에 있어서의 공자의 시에 관한 빈번한 언급은 정말 거의 실용주의적으로 들리기까지 한다.

그러므로 전통적인 동양에는 허구로서의 비극은 거의 존재할 수 없고 비극이 있다면 그것은 시인 자신이 주인공이 되는 비극인 것이다. 이것은 분명히 예이츠가 그의 만년에 시적 계획으로뿐만 아니라 또한 개인적인 이상으로서 매우 골몰하였던 바이다. 그것은 그의 '지상 목표'였으며 그가 "모든 사람들이 노리고 찾고 그리곤 놓쳤다"고 말하고 있는 것으로 보아 그는 그것이 지극히 달성하기 어려운 목표임을 잘 알고 있었다. 그러나 우리가 살펴 본 세 사람의 한국시인들은 이 어려운 이상을 그들의 삶과 시에서 실현했으며 적어도 황매천과 이육사의 경우 그들의 비극적 황홀의 시적 가치는 기이하게도 예이츠의 비극적인 감각과 흡사하였다.

(『심상』 1973. 11.)

비극적 황홀의 시적 가치

김종길의 이 글은 서두에 밝힌 바와 같이 하와이 대학에서 개최된 국제 세미나의 발표문이다. 말하자면 외국의 인문학자들에게 한국시의 특징을 소개하는 설명문의 형식을 취하고 있다. 그런데 이 글은 단순한 개관적 설명의 차원을 넘어서서 당시까지 아무도 언급하지 않았던 한국시의 중요한 국면을 자세한 예증을 통해 설득력 있게 변설했다는 점에서 한국시론사의 높은 자리에 놓인다. 이 글은 한국 근대사의 가혹한 시기에 비극적 최후를 맞이한 세 시인을 대상으로 비극적 상황에 직면하여 시인이 보여 줄 수 있는 정신의 차원이 시에 어떻게 형상화되는가를 매우 객관적인 어조로 설명하고 있다. 세 시인이 보여 준 정신의 차원을 요약한 말이 '비극적 황홀'이다. 이 말은 예이츠의 시 「유리」를 설명할 때 거론되는 비극적 환희(tragic gaiety)를 변형한 말이다. 김종길은 동양, 특히 한국시에도 비극적 요소가 나타나는가를 논증하기 위해 예이츠의 시 「유리」로부터 논의를 시작했다.

예이츠는 시 작품에서 또 그와 관련된 산문에서 동양은 비극적 상황에 초연하다는 식의 표현을 했다. 그러나 김종길은 한국시의 몇몇 순간에 시인이 직면한 상황은 충분히 비극적이었고, 비극의 절정에서 체험한 일종의 비극적 황홀이 그들의 시에 나타난다는 사실을 주장했다. 김종길이 예시한 시인은 황매천, 이육사, 윤동주 세 사람이다. 이들은 당대의 수준에서 일급의 시를 남겼고, 조국의 독립과 관련된 순절로 그들의 삶이 종결되었다는 공통점이 있다. 외국인을 대상으로 한 글이기 때문에 이 점에 대해 여러 가지 자료를 제시하며 상세히 설명했다. 특히 매천 황현에 대해서는 1973년 당시 한국의 문인들도 모르는 사람이 많았기 때문에 더욱 상세한 설명을 했다.

황매천이 당시 상황을 기록한 자료만 남기고 자결로 생을 마감한 것과는 달리 이육사는 행동적인 삶을 살았기 때문에 황매천과 이육사의 차이를 드러내는 일에도 세심한 배려를 했다. 이육사에게는 황매천과 같은 자멸의 선택에서 오는 황홀감 외에 행동인으로 보여 준 "혁명적 이상주의"가 나타나 있음을 밝힌 것이다. 말하자면 황매천에게서 비극적 상황에 대처하는 지사의 정신, 다시 말해 "전통적인 한국 지식인의 정신"이 주로 드러나는 데 비해 이육사에게는 "현대적 혁명가로서의 이론과 전략"이 나타난다고 보았다. 이것은 구한말을 살았던 황매천과 일제 강점기를 살았던 이육사의 시대적 차이이자 시대적 상황에 대처하는 세계관의 차이를 드러내는 일이다. 황매천이 죽음을 앞에 두고 바람 앞의 촛불이 창공을 비추는 것을 본 데 비해 이육사는 자신에게 닥친 '매운 계절의 채찍'에 해당하는 '겨울'을 '강철로 된 무지개'로 표현한 것이다.

여기에 비해 윤동주는 혁명적 이상주의를 보인 인물도 아니요, 황매천처럼 자결로 자신의 의지를 나타낸 사람도 아니다. 김종길은 그를 "자기가 사는 시대를 괴롭게 살다 가는 외롭고 양심적인 젊은 문학도"로 보았다. 그의 시는 대체로 연약한 고백으로 이어지지만 일본으로 떠나기 전에 쓴 「십자가」에는 "그리스도처럼 죽고 싶은 그의 소원"이 표현되어 있다. 윤동주에게는 "죽음이 자기 자신을 비극적인 상황에서 해방시키거나 또 하나의 아름다운 고향을 찾는 유일한 수단"으로 인식되었으며, 이것이 비극적 황홀의 또 하나의 예가 된다고 보았다.

이처럼 이 세 시인은 비극적 상황에 직면하여 자신의 비극적인 최후를 예감하면서 거기서 어떤 황홀의 순간을 체험했다는 공통점을 지닌다. 김종길은 이러한 논의를 정리하면서 이 세 시인의 차이점과 공통점을 함께 밝혔다. 차이점으로 유학에 바탕을 눈 전봉석인 원칙주의자로서 황매천이 지닌 비극적 최후에 대한 통찰, 유학에 뿌리내리고 있지만, 전통적 요소와 현대적 요소를 함께 지닌 이육사가 보여 준 겨울을 강철 이미지로 변용시키는 죽음의 체험, 기독교 신앙에 뿌리를 둔 내성적 자아 윤동주가 보여 준 그리스도적 죽음의 황홀한 수용 등을 들었다. 공통점으로는 그 비극적 비전이 모두 "사유와 관조 또는 명상의 산물"이라는 점을 지적했다. 이것은 서양 비극의 주인공이 보여 주는 격정적인 파탄과는 구별되는 것으로, 초연한 관조에 의해 비극을 체험하는 것인 만큼 동양인 특유의 초연함과 달관의 자세가 반영되어 있다고 보았다. 말하자면 예이츠가 생각한 것처럼 동양에 비극이 없는 것이 아니라, 서양처럼 격정적인 상태는 아니지만 동양적인 관조와 명상을 통해 비극을 체험한다는 사실을 논증한 것이다.

또 하나 중요한 공통점으로 추가한 것은 이 세 시인이 서양의 경우처럼 비극적 상황을 가상한 것이 아니라 그 세 시인이 모두 비극의 주인공이 되었다는 사실이다. 이것은 동양에서 시가 시인의 삶과 분리되지 않는다는 특징을 드러낸다. 말하자면 동양에서는 시와 시인을 분리하지 않고 연속해서 보는 것이다. 이것은 허구로서의 비극이 아니라 시인 자신이 주인공이 되는 비극을 의미한다. 말년의 예이츠는 이 점에 대해 관심을 보이며 "모든 사람이 노리고 찾고 그리곤 놓친" 달성하기 어려운 경지임을 암시한 바 있다. 우리 한국의 시인들은 이 어려운 이상을 그들의 시에서만이 아니라 삶에서도 훌륭히 실현한 것이니, 이 비극적 황홀이 지닌 시적 가치가 그렇게 만만한 것이 아님을 충분히 이해할 수 있다.

이런 점에서 김종길의 이 글은 한국 근대사에 놓였던 비극적 상황과 그것을 체험한 시인들의 비극적 황홀을 통해 우리의 독특한 비극성을 서양에 알리는 역할을 했을 뿐더러 우리도 제대로 파악하지 못했던 우리 시의 정신적 가치를 새롭게 인식하는 중요한 구심점 역할을 했다. 한국시에서는 표현 기교나 언어의 교묘한 사용을 넘어서서 시와 삶의 일치가 중요한 평가 덕목으로 자리 잡고 있고, 이것이 하나의 문학적 전통으로 이어지고 있음을 강조한 것이다. 이러한 평가의 경향은 40년의 세월이 지난 지금도 상당한 영향력을 유지하고 있다.